# 两间

孙颙 著

上海文艺出版社

两间余一卒,荷戟独彷徨。

——鲁迅

# 代序：历史人文小说的成功尝试

王纪人

孙颙的新作《两间》以戊戌维新运动失败为开端，结笔写到八国联军进军北京，慈禧太后带了光绪皇帝、王公大臣等一班人马逃窜到西安，清廷由李鸿章出面议和。前后不过三年时间（1898戊戌年—1900庚子年），却涉及晚清内外交困、腥风血雨的一段历史。

这是近代史无法绕过的一道坎，有不少正史、史论，乃至野史、传奇一类的书写，也出现过个别的长篇历史小说。但是如《两间》这样以更多历史事端为背景，又主写知识分子的长篇小说，似乎还是首例。面对众多纷繁复杂的历史事件和人事纠葛以及难以厘清的众说纷纭，《两间》的作者知难而上，敏于思考、勇于探索，多有突破。

不排除作者有在长篇小说的创作领域填补某些空白的雄心，但其更直接的动因，还是他对知识分子题材持之以恒、情有独钟。而且其外祖父的青年时代恰好与这个时期相重合，与相关人士也有过交集。

《两间》并未正面描写慈禧太后为代表的保守派与光绪皇帝为代表的维新派之间的生死较量，而是描写在戊戌政变后仍然倾向变革的读书人，如何在时代的大变局中谋求生路，探寻国家未来的真诚和追求。它也不是一部传记体的作品，而是通过纪实和虚构，组成一个社会关系网，既写出个人的行动和命运，又侧写支配其后的历史是如何的荒诞和诡异。

秀才徐方白是该长篇小说的贯穿性和结构性人物。他与湖南同乡谭嗣同在北京的浏阳会馆结识，便自愿为他打理文书。谭被抓时，徐从天津赶回，才知他执意留在浏阳会馆等待清兵来抓，徐方白也陷入了被抓捕的险境，后来在谭身边的虎将七爷的帮助下，来到了陌生的上海滩。

长篇小说如要表现时代的动荡变迁和人物的颠沛流离，势必要写到主要人物和相关人士踪迹的空间转换。表面上看只是某种地理环境的迁徙，实际上却展现了人物在不同地域空间中的境遇、遭际、人际交往等等方面的变化，从而引发出引人入胜的故事，以及在诸多意外中潜伏着必然性的草蛇灰线。

空间理论自二十世纪下半期以来已渗透到文艺批评和创作实践之中，《两间》的作者应有诸多直觉的领悟。如果说徐方白在北京所处的险境折射了血雨腥风、岌岌可危的政治性空间，那么彼时的上海因其半殖民、半封建、中西融合、华洋杂处的特殊环境，产生了多元杂糅的空间。其间既有政治的、经济的空间，也有新闻出版业为标志的文化传媒空间，既有官办的实业，也有民营的实体。一个好的作家，需要对此有宏观的把控拿捏，也有微观的呈现展示，才能准确而生动地展示其空间的多元性。

《两间》的主场地也即主空间在上海，因此作者有不少高屋建瓴俯瞰式的概括性描写。如戊戌变法失败之后的上海，情势远没有北京那么紧张。四马路、五马路那儿，照样夜夜轻歌曼舞、酒香弥漫；清廷在上海的统治代表，受到租界中洋人权力的制约，不敢过分霸道；上海道台与洋人的治权，犬牙交错。在此既二元对立又相对宽松的政治空间里，徐方白在张元济主持的南洋公学译书馆里找到了可以糊口的生计。

张元济是真实的历史人物，因参加维新运动，在戊戌政变后被革职，后来主要居于上海，成为对近现代出版事业做出卓越贡献的文化人士。小说写到他曾与康有为一并奉召入宫，被光绪皇帝单独面询，与谭嗣同讨论变法要义。变法失败后，因李鸿章求情，被朝廷以"永不叙用"断绝了他的仕途，盛宣怀则礼聘他主持上海南洋公学的译书院。徐方白和张元济从北京到上海的空间转换，其实表明文人和文化的南下，先于1919年的五四运动。

小说以相当多的篇幅描写了张元济与徐方白之间的同气相求、志同道合的交往和友谊。在徐方白的眼里，进士出身且有现代眼光的张元济是难得的人才，他做过翰林学士，办过"通艺学堂"，教授外语和西方科学，在京城读书人中名气很大，因为避祸才到上海谋求生存与发展，而同样为了摆脱险境的徐方白从北京抵达上海后得以与他深交。他认为变法维新仅仅集中了读书人的力量，那是狭窄的，没有将更多底层的爱国志士鼓动起来，失败也是难免的。应该说，张元济一直在反思变法失败的原因，并且探寻国族和个人休戚相关的道路。

《两间》的独具匠心，在于作者面对纷繁复杂的历史事件，以文史兼顾的叙述手法和夹叙夹议行云流水般的表述，指陈维新改良派失败惨痛的历史教训，批判以慈禧太后为首的保守派朝令夕改、出尔反尔的昏庸愚昧，对民间的义和团先剿后利用，以及揭示清廷的南方大员如何以东南互保的策略来对抗与自保。凡此均能从容不迫、绘声绘色地一一叙来，引动读者一探究竟、了解历史真相的兴趣。

作者通常不以叙述人的立场和语气出现，多半借作品中出场的人物透露。其中如参与过维新运动的徐方白和张元济、招商局码头账房实为两广总督在上海的眼线林先生、盛宣怀幕僚后为上海总督幕僚的绍兴师爷等等。在他们相互接触和洽谈中，透露出戊戌政变后中国北方和南方的风云变幻，一代枭雄袁世凯在皇帝、太后两派间骑墙观望扮演了两面派角色，各方势力的动向和互相摸底，义和团和八国联军的行动，媒体舆情等等。凡此种种组成巨大的信息流向读者奔涌而来，造成一种阅读冲击和情绪张力。这是以往小说中很少采用的信息流手法，值得关注。

小说中人物在上海获知信息的重要渠道之一，就是英国人在中国办的英文报纸《字林西报》和中文大报小报，这完全符合当时上海新闻出版业的繁荣局面。书中写道："不久，徐方白还觅得更新鲜的奇闻，与大清朝顶牛的，有比康梁更狠的一帮，为首之人，名字听来甚雅，叫孙文，报纸上，却有骂他为'孙大炮'的，因为他的主张激烈，丝毫不留退路，直言必须推翻帝制，连英国君主立宪样式的虚名也绝不保留。"仅这节文字，就使读者意识到当时在中国不仅有保守派和已被镇压的维新派，还有彻底推翻帝制的革命派。这就意味着存在三股思潮和力量。这种对内在思想层面的深刻揭示，也是《两间》相当出彩的地方。

小说写到了张元济、徐方白两位读书人从默契投合到有所分歧，可谓点睛之笔。

张元济约徐方白参观领事馆路上的商务印书馆，这位进过翰林院的进士，决定收购日本印刷所，表现出脱离官办实体，深度介入民企商务印书馆出版事务的意向，通过组织出版新书、新教材，传播科学知识，开启民智。

而受邀的徐方白却怀疑，这是否是当下救国救民之急需？他不相信印几本教材就能改变世道，便质疑张元济："那变法维新之事再没有希望了？"徐方白梦想君主立宪，把希望寄托于南方几位总督大员的身上，但又觉得张元济说那些大员并不可靠实为至理，所以此时他的人生方向仍是飘忽不定的。后来他读了先贤王船山的学说，喜欢上他以生命和热血写就的文章。

徐方白因智慧才干曾受到地方大员的赏识，他却毅然决定放弃后半生可能腾飞的机会，因为"我普通读书人而已，不求高官厚禄，只求对得起天地良心"。显然，他终于调整了自己的方向，找到了自己的人生担当。后来他果然写出了一组慨当以慷、壮怀激越的宏文，起到了唤起民众的作用。

显而易见，无论在张元济身上，还是在徐方白身上，作者都写出了时代的血雨腥风在读书人身上留下的印痕。

在人物刻画方面，张元济是位实有其人的历史人物，小说写得不刻板不拘泥，栩栩如生、呼之欲出；徐方白虽有原型，但有更多的虚拟，是一个因叙事结构需要而被召唤的角色。因为有了他，才使叙事的触角伸向四面八方。

不仅有知识界，也有官场，还有民间人士。小说以不小的篇幅写了因七爷的介绍，山东来的三郎和妹妹前来投奔他，因为他们与溃散的义和团有着很深的牵连，为了掩护他们，徐方白只得与三郎妹妹假结婚，名义上成为一家人。而三郎却负有一定的使命，以致惹祸逃亡，引出多次事故。显然这条线索使义和团残余活动具象化了，也烘托了三郎兄妹的侠气和徐方白的仗义，提供了作为小说需要的情节性和生动性。由于来自广东的林先生是一个院子里的邻居，徐方白就多了一份交集和提防。林先生狡黠莫测的为人，也被作者写得活灵活现，十分传神。

"寂寞新文苑，平安旧战场。两间余一卒，荷戟独彷徨。"这是鲁迅在自己的日记里写下的一首五言绝句，以明自己的孤独、坚持和彷徨。孙颙把这首绝句的后两句作为小说篇名下的引文，而篇名仅用"两间"，倒也十分巧妙、新颖而醒目。

"两间"作为这部长篇小说的篇名，自然不再是鲁迅特指的"新文苑"和"旧战场"，而是寓意一个古老国家在毁灭与新生间的挣扎，以及荷戟者的孤独、坚持和彷徨，从中也可看出作者的人文情怀和对一段过往历史中荷戟者的缅怀和致敬。因此我把长篇小说《两间》命名为新的历史人文小说，并认为是一次成功的尝试。

【王纪人，知名评论家，中国作家协会会员，中国文艺理论学会顾问，上海市作家协会原副主席。著有《文学风格论》《文学：理论与阐释》《文学的速朽与恒久》《失衡与重建》等。】

# 目录

001　代序：历史人文小说的成功尝试

　　/ 王纪人

001　第一章
008　第二章
022　第三章
029　第四章
039　第五章
054　第六章
068　第七章
078　第八章
087　第九章
101　第十章
111　第十一章

| | |
|---|---|
| 121 | 第十二章 |
| 130 | 第十三章 |
| 140 | 第十四章 |
| 150 | 第十五章 |
| 160 | 第十六章 |
| 167 | 第十七章 |
| 181 | 第十八章 |
| 187 | 第十九章 |
| 195 | 第二十章 |
| 205 | 第二十一章 |
| 208 | 第二十二章 |
| 218 | 第二十三章 |
| 228 | 第二十四章 |
| 237 | 第二十五章 |
| 243 | 代后记：荷戟独彷徨<br>——评《两间》/ 李壮 |

# 第一章

最为恐怖的经历,莫过于覆巢之下。

九月底,北方的天气凉得快,街上过客就不敢穿单衣了。局势不稳,各种吓人的传说,正在延续了数百年的皇城圈内蔓延。街上的行人,显得稀稀疏疏。傍晚的阴沉,早早地淹没了太阳的余晖。风飕飕地扫过街面,在胡同的转弯处,卷起弥漫翻腾的沙尘,让人没法睁开双目。

徐方白站在胡同的角落,一棵大树的阴影恰到好处地遮住了他细长的身影。身子那般瘦弱,套在宽松的长衫里,松垮的衣衫被风戏弄着,时而鼓起,时而下垂,那风再猛些的话,感觉他会被轻易地裹挟走。他向来偏瘦,这段时间,吃饭也有一顿没一顿,心情处于极端紧张之中,更加弱不禁风。

他吃力地睁大眼睛,风沙之中,视线变得非常模糊。科考前的那几年,他在长沙老家苦学,每日挑灯夜读,虽然仅仅得了个秀才的功名,已经付出极大的代价,视力明显减弱,稍稍远处的东西,瞧着影影绰绰,只看得清三四成。

他努力想看清的，是斜对面的一处门洞，那是"浏阳会馆"的大门，湖南同乡会的会所。门匾的下方站着条汉子，粗粗壮壮，模样却看不分明，到底是熟悉的同乡，还是凶狠的清廷捕快？徐方白分辨不出，就踌躇着，是否要现身走过去。他往前跨了半步，眯缝着双眼，努力望去，依旧看不准。天色变得更加黯淡，夜幕正在加速降落。他想，只有走近了去看。也许，他可以装作路人，大大方方从会馆前面经过，就算那里候着捕快，也不至于出手逮一个行人。

徐方白犹豫不决地抬起了右脚。突然，他感到肩胛一阵剧痛，像是被铁钳狠狠夹住，脖颈一圈儿酸麻，顺颈椎往下延伸，身子顿时动弹不得。徐方白被这突然袭击惊傻了，刚想张口呼救，背后的人已经轻展长臂，把他如小鸡般拎起。他身不由己，双脚离地，活生生地被扯回去，从胡同口被拖到了粗壮的大树背后。

此时，徐方白的身子也顺势转了过来，和袭击者形成了面对面的格局。他以为遇到了抢劫的强人，不由惊恐地睁大双目。眼睛看远处吃力，近处却一目了然，徐方白狂跳不已的心脏，立刻松快了："七爷啊——"他下意识地抖抖肩胛，虽然那铁钳般的五指已经松开，强烈的酸疼还持续着。他轻声嘀咕着："好痛！"

七爷知道下手重了，赶紧拱手道："方才一时性急，吓着徐先生了！"七爷稍停顿，跟着说："徐先生，会馆那里去不得，官府的差，等着抓人哪！"

徐方白道："我想探探谭大人的消息。不知他是否脱险，会不会被放出来？"

七爷,大名鼎鼎的通臂猿胡七,谭嗣同身边两员虎将之一;另一位,自然是名气更大的单刀王五。谭嗣同称呼他们——七哥和五哥,徐方白年轻些,向来尊称七爷和五爷。危境之中,见到胡七,徐方白又惊又喜。

胡七沉重地摇晃着脑袋:"哪里会放出来!"他朝四下里瞧瞧,又道:"此地不宜说话,徐先生随我来!"江湖上称他通臂猿,自然是赞他武功高强,身形敏捷。他一抬腿,顿时出去了十几步。徐方白不敢迟缓,急忙加快步伐,一溜小跑地朝胡同另一头奔去。

胡七熟门熟路,带着徐方白,到了一家茶馆。茶馆里十几张小方桌,散乱地坐着几位茶客。茶馆老板显然是很熟悉的,见他们进门,高呼一声:"七爷哪!"胡七并不客套,努努嘴,对方已经领会,掀起一道门帘:"七爷,里面安静,里面请!"

两人刚刚落座,老板拎着一壶茶水进来,放下几盘干果,笑呵呵地道:"二位慢慢聊!"乖巧地退了出去。那道门帘,虽然挡不住外间的嘈杂,毕竟给了他们避人耳目的空间。胡七压低嗓子道:"方才,见徐先生要朝浏阳会馆那里去,吓我一跳啊!"

徐方白道:"我想,谭军机的父亲是朝廷要员,或许能救他出来!"谭嗣同被光绪帝重用,任四品卿衔军机章京,所以常被简称谭军机。

胡七的脸膛本来是深色的,此时显得越发黝黑,他长叹道:"这是太后直接下旨办的大案,谁救得了?谭先生担心连累他父亲,临进去前,还假拟几封父亲的信,信中骂儿子大逆不道、不忠不孝,希望借此信说明父子异心,不至于牵连他父亲。"

徐方白颓然道："皇上有消息吗？"这是唯一的指望了。只要皇上吉祥，或许还有转圜的可能。

胡七的牙齿咬得咯嘣响："皇上不知去向——场面上忙活的，都是太后的亲信！"

茶桌上搁着胡七随身携带的布袋，粗蓝线条，细细长长，可以斜挂在背上。这只布袋徐方白见到过，胡七来浏阳会馆见谭先生，有时就斜背着这只布袋。江湖上说，单刀王五，双刀胡七。徐方白曾经猜想，布袋里是否藏着七爷的双刀？仔细看，又不像。那布袋外形松垮，不像被啥硬物撑着，如果藏着刀剑武器，应该是硬邦邦的，厚实得多。见过七爷多回，徐方白从来没有见识过他的武器——那传说中快如闪电的双刀。细想，名震江湖的大侠，平日里无须携带家伙，"通臂猿"的称号不是浪得虚名，浑身都是功夫，方才手指一抓，筋脉酸麻，让徐方白吃了大苦头。

两三年前，徐方白从湖南老家来到京城，落脚处就在浏阳会馆。后来，谭嗣同奉诏入京，参与变法，也在浏阳会馆安顿。谭嗣同是湖南维新派名士，办报纸，开学馆，鼓吹变法，久为徐方白敬仰，如今能与谭先生朝夕相处，自然一见如故，本为老乡，又都是怀有救国志向的读书人，谈起来相当投机。徐方白自愿为谭嗣同打理文书事务，算是参与了变法维新的大业。谭嗣同喜欢与江湖豪侠来往，徐方白也跟着结识了五爷和七爷。谭嗣同被抓的时候，徐方白刚巧滞留在天津，是谭嗣同派他过去监视顽固派荣禄等人的动向，顺便联络在那里训练新军的袁世凯。等他获知浏阳会馆出事，赶回北京，才知道大势已去。此刻，面对覆巢之下的危境,见到了胡七,他算找到个能说说话的朋友。

胡七猛喝一大口茶,黯然道:"坏就坏在袁世凯那个老狐狸。谭先生还指望他支持变法,上当了!街上传说,正是他向太后告密,说维新变法派拉他谋反。"

徐方白道:"我去天津,是谭先生的意思,让我在那里观察,说袁世凯会除掉荣禄,唉——"他略一沉吟,又问:"七爷,谭先生为啥不躲一躲?留得青山在,不怕没柴烧。中国不能没有谭先生啊!"徐方白心想,有五爷和七爷守候在一旁,谭嗣同脱险应该没有问题。刘备未成气候之际,靠的就是关张二位猛士。无涿郡起事之初的艰险,无刘关张桃园结义,何来三国鼎立的大业?谭先生躲过这一劫,日后可另谋大事啊。

胡七圆睁的双眼缓缓闭紧,又徐徐张开,布满血丝的眼睛似乎有泪珠在闪动,黝黑的双颊,青筋突突地抽动。这个顶天立地的江湖大侠,那种悲哀到极处的绝望神情,让徐方白震撼,斯情斯景,永远烙进他的心底。胡七慢慢地道:"我和五哥随便怎么劝,都劝他不动,他执意不肯离开浏阳会馆,要等着朝廷的兵丁来抓!"胡七轻轻一拍桌子,坚硬的手指随即扣住茶桌,似乎要在上面抠出洞来:"我和五哥险些动手,架起谭先生离开险地,谭先生坚决不从。最后,我们只能尊重他的意愿。他说,维新变法,定要有人流血,才能震撼国人;都跑了,支持变法者,还指望甚?他想以一己之命,去唤醒民众。我们无法违拗他的气节!"

"大厦将倾,独木难支!"徐方白明白了谭嗣同的内心,"独木难支,不如一炬,照亮天下!"

胡七不懂这些文绉绉的言辞,他说:"我和五哥商量了,谭先生泰然就擒，是他的气节！我们得为国家保住栋梁之材，拼个你死我活，也要救他出来！"

徐方白为胡七的豪侠仗义深深折服，他问："你们打算劫狱还是劫法场？我虽然没有你们的本事，却不怕死。你们做什么，我在后面跟着！"

胡七摇摇头道："这个就不辛苦徐先生了，你是读书人，干不了的！"他细细打量徐方白瘦弱的身子，坦率道："人尽其才而用。救谭先生的事，交给我们兄弟。徐先生应该去做别的大事！"

"大厦将倾，独木难支。谭先生尚不可为，我又能做啥？"徐方白苦笑道，"不如痛快随谭先生而去！"

胡七正色道："徐先生说错了！要唤醒国人，谭先生献身流血足矣。但是，谭先生的苦心，要有人传扬开去，才能为民众知晓。这等事情，我和五哥做不了，徐先生是最合适的人才。你一直追随谭先生，他胸怀救国救民大志，你知道得详尽，务必书写出来，告知天下众生！"

在徐方白心中，胡七是身怀绝技的江湖大侠，仅此而已，没想到，他微言大义，把各人应尽的责任，说得如此清晰，徐方白不由感动得连连点头。胡七也不再多言，他伸手在布袋里一掏，摸出一把银子，说道："徐先生，浏阳会馆你绝对进不得，你也不能回湖南。这段时光，京城里，都知道你追随谭先生，人多口杂，朝廷爪牙不会放过你。你去添些随身物品，赶快离开京城吧！"

胡七关照徐方白，先去前门外的一家客栈栖身，客栈老板是他朋友，能够让徐方白暂时落脚。过几日，胡七自会安排车马，送徐方白离开京师。别看粗粗黑黑的一位侠客，考虑事情周到细致，让徐方白佩服不已。这时，他更加懂得，谭嗣同为啥把王五和胡七引为知己。

　　天崩地裂的磨难之际，涉世未深的读书人，忽然老到许多。悬崖边，泥潭前，肯伸出援手者，是可以信赖的真朋友。至于春风得意、把酒言欢时的奉承话，就当不得真。

# 第二章

后面数日,京城血雨腥风。维新变法的诸君,除了慌乱逃亡出走者,留在京师顺天府的,纷纷被抓入狱。徐方白躲在前门外的客栈中,根本不敢外出露面。客栈老板豪爽义气,说是七爷朋友,只管住下去,连住店费也不肯收,让徐方白心中惴惴,十分不好意思。

这天,客栈老板带回来可怕的消息,神色慌张地跑到徐方白的屋子里,说是太后大开杀戒,在菜市口杀了一批维新变法人士,其中,名气最大的,便是谭嗣同。老板凄惨地道:"穷凶极恶,穷凶极恶!连死也不给个痛快!用的是钝刀啊,谭先生被砍了几十刀,方才断气!"

徐方白大惊失色,险些号啕大哭,客栈里多闲杂人等,他只得强忍着满腔悲愤,轻声问老板:"五爷和七爷没有劫法场,去救谭先生?"

老板听听走廊上的动静,小心关上门,才告诉徐方白:"五爷和七爷何等义气之人,怎么会袖手旁观?我听说啦,他们联络了十几位兄弟,打算在半路上拦截。监刑官狡诈啊,好像料到要出事,临时换了路线。五爷七爷知道上当,再跨着屋顶赶过去,远远望见,刑场上密密麻麻,增加了护卫,兵丁里三层外三层,围得铁桶一般,让五爷七爷干着急,没法出手啊!"

徐方白跌坐在圈椅之中,半晌没缓过神,目光迷离,久久望着灰暗的屋顶。屋檐下,从窗户里漏进来的光圈,摇摇晃晃的,让人晕眩,产生幻觉;谭嗣同的脸,血迹斑斑啊,在光圈里时隐时现,不是平时那种坚毅潇洒的神情,唯有严峻和悲愤。徐方白颓然想,谭先生终于去了,他的烈士志愿实现了。大厦将倾,独木难支;独木一炬,是否能够唤醒民众?谁也不知道。七爷希望,徐方白能够站出来,大声疾呼,将谭先生的遗愿昭告天下,恐怕也是错付了,恐怕乃水中望月。自己这样的文弱书生,面对凶险大局,如何担当得起?

客栈老板见徐方白惊魂不定,脸色煞白,以为他担忧自己处境,安慰他道:"你静心在此住下去,等到风头过去吧。五爷七爷,眼下也是大难临头,朝廷爪牙已布下天罗地网,想抓住他们。五爷七爷一身好功夫,哪里会束手就擒?不过,京城里没法住了,估计他们已经走远,一时顾不到你!"

风萧萧,一片肃杀。徐方白没办法,只能继续躲避在客栈里。他向老板要来笔墨,打算做一点记录,把谭嗣同在变法过程中的作为,趁目前记忆新鲜,按自己知道的写下来。刚写了个开头,想想不对,眼面前自个儿吉凶未知,留下白纸黑字,一旦有事,连累了他人,首先害了客栈老板。于是他把写出的几张纸撕了个粉碎,只是在心中盘桓往事。

老板拿来一套蓝布褂，让徐方白卸去了长衫，以免一眼看去，就是读书人的样子。维新变法，是众多读书人引起的，太后的亲信们也就到处抓读书人。徐方白长衫也不得穿，文字也不得写，更加终日闷闷不乐，连老板送他的酒，也寡味得喝不下去。老板瞧他越发消瘦，脸色发青，怕他得病，却又不敢请郎中上门，担心走漏风声，引来官府爪牙，只能熬了锅鸡汤，加了根人参，端进他的房间，劝他喝下去补补身子。徐方白想，做生意的，如此侠肝义胆，比起钩心斗角、落井下石的官场，还是民间的好人多啊。

那日，晌午方过，徐方白依旧坐在屋子里愁眉苦脸，却见客栈老板笑眯眯闪进来："恭喜！恭喜徐先生！"

徐方白一脸诧异，不知他为何说出此话。老板挨近他，神神秘秘地道："徐先生好福气，七爷自己有难，依旧惦记着。他派来一驾马车，正等在门外，接你出行！"

徐方白喜出望外。这两天，他既牵挂五爷七爷下落，为这两位英雄的安危担心，也为自己的出路苦苦盘算：总不能一直躲在这小小的客栈里。老板不撵他，还不收房钱饭钱，徐方白读书知礼，自己也待不住啊。万一官府爪牙寻到此处，岂不连累了老板一大家子？此时，听到七爷的车来了，徐方白顿时大喜过望，站起身子，环顾四周，没啥可收拾，自己逃难，什么东西也没带上，布袋中，还有些七爷送的银子，他赶紧掏出来，塞到老板手中："叨扰你多日，无语可表，这点小钱，就是我的心意了！"

客栈老板哈哈一笑，退回那些银子："徐先生说笑了！路上风雨交加，银子还是带在身上为好。要不是国家遭难，我也见不到你这样轩昂的人物。七爷交代过,你是重任在肩,今后发达了,记得再来坐坐,照顾小店生意就是!"说罢,他塞回银子,由不得徐方白推让,催他下楼上车,还随手拿了件棉袍让徐方白带上,说是马车上风大,别受寒着凉了。徐方白眼睛一酸,险些掉泪,他强忍住了,随老板往门外走去。

一挂高大的马车,端端正正停在门前,前排跳下位结实的汉子,红脸黑帽,手里捏一条粗粗的鞭子,乐呵呵走过来。客栈老板拱拱手:"曾二爷,我把徐先生交付你了,你得按七爷吩咐,将他认真照顾好!"

赶车的汉子笑笑,一开腔,就听得出天津口音:"你老板的朋友,七爷的朋友,就是我曾二的朋友!"

徐方白急忙也拱手道:"曾二爷,辛苦你了!"

"不敢,不敢,爷字免了,曾二,曾二!"说着,曾二就赶紧招呼徐方白上车,与客栈老板别过,车鞭甩开,马蹄一溜清脆的声响,面朝远处的斜阳疾驰而去。

马车分明是朝郊外奔驰,迎面扑来的风带着庄稼地的野味,越来越猛。客栈老板想得周到,有棉袍披着,飕飕的风从身边掠过,就减少了寒意。在客栈里藏了好多日子,室外的空气让心胸清爽起来,徐方白的精神恢复不少,心情却依然忧郁。恍若隔世啊,这世上,再没有了兄长般的谭嗣同,因维新变法聚集的朋友们,烟消云散——

曾二见他沉默不语,宽慰他道:"徐先生,京城的道我都熟,闭着双眼也不会走错。我知道如何避开哨卡,您尽管放心!"

徐方白急忙道:"坐曾二爷的车,我啥也不担心!"

011

马蹄声里,赶车的哈哈一笑:"七爷吩咐下来,您徐先生是国家栋梁之材,我不敢稍有差池。若是碰到盘查的,我会应对——您是做买卖的,是我的老板,我们奔通州去!"

"为什么去通州?"徐方白不解地问。

"七爷的意思啊。我的马车跑不了千里之遥,没法送先生去南方。不过,七爷说了,您走得越远越安全。"曾二解释道,"通州还有漕运的船,船上有七爷的生死之交,都打过招呼,自然无忧,您上了船,就可顺利南下!"

徐方白万念交集,百无一用是书生,危难之际,还是这帮江湖朋友肯挺身而出,侠气冲天,他不由喃喃自语:"谢谢,谢谢你们!我徐方白但有出头之日,当一一报恩。"

"报啥恩啊,江湖之上,但凡见好人落难,都肯出手相帮。"曾二爽朗地笑着,又补充道,"七爷面子大,我们都听他调遣。"

徐方白问:"这几日,曾二爷可见过七爷?"

曾二摇摇头:"见不着啊。官府想逮他,没门,他来无影去无踪!七爷托了朋友来找我,说徐先生乃国之栋梁,要我务必照料周全!"

徐方白暗自惭愧无德无能,辜负了这帮江湖朋友;自己不过是个落魄的书生,谭先生他们才是国之栋梁!唉,他在心中叹气,也许,他唯一可以做的,就是按七爷的嘱托,把谭先生他们救国救民的浩然正气用文字记录下来,传诸后世。

船声桨影,一路风尘。兜兜转转,一个来月,在七爷各路朋友的帮助下,徐方白终于来到了久仰的上海滩。说久仰,不为过,去京城谋生之前,徐方白的目标,一度是上海。他知道,上海万商云集，自己不做生意，读书人而已，那里也是个好地方，出版不同的书报，上面有来自海外的新鲜知识。他最后选择去了京师，是拗不过读书人千年的宿命。你悬梁刺股地拼命读书，家里人节衣缩食养着，不就是期盼你挣个仕途前程吗？徐方白的父亲走得早，只留下几亩薄田，家中的老母亲不识字，平日里连口肉都不舍得吃，儿子的三餐却是周全的。她平生的心愿，是指望儿子有出息了，荣宗耀祖。那是必须到京城去的。谁知，在京城遇见了湖南老乡谭嗣同，遇到了"公车上书"和"维新变法"，身不由己地卷入这股潮流。仕途的梦消散了，反而成为官府的追捕对象，落荒而逃，连老家也不能归去，不能见母亲一面。命运兜一大圈，还是来到了陌生的上海滩。

徐方白明白七爷的意思，往南跑，清廷的控制力就弱了。上海更加特别些，这里各种势力混杂，还有洋人的租界。听说，先前逃亡的维新变法分子，多数是先到了上海，再设法东渡海外。

徐方白没有出国避难的想法。他毕竟不像康梁等大人物招眼，要在上海隐匿下来还是容易的。另外，他匆忙离京，除了七爷给的银两，两袖清风，连盘缠也没有。南下，一路上都是七爷打点，靠了七爷的面子。往后，要靠自己生存了。一个文弱的书生能够想到的谋生之道，自然是做教书先生。困难之处是他在上海无亲无故，两眼一抹黑，想教书，也找不到门路。

徐方白找了家便宜的旅馆落脚，向旅馆伙计打听社会风情，了解上海滩市面的情况。按伙计指点，他决定去四马路跑一趟。上海四马路名声在外，京城里也听到过，是女人做独门生意的地方；还不像古时候那般斯文的模样，吟诗弹琴，才子佳人，杜十娘与负心汉,有些儿场面上的故事;那一带,简明扼要,不过是直奔主题的低级生意,凡此种种,徐方白听着就脸红,绝对不敢光顾。但上海四马路另有一种名气,就是卖各种新式的书报杂志。徐方白囊中羞涩,不敢放开来买,挑了几份廉价的报纸,带回旅馆来细读。他听伙计说,报纸夹缝里会有各种小广告,富贵人家招家庭教师,也在上面登启事,或许,能让徐方白找到谋生的差事。

这一看,引得徐方白又要号啕大哭。报纸上,最醒目的文字,都与朝廷追杀维新派有关。谭嗣同等六人在菜市口被砍头的情景,血淋淋的纪实,还有模糊不清的照片。照片上的谭先生悲壮而死不瞑目的神情,催人泪下。读到小报记者的文字,说是沿路有人向六位志士丢菜皮臭鸡蛋,更是令徐方白义愤填膺。愚昧者何其之多,他们哪里晓得,这些就义者是国家真正的英雄。英雄舍生忘死,临了,还受如此屈辱?

同为民间,既有丢菜皮者的愚昧无知,也有胡七和客栈老板的侠义肝胆,犹如营养贫乏的老树上长出截然不同的两种果子,苦涩与甘甜,差距何其之大!这会儿,徐方白想到七爷的嘱托,是的,这个启蒙民众的责任他徐方白必须承担,维新变法诸君的真实面貌应该详细记录,让子孙后代铭记他们的牺牲!

报纸上最珍贵的记叙,是录下了谭先生的刑前绝笔,煞尾两句:"我自横刀向天笑,去留肝胆两昆仑。"徐方白顾不得旅馆人多耳杂,竟然朗声念了出来。他熟悉谭先生胸怀万丈的语言风格,确信这样的文字是先生所作,是从他内心深处奔涌而出的呼喊。

关于谭嗣同的绝命诗，记者写下解释，重点释读最后一句："肝胆"，很好理解，来自成语"肝胆相照"；那么，"去留"和"两昆仑"是什么意思？记者说，他向维新变法的二号人物咨询，得以明白其中深意，"去留"指变法诸君有去有留，留下就义的如谭嗣同，出走海外以谋将来的如康有为，他们是两相呼应的昆仑山。

徐方白想，所谓二号人物，应该是梁启超。徐方白与梁启超不熟，仅是点头之交，他心里尊敬他，但是，梁启超对谭先生绝命诗的注解，徐方白是不能同意的。

按梁启超的解释，绝命诗，是把"去留"的康谭双方，说成是"两昆仑"。徐方白知道，谭先生的英雄气概是表现在参与变法的义无反顾上，他平时为人儒雅平和，不会将自己比喻为"昆仑"，何况，谭先生饱读诗书，为文谨慎，字字推敲，不会写出世间有两座昆仑山那样的意思。那么，此句如何解释，才符合谭先生本意呢？徐方白有自己的看法。谭嗣同喜爱武术，所以先后奉双刀胡七和单刀王五为师，胡王二位，均属于昆仑派，所谓"两昆仑"，正是指这两位昆仑派大师，如此便解释通了。那夜，浏阳会馆，大批兵丁围攻之前，王五和胡七执意劝谭嗣同出走，谭嗣同坚持留下，愿为变法献出一腔热血。谭先生"留"，赶二位师傅"去"，但是依然肝胆相照，都是为国为民。联系前面一句的"我自横刀向天笑"，意味更加清晰，谭嗣同与王胡二位，相识于刀，相交于刀，英雄豪气贯穿于刀。谭嗣同对这两位昆仑派师傅是寄予厚望的，同时也借绝命诗，对变法者未掌握刀把子而遭惨败，表示了不甘心的痛惜。

徐方白思忖，将来，他用文字记录维新变法大业时，将对谭嗣同的绝命诗做出自己的注解，以免梁启超的说法误导后人。毕竟，谭嗣同与两位昆仑派师傅的故事，知道的人有限。

眼面前，最紧迫的事情，需要找到活下去的路子。他随身携带的那些银子，眼看马上用完，小旅馆的老板是完全的商人算计，与京城客栈老板截然不同。只要徐方白付不出房钱，他会毫不客气地把徐方白丢到街上去。徐方白把几张报纸翻来覆去看，小报的夹缝广告没有提供合适的信息，倒是一则新闻，给了徐方白希望：记者获悉，主持南洋公学的盛宣怀先生，礼聘维新变法派名士，张元济先生将主持南洋公学译书院。

徐方白又惊又喜。没想到，张元济先生也到了上海。百日变法，张元济在坊间的名声，远不如康梁等人，不过，在变法参与者看来，张元济非同小可。张的才学与仕途不去说了，单讲光绪皇帝的重视，就很耀眼。光绪召见康有为那天，张元济也一并奉诏入宫，与康有为一样待遇，被圣上单独面询，足见其在光绪皇帝心中的地位。张元济曾经两次上书，呈报维新变法大计，有自己完整的思路，并非跟着摇旗呐喊的角色。张元济和谭嗣同年龄相仿，都是有见识的文人，关系不错。谭嗣同与张元济讨论变法要义，书信让徐方白单独送去，徐方白就有了机会与这位名士相熟。文人之间，气息相投，容易成为朋友。张元济欣赏徐方白的博学和谦恭，颇有相见恨晚的感觉。

离京南下，随漕运的船在运河里颠簸，桨声帆影，没有诗情，平添愁绪。夜晚难以入眠，徐方白感慨命运的无常，参与维新变法的诸君，牺牲的牺牲，逃亡的逃亡，其余不知音信，只剩下孤零零的自己，在单调的船声中随波逐流。当时，他曾想到张元济。徐方白担心，张元济树大招风，清廷不会放过他，唯恐这位朋友惨遭毒手。现在，得知他安然到达上海，自然额手相庆。同时，徐方白也为自己庆幸，张元济既然被盛宣怀礼聘到南洋公学，想来地位甚高，或许可以帮徐方白谋个糊口的差事。

所谓天无绝人之路，前提是自个儿不能悲观丧气。徐方白的一线生机，竟然是从报纸缝里抠出来的。他轻轻吐出胸中的污浊之气。这家小旅馆，便宜的原因，是混杂着各地的商贩，单是贩卖海货者的腥味，就足以让徐方白吃不下饭。他囊中羞涩，干脆就少吃两顿了。

第二天，徐方白换上长衫，问清楚南洋公学译书院的地址，兴冲冲出发，去找张元济先生。那地方，在上海虹口，也算大去处，多张口问问，不难找。到了门口，徐方白却犯傻了，他的湖南口音，与门房杂役的苏北土语，实在有交流障碍。仿佛秀才碰到兵，有理说不清。杂役听不懂，就死活不让他进去。徐方白没有办法，只能在街上彳亍，眼睛盯住了译书院的大门，等待着张元济现身。虽然目力不济，不过，张元济的身形举止，他鼻梁上架着的特殊的玻璃眼镜，徐方白是熟悉的，隔老远，一眼可以认出。

一直等到正午，太阳高高地悬挂在城市的上空，才看到一架人力车逶迤而来，在译书院门口停下，有位身着西装的先生从人力车上下来，昂首挺胸地走向大门。徐方白唯恐慢了，在街对面就高喊起来："菊生兄，等等我！"喊罢，唯恐张元济进了大门，自己又被杂役挡住，徐方白顾不得斯文，拔腿穿过街心，拦住了那位西装先生的去路。

果然没有认错，正是在京师认识的张元济先生。张元济在京城时，碍着官场规矩，很少穿西装，到上海了，又不是官员身份，大约就自由得多。他脸上的模样没啥变化，依旧架着一副圆圆的眼镜，他那智慧的目光，从薄薄的镜片后钻出来，温和地望着世间的一切。这一刻，张元济被徐方白突兀的高呼惊到，愣愣地转过头，看定街对面冲过来的长衫男。在京城里，时常有朋友称呼他"菊生兄"，到上海后，经常听到的称呼变为"张先生"，待到了南洋公学就职，又被尊称为"张院长"。这一声特别的"菊生兄"，顿时唤醒了已经淡忘的往事。

劫后重逢，唏嘘感慨，长吁短叹，一时多少话语！在张元济的办公室里坐定，泡壶清茶，老友促膝长谈，直说到日落天暗，月上树梢。

张元济问过徐方白离京前后的情况。徐方白毫不隐瞒，把胡七仗义相救的种种安排，一一道来。徐方白感叹，原先知道他们豪情侠义，此番获救，亲身体验，那般一诺千金、义薄云天的气度，犹如司马迁笔下的大侠。张元济听罢，连连赞许，同时发挥道：变法维新，仅仅集中了读书人的力量，那是狭窄的，没有将更多底层的爱国志士鼓动起来，失败也是难免的。

徐方白知道，张元济稳重，常与好激动的康有为意见相左，对康有为的冒进不以为然。在京时长谈，张元济就说过，以为获得光绪皇帝的支持，变法可以加速成功，过分乐观，要出事。张元济此时的感叹，说明他一直在反思变法失败的原因。本来，徐方白还想问问对方脱险的经过，张元济似不愿深谈，云淡风轻，几句带过，只说了朝廷对他的最后处置，是"永不叙用"，所以他只得到上海谋生。徐方白是知趣的人，见张元济不肯细说，自然不再追问。其实，他从报纸上的记叙，大约猜到了八九。李鸿章历来赏识张元济，说他是国内难得的人才。变法失败后，李鸿章出面为张元济求情，所以朝廷才没有把他归入必杀之列，仅仅是"永不叙用"。这一层关系，从盛宣怀礼聘张元济，也可以看清楚。盛宣怀与李鸿章走得很近，他的礼聘，大约与李鸿章不无关系。清廷的"永不叙用"，是不让张元济在朝廷为官，到南洋公学搞搞文化，清廷大概就睁一眼闭一眼了。

徐方白顺势把话题引到了自己身上。当张元济问起，今后如何打算时，徐方白开口试探：在上海无亲无故，已经到了山穷水尽的地步，能不能烦菊生兄帮忙谋个事？

张元济听了，略一沉吟，缓缓道："我这个译书院，虽然归属南洋公学，却不是教人念书的，专注于翻译、印刷西洋和日本的书籍，方白兄想在这里谋事——"

张元济的话说了一半，刹车了。徐方白何等聪明之人，听出意思来了，他脸上微微一红："哦，冒失！冒失！既然是做翻译的，我肯定不行。悔不当初，没有听菊生兄的话，学一点外语。"

张元济创办过"通艺学堂"，在京城读书人中名气很大。教授外语和西方科学，是通艺学堂的宗旨。张元济知道徐方白天资过人，曾劝他学习英语。徐方白当时推辞了，说等变法大业成功后，再来学习。现在，后悔自然无用。

徐方白不愿让张元济为难，决定告辞，瞧瞧窗外暗下来的天色，拱手道："菊生兄，今日相谈甚欢，改日再聚，你手上事多，不打搅了。"

张元济见徐方白要走,便道:"其实,我是怕委屈了方白兄。在译书院谋点事做不难,只是没个能与方白兄才华相配的名分。"

徐方白一听,知道事情有转机,忙说:"在菊生兄面前,我有何才华可言?只要不耽误菊生兄的大业,让我做啥差事,跑腿打杂,都心甘情愿!"他说的是肺腑之言,落魄之时,求个糊口自保,管他什么名分?

于是,张元济详细解释了译书院的做事流程,翻译海外书籍后,送到工厂里排字,然后还要有人核对排出来的样本。后面那道程序,徐方白是完全能够胜任的。张元济说:"方白兄不嫌弃此差事,明日就来试试,如何?"

徐方白大喜过望,有这份差事,在上海的生存问题迎刃而解。曲径通幽,绝处逢生,他心头一热:"菊生兄,大恩不言谢,明日一早,我就过来,合格不合格,敬请兄长考核!"

两位读书人说说笑笑,朝外面走,张元济执意送老朋友,一直送到译书院门口。已经是傍晚时分,街上一片灰暗。街对面的点心店,点起了煤油灯。煤油灯,是新式的玩意儿,比蜡烛之类安全。那家点心店的老板,挺时尚的。

张元济停住脚步:"方白兄,有个事还是先说一下。我在这里待不久的,快则半年,慢则一两年,我势必离开!"

徐方白不解,他知道,盛宣怀名声显赫,财大气粗,既然被他礼聘,待遇不会差,怎么刚来不久,菊生兄已经有离去之意?他默默地看定张元济,等对方解释。当然,如果不解释,徐方白也不便追问。

张元济道："我心中的打算，对方白兄直说无妨。我在此处，待遇丰厚，不过，终究不是长久之计。他们虽然器重，到底还是为朝廷效力的，只要我做事稍有差池，那个'永不叙用'，就可以打到脑勺上来！"

徐方白知道张元济的想法了，李鸿章与盛宣怀对他不错，但朝廷会有人盯着，那道"永不叙用"的紧箍咒并非做样子的。徐方白点点头，宽慰道："菊生兄为人处事方正，估计没有麻烦的。"

张元济正色道："我想照自己愿望做点事。我打算编辑学生课本，写到近代史，我无法闭着眼回避维新变法大事，如何去写？所以，我早晚要去一个能够让自己自由做事的机构。"

张元济温和的话语中透露出来的凛然正气，让徐方白肃然起敬。眼下，他想的是谋生糊口，张元济考虑的依旧是国家兴亡。徐方白感慨地道："菊生兄，你如此思忖，国家之幸！菜市口遇难的诸君，地下有知，当能安眠。"他郑重地拱手道："菊生兄不弃，我将随兄共进退！"

张元济兴奋地答："一言为定！我早已想过，终有一日，要为牺牲的诸君编辑诗文集，永志纪念。这事，劳动方白兄，是最合适不过！"

两位患难之交惺惺相惜，如此说罢，在译书院门洞里告别。徐方白踏着街上的夜色，缓缓离去，心情与前几日完全不同了。那种孤独的无所依傍的愁绪，在不疾不徐的脚步声里消散。他看着高高的夜空，繁星点点，默默地对远方的胡七说：七爷，我在上海滩落脚了。有菊生兄助力，你希望我做的事，我能够做好！

# 第三章

戊戌变法之后的上海，情势远没有北方那么紧张。四马路、五马路那儿，照样夜夜轻歌曼舞、酒香弥漫。租界里，巡逻的骑兵慢吞吞地从狭窄的街上驰过，戴着高高的压扁的帽子，那情状神气而古怪；马蹄踏踏地踩着路面，骑手们的表情松弛，东张西望，似乎在向路人展示当兵的悠闲。

清廷在上海的统治代表，上海道台的势力，受到租界中洋人权力的制约，有点缩手缩脚的感觉，不敢过分霸道。从地图上看，租界像蠕动的蚕，缓慢而努力地蚕食着、扩张着，比最初设立时肥了许多。受到通缉的维新变法分子，在蚕蠕动的边沿来回逃逸，躲避围捕的网。道台衙门，对变法维新分子，当然得抓，不抓，那就是助逆；不过，为了向洋人表示文明，只是声响不大地抓，不能学北京的菜市口，当街把读书人用钝刀砍几十下，那几乎相当于凌迟了。雍正年之前，更加惨，还有所谓的腰斩，上半截一时半会死不干净，长时间地嚎叫，是为了恐吓活着的人，让见者恐惧，不敢反抗清廷。租界的洋人说，钝刀砍人，与当年的腰斩一般，太血腥，不文明，在他们看来，一枪打死，或者用炮弹炸死一群人，比刀砍要文明得多。租界出版英文报纸，上面登载过一篇文章，翻译标题，为《文明及野蛮的死刑》，就是拿这个为说由。当然，作者略去了他们自个儿的野蛮，他们一直让非洲、南美洲血流成河。或许，在他们心目中，那里成千上万死亡的并非人类，都是奔跑的野牛野猪而已。

上海的租界，在鸦片战争及甲午海战之后，边界是逐步扩张，上海道台的辖区日益缩小。有的越界，无条约依据。他们今日跨过来几十米，说是修建道路需要；隔些日子，需要配套铺设下水道，说明乃排水防涝的好事，那个边界跟着又变化了。上海道台手里的兵多，也开始拿一些洋枪之类的新式装备，在当时清朝的士兵中装备算好的，原因是上海已经能造西式的枪炮。道台府的兵列队排场起来，老百姓是害怕的。洋人自然不怕，他们的军队，拿的都是更先进的热兵器，喷出火来，老远就把对手撂倒。中国军队，在汉代，甚至在遥远的神话里，就开始使用火药火炮，不知怎么搞的，军队的标准配备，还是冷兵器。洋人不但武器厉害，更重要的是，他们摸准地方官员的心思：不敢强行反抗租界的扩张。闹起事端，奏报上去，吃了几次亏的朝廷，多半判地方官员措置不当。南方北方接连的战争失利，朝廷上大官畏战的多，只怕再生灾祸。上海道台与洋人的治权，犬牙交错，挤在狭小的区域里，小心翼翼，但求相安无事。洋人主张文明，反对野蛮，不管那道理真假，不管想得通想不通，抓维新党人，悄悄动手吧。为求太平，对洋人关注的事，躲得开最好，躲不开，绕路而行。忍为上，祖训。

上海对康梁余党的围猎，市面上比较宽松，徐方白，这个变法失败后的"漏网之鱼"，也就渐渐安顿下来。逃亡之初的惶惶不可终日，慢慢消退，长衫里的瘦骨伶仃，长出了肉，不像原来，被风一吹，晃晃欲倒的模样。上海，开埠做生意，海港连接内河，成为南来北往的杂处之地，宁波腔，苏北腔，广东腔，啥口音都不稀奇。徐方白的湖南话，比福建人四川人的话还好懂些，与商贩街坊交流不成问题。他糊口的差事，是南洋公学译书院的校对，那是挑文字毛病的活计，难不倒历经二十年苦读的书生。熟练之后，张元济又安排他做点编辑事务，都是动脑动笔少开口的事儿。万一遇到听不懂他话语的，比如温州人闽南人，总比白种人容易沟通，用手比画比画，都可以应付。这位湖南口音的读书人，一张与世无争的笑脸，穿了件干净的蓝布长衫，提一只泛白的布袋子，每日在虹口的街上踱步，从译书院的门洞进进出出，在市井人群之中，毫无违和的感觉。谁也不会联想到他的过往，想到隐藏在他细长身影里的历史，想到那短暂而凄惨的搏击。在菜市口被砍了几十刀的谭嗣同，曾经为上海的各色报章唏嘘多时，不过半年，早已月白风清，烟消云散。日子平淡地，缺少生气地，一丝丝流淌。

徐方白没法忘怀曾经的日子，他关注着存活的变法人物。康有为、梁启超他们在日本避难，没有销声匿迹，时而发表坚持维新变法的高谈阔论；康梁唯一的指望——光绪帝还在北京的皇宫里喘息，尽管被老太后压抑得紧，丝毫腾挪不开，露个脸都很难得，终究没有断篇，大清国的年号还是用他的。据说，有人上奏，要改了年号，慈禧没敢采纳，因为使馆里的洋人们同情被废的皇帝，慈禧就不想招来麻烦。

　　南洋公学，位于上海西南方向；而译书院，则在虹口，一个叫谦吉里的地方。很奇怪，属于学校分支机构的译书院，没有设立在南洋公学本部，隔开老远，放在了城市的北面。徐方白琢磨过南辕北辙的原因。他闲逛时，在沿江处见到好几个上下货物的码头区域，有盛宣怀招商局的，也有英国贸易公司的。黄浦江畔，从宽阔的外滩，溯江而上，一直向北，开辟出好多新的码头，华洋杂处，人来车往，渐渐成为本地十分喧哗的所在。商业的热土，悄然诞生。城市，依水而兴，古今中外，都是如此。徐方白生在湖南，熟悉两湖的风土人情，长江沿岸的老码头，他见得多了。上海滩与长江航运的不同，是商船的体量大得多，高高的烟囱里吐出黑色的浓烟，是漂洋过海而来的巨物。离巨轮稍远的江面上，漂着小小的游艇，那是时髦的有钱人家的子弟，或者是附庸风雅的学生，雇船家划着游江，说是仿照巴黎的塞纳河之旅。为商船卸货的苦力们，没那般玩水的心情，他们肩扛沉重的箱子，从泊岸的商船上下来，颤颤地踩住长长的跳板，随着木板弹跳的节奏，小心翼翼挪动脚步，唯恐掉落滩涂的泥沼之中。坠落的话，即便侥幸活命，伤了身子骨，落个终身残疾也是逃不了的。那是搏命挣口饭吃的苦活。苦力们的肩上扛着木箱，木箱外面多数涂抹着难以辨识的西文字母。徐方白明白，都是从欧洲过来的外国商品，箱子里装的，到底是新式的机械，是枪支弹药，还是奶粉咖啡之类的奢侈物，就没法猜了。徐方白仅仅猜到了译书院方位的谜底。译书院的创设者，声名显赫的盛宣怀，将译书院的位置靠近商船码头，亦是一种象征。他首开先河，办起译书院，目的是把外洋的先进东西，多多地介绍进中国来，放在海运贸易的口岸边，会有诸多人力物力的便利。译书院选址于虹口，也许当初造码头，招商局的承办者相中谦吉里的房子，方便办事，盘了下来，现在移交给译书院。至于南洋公学，是孩子们求学之地，按惯例，还是放在比较安静的西南角为好。洋大人们，在西区选了好地块，造就一批花园洋房。与他们关系密切的有钱的华人，多数也住在西面的街区里，那些住宅，比不了花园洋房的气派，却都是欧式的建筑，与虹口一带的老房子，泾渭分明。

南洋公学译书院那儿，居多的，还是中式的房子，陈旧、破落，靠码头为生的，十之八九是底层的人。最具规模的新式监狱，设立在虹口提篮桥，离港口码头相当近，应该是中外统治者的共识，因为他们认为，底层的人群，犯罪的比例高吧。从虹口到外滩那儿，再到大名鼎鼎的四马路，距离不算很远，也不算近，靠读书人的两条瘦腿，得走半个时辰。做完一天事务，徐方白饥肠辘辘，常常在街头买两个烧饼，边啃边往四马路方向走。不知者，或许觉得这位读书人行迹荒唐。街坊确有人调侃过，问徐方白："四马路好白相来，空着肚皮也要过去吗？"四马路，上海滩传闻多，名声在外，灯红酒绿的卖肉场所，头牌二牌，西施贵妃，一如南京的秦淮河，去那里逛的，自有许多人为寻花问柳，一夜癫狂。徐方白不辩解，也不脸红，呵呵笑着，只管自己行走。他无法解释，说白了反而多费口舌，平添麻烦。四马路，除了卖肉求欢的喧闹，另藏别样风景，多处还飘散油墨的香味，见得到各种新鲜的报刊，中文西文均有，这在那时的上海滩，或者说在中国广袤的土地上，恐怕独一份。至于这两种截然不同的趣味，何以共生，挤在了不长不短的四马路上？湖南人徐方白不得而知。想获悉时政新知，要了解康梁在日本的动向，最方便的途径，是到四马路的报摊和书局里寻寻觅觅。不久，徐方白还觅得更新鲜的奇闻，与大清朝顶牛的，有比康梁更狠的一帮，为首之人，名字听来甚雅，叫孙文，报纸上，却有骂他为"孙大炮"的，因为他的政治主张激烈，丝毫不留退路，直言必须彻底推翻帝制，连英国那般君主立宪样式的虚名也绝不保留。

徐方白茫然。读着那些会招致夷九族的文字，唯有暗自感叹，心中五味杂陈，说不上是敬佩，还是抵触。徐方白想起，几百年前，还是明朝末年时节，读书人中，冒出来一位李贽，嚣张得很，就是直言要把千年祖制从根上挖了。李贽是被骂了几百年的狂人啊，读书人中，少有喜欢他的。天下之大，草莽之中，三教九流，鸡鸣狗盗，枭雄豪杰，不断冒出来。思来想去，徐方白的内心，还是觉得康梁的主张稳当，希望被幽禁的光绪能够重见天日，出来主政，把维新变法之事继续下去。光绪比太后年轻得多，想来是可以指望的。虎毒不食子，慈禧总不会对光绪赶尽杀绝吧？支撑维新变法者脊梁的，就是这个盼头。

在上海住久了，东南西北摸熟了，城市的套路、与京师皇城迥异的风俗，也就渐渐搞清楚。京城的布局，以皇宫为核心，摊饼似的铺陈开去，官道胡同，各式建筑，绕着弯子，多半找得到与皇城的关系。上海的布局，就乱了，老城厢、新租界，还分公共租界与某一国的租界，各行其是，东南西北，自有中心。临近外滩，就以外滩为地标排序，热闹的四马路、五马路，就得名于与外滩的距离。徐方白一度考虑，干脆在四马路五马路那里租间屋子住下，白日里去译书院忙生计，完工了，回家可以就近读书读报。犹豫再三，还是打消了这个念头。倒不是担心有人说闲话，污他名声，执意临近寻欢作乐的场所。他的思虑，另有所在。

当初，与双刀胡七匆忙告别之际，胡大侠从内衣上扯出一小块白布，让徐方白随意写两字，作为今后联络的信物。徐方白略微思索，写下"匹夫"一词。胡七拿过看看，笑笑道："好字！先生南下，就此别过。将来若有兄弟来寻你，持此白布，当是生死之交，徐先生可以信任。"

徐方白并不清楚胡七的下落，不知道他的临别之语，是随口一说，还是另藏深意。对救助自己的豪杰，徐方白存感恩之心，所以安顿下来以后，就给北京那客栈老板寄了张便笺，说自己已经在上海落脚谋生，留了地址，署名白先生。万一胡七真有寻找自己的意思，茫茫人海，也就有了可以寻访的踪迹。

# 第四章

庚子年的早春，毫无异象地降临，悄悄然走到人间。日月、四季的运行，比世道自律得多。不管你雄心万丈，或者愁眉不展，黎明，天空必亮，该热该冷的日子，也都是如约而至。译书院的后墙根，几株细长的柳树，竟然早早冒出了嫩芽。译书院的杂役老头，常把洗菜的水往树根上洒，他自有说法：人看作垃圾的东西，对草木是滋养的。好像有几分道理。没栽几年的柳树，显然比别处院子里的提前抽绿了。

一天的事务忙完，那日，张元济精神一振，走到徐方白的座位前，兴致勃勃地相约："方白兄，我们去街上小酌一杯，如何？"

徐方白暗自诧异，不知对方何以起兴。他们共事许久，坐下来喝茶聊事常有，更密切的交往则无，清淡如水，君子之交的味儿。对于张元济，徐方白感恩，南下困窘狼狈之时，是他施以援手，让自己安顿下来，重新活出了样子；徐方白尤其敬服他的学识，学问远在自个儿之上。见张元济主动来约，徐方白赶紧立起身子，拱手道："一直想与菊生兄微醺畅聊，多多求教。今日春风拂面,正是好日子。"

译书院不远,街角处有座饭馆。底楼卖面条饺子馒头,都是吃了急匆匆就走的客人,吵闹些;顺狭窄的木梯爬上二楼,则清静许多,沿窗排开几张小方桌,可以点了菜慢慢品尝。徐方白独自过日子,不会正经开伙,随意乱吃,塞饱肚子就行,此类小饭馆时常光顾。张元济说:"不讲究,就近找一家吧。"徐方白便熟门熟路引他奔那里去了。

傍晚时分,饭馆二楼竟然没其他客人,老板殷勤地招呼着,按他们吩咐,温一壶黄酒,摆几样干净的菜肴,知趣地退下,把整个二楼,留给了两位文静的读书人。

窗户临街,街上,人力板车的大轮子,木质的圆轮咔咔地碾轧着石子路,大约是市场里卖菜的老乡赶在夜黑前回家。早先,通往江边的是泥路,与乡下的道差不多,下雨后满是泥泞,踩下去稀烂,车子更难通行;那些笨重的木头轮子,沾满了烂泥,别说是人拖不动,连粗壮的老牛亦动弹不得。上海原先也是小地方,混迹在松江府诸多村子中间,并不起眼。黄浦江畔,码头兴建后,这里铺成石子路,才清爽许多。黄浦江之外,另有苏州河等四通八达的河道,在河道之侧,次第修建的马路,繁荣了商街,让上海活出了新模样。所谓马路,原先得名于可走马车之道,眼下,进出上海街区的马车日益见少,那名称则保留下来。

两位算老朋友了,客套少,一杯黄酒暖肚,张元济开口说出本意:"方白兄,今日邀你小酌,其实是有事求教。"

徐方白晓得张元济的脾气,如此认真地相约,肯定不是为了杯中之物,他赶紧恭敬地答:"菊生兄客气了,有事,只管吩咐。"

张元济环顾屋子,除他俩,二楼并无别人,底下的声音虽然嘈杂,楼板却是厚实的,并不影响他们的交谈。张元济轻声道:"南下之前,方白兄在复生兄那里效力,记得去天津住过一段日子,是为了联络袁某人?"

张元济谨慎,话语隐晦,外人不容易听懂,徐方白则清楚他的意思:"菊生兄所言略有差池,那袁某人派头大得很,我一介书生,无官无职,哪里联络得上?只是持了谭先生信件,前去拜访,并遵先生之嘱,就近住了些日子,以观察天津方面各式人等的动向。"

他们的这段对话,说的是戊戌失败前的惨痛。变法维新派期望袁世凯站在光绪皇帝一边,因为袁世凯手握配备新式武器的重兵,举足轻重。保守派的头面人物荣禄,那时亦镇守天津,假如袁世凯拥戴光绪帝,保守派必然忌惮,荣禄就不构成威胁。为此,光绪还给袁世凯下过密诏。谭嗣同心细,对袁世凯并不放心,派徐方白去天津小站暂住,就近观察袁世凯的动向。袁世凯城府深,在帝、后两派间彷徨,自个儿也派了多人在北京城里摸底,狡黠地骑墙观望,言语模棱两可,对维新派,看在光绪的面子上,虚与委蛇罢了,徐方白哪里摸得到他的底牌?等袁世凯发觉局势严峻,慈禧与保守派占了上风,并动了杀机,这位新军首领立刻变脸,与保守派诸大臣站到了一起,还密报了维新派拉拢他的活动,称他们有谋叛之举。慈禧最后决定要杀维新派,与袁世凯的告密关系甚大。那一阵,徐方白虽然身处天津,但进不了袁世凯的圈子,知道袁世凯决意投靠保守阵营,已经是过时消息,连报告谭嗣同都来不及。

两位读书人唏嘘几句,闷闷地对饮一杯,张元济又道:"旧事多说无益,我只是想问问,方白兄近观袁某人多时,对此人有何观感?枭雄?能臣?奸人?抑或城府颇深,难以捉摸?"

到这时候,徐方白顿悟,张元济约他,是想通过他当年的所见所闻,来分析袁世凯的为人处世之道。眼下,小报上常有袁世凯的新闻。他掌控的那支新军,西式军械的武装,所以被慈禧重用,正从天津调任山东,目的是镇压山东闹得厉害的义和团。对此新闻,徐方白心中也盘算甚久,慈禧们葫芦里藏着啥秘密,真难捉摸。原来那个山东巡抚毓贤,满族大官,属于保守官僚阵营,也算慈禧信得过之人。他把山东义和拳收编为义和团,让他们的宗旨由"反清灭洋"改为"扶清灭洋",这等大事,一个巡抚哪里敢自作主张,自然是报告过朝廷的。眼下,慈禧却把毓贤召回北京,调袁世凯接任山东巡抚,前去弹压义和团,这反反复复的戏码,看得人云里雾里,不得要领。

徐方白这般寻思着,抬头望见对面张元济的脸,对方期待地微笑着,双目在圆形的镜片后闪烁出温煦的神采,徐方白无法含混,直言说:"我对袁某人恨之入骨,维新派的惨败,其人罪不可恕,我早就深恶痛绝。撇开这一层,单讲其为人,确实有手段,非泛泛之辈,不可小视。"

张元济坦诚地道:"我早离开官场,过往只是风云,也无意多想。无奈,有人垂询,因为袁某人正与南方的总督们加强联系,他们就想对其多做分析。我与袁某人并无交往,因此想到方白兄,随意说说即可。"

张元济一说，徐方白心中透亮，能够询问张元济的，无非是盛宣怀和李鸿章二人。盛宣怀主办南洋公学，与张元济关系密切；那李鸿章，虽然远在两广任上，眼下有电报这新玩意儿，邮电又掌控在盛宣怀手中，问点事情还是方便的。再说，李鸿章素来欣赏张元济才学，戊戌之灾，如果没有李鸿章周旋，张元济或许就丢了性命。盛宣怀和李鸿章，眼下特意问询张元济，他们对袁世凯其人的兴趣，应该集中在判断这位武将的政治品格以及未来走向。

徐方白沉吟片刻又道："此人不是庸碌平常之辈。其内心深处有何谋划，我不敢轻言，不过，他并非一介武夫，其杀伐果断，统兵之将的才干，在我看来，不在当年的左公之下。"

徐方白是湖南人，向来敬重湘军大将左宗棠，张元济是知道的，徐方白把袁世凯与左宗棠相提并论，可见其内心的矛盾：恨袁世凯背叛维新变法，却又不敢轻视他。张元济感兴趣地追问："将领才干之外，其远见谋略如何？"

徐方白努力回忆着往事，在天津小住时见闻的点滴，自己手持谭嗣同信件，到天津呈递给袁世凯，袁世凯肯接见，是给谭嗣同面子，谭嗣同深得光绪帝的信任，是朝廷中公开的秘密，袁世凯不得不当回事。不过，当徐方白陈述大局危重，谭嗣同对袁世凯寄予厚望时，这位新军统领一直呵呵笑着，最多言不由衷地附和："好，好，好。"再没有更多的表示，让徐方白觉察他的城府之深，绝对不是莽撞的将领。徐方白道："看不透啊。三国之初，曹孟德与刘玄德喝酒，论及天下英雄，说仅仅是曹刘二人，吓得刘备一身冷汗。这袁世凯么，或许又是乱世枭雄一个。"

张元济点点头，再问："比起南方各位大员如何？"

张元济嘴里的南方大员，徐方白自然清楚，是指清廷派在两广两江两湖的总督们，都是负有盛名的汉族官员，李鸿章、张之洞、刘坤一等。徐方白坦然道："袁某人资历声望不如各位，其魄力么，也许真不在他们之下。再说，袁世凯年富力强，假以时日，难以估量。"

张元济无语。这一番评说，出于痛恨袁世凯的徐方白之口，让张元济听了表情分外凝重。张元济叹道："山东黎民，逃不脱一劫。"

徐方白不解地反问："招安义和团，毓贤必然得到朝廷许可，现在又调袁某前去镇压，如此反复，实在摸不透朝廷的想法。"

张元济凄然："朝廷的朝夕翻脸，你我书生，早见识过。可怜的是，想要扶清灭洋的山东百姓，恐怕血流成河！"

徐方白点头应道："袁某人的新军，武器装备，不亚于洋人军队。义和团是民间力量，如何抵挡得住？"

张元济苦笑："所谓刀枪不入的传说，也不过是传说中的旁门左道，上阵打仗，没用的。"

张元济谨慎，话说到这里打住。他与徐方白默契。慈禧确实是极有政治谋略的女人，她用人大胆，常常剑走偏锋。如何处置义和团的崛起，在朝廷内部争论激烈。慈禧把主张招抚的山东巡抚调开，将重兵在握的袁世凯放到山东，是权宜之计，还是深谋远虑，谁猜得透？按徐方白评价，袁某人是新出的枭雄，不知又会搅起多少血雨腥风。

一壶酒喝完，添了两笼包子，算作主食。两人该说的话说罢,窗外已经一片漆黑,显然是没有月色的寒夜。春寒料峭,在上海,常比冬天更为阴冷。徐方白坚持由他做东,张元济也就不客气,拱手谢过,又说:"方白兄见识过人,今日赐教,获益匪浅。"徐方白担待不起,急忙说:"菊生兄乃闻名海内的大才,能追随左右,才是我的大幸。"张元济笑笑道:"我主持这译书院,已经有些日子,又奉命参与南洋公学的事务,两头应付,未免感觉疲惫。说不定哪天就辞了,轻松一些。"

徐方白听了大惊,诧异地看定张元济。记得刚到上海,拜见张元济时,他提过这话题。看来,不是随口一说。徐方白想细问缘由,一时又不知如何措辞。张元济爽快,解释道:"这南洋公学,这译书院,虽然有创新气象,但与官府脱不了干系,终究受种种束缚。我未免寻思别的出路。商务印书馆常来接业务的年轻人,你看到过的吧?他们倒是志在办一所全新的印书馆,邀我多次了,我还举棋不定。你我肝胆相照,也就不必相瞒。今日迟了,改日再详尽讨论。很想继续与方白兄合作,一起做点事情。"

两位读书人在饭馆门口分手。临别的这番话,让徐方白颇感意外。张元济雄才大略,跟随他,能做成事业,徐方白是相信的。只是眼下国内大局未定,西洋东洋的军队都踏了进来,民族危亡之际,国内经济凋敝,民不聊生,饥荒遍地,不解决国家大局,做点译书印书的事,能起多少作用?徐方白不得而知。

徐方白再次想起了谭嗣同。那真是国之栋梁,国之英雄啊!那么了不起的人物,死于非命,天妒英才,令人深深痛惜。

徐方白回到租住的屋子。那地方离译书院不远,才隔了两条街。挑选住处时,特意权衡过,为了省点来回的时间。这住宅有些年头了。当年是财主家的,房子中间,带一块庭院,算得上气派。老财主败落后,后辈没钱好好打理,墙面剥落,院子荒凉,一副落魄的样子。好在厢房多,又被庭院隔开,可以分别租给两家房客。按风水讲究,东厢房胜过西厢房。徐方白来的时候,东厢房已经住人,徐方白不忌讳,就要下了西厢房的两间。

徐方白穿过大门,进了庭院,刚要奔向左手的屋子,右边东厢房的门先打开了,一个瘦小的中年人走了出来。他像是专门等着徐方白,听见声响,急不可待地出门招呼:"徐先生,有客人找你啊!"

"客人?"徐方白纳闷。他左右环顾,这里,除了他和东厢房的林先生,并无他者。"哪里有客人啊?"

这房子,U字形的结构:左右两排厢房,由徐方白和广东人林先生租用;北面,是灶屋和一间储藏杂物的小间。当初寻房子时,徐方白一眼相中这个地方,因为邻居隔得开,互不打搅。林先生也是独自过日子,在招商局码头账房做事,看上去安安静静的本分人。在上海滩,他们的职业,居多数普通劳力之上,自然不愿住在拥挤的弄堂房子里。

U字形的中央,隔开两边厢房的,是处小小的庭院,望得到天空。这个结构,让人假想,早年造屋的老财主,也许有两房老婆,两排厢房的格局,恰好安顿。分得开,又不是挤在一堆儿。今儿夜里没有月亮,天上乌黑乌黑,庭院里也显得阴暗。林先生的屋子里亮着汽油灯,据他说,是舶来货,比常见的煤油灯亮度高些。不过,那光亮,投到庭院里,也就没啥力气了。瘦小的林先生,只剩下一条暗影,脸庞显得灰暗,只有眼珠子看得分明。

那眼珠子闪动着，颇有意味地盯着徐方白："徐先生心里没数？我看他们与你蛮熟的模样，说是从家乡过来的。"

广东人多数瘦矮，林先生尤甚。徐方白虽然也偏瘦，个子则不矮，站在林先生身旁，有鹅对鸭的感觉。"老家来人啊……"徐方白拖着长音，居高临下地望望对方，含混地回答，心里兀自一惊。他到上海，并未与家乡亲友联络，连老母亲也只是寄了报平安的短简。他不知道清廷会不会去湖南追寻他的下落，毕竟他跟随谭嗣同有些日子，自然有人知道底细。这里的住址，徐方白只是给京城客栈老板寄了，为安全计，落款故意没写真名。发出短简，是为了让七爷晓得他的落脚之处。能寻到此处，唯一的线索，是那封短简。不过，逃出来蛮长时间，京城那里的变化，一点不清楚。他的住址，是否落到七爷手里，难以判断。

"一男一女，说是兄妹。"林先生继续高声道，显示出格外的热情，或者说是探究隐私的好奇，与他往时的安静有明显落差。大约这地方长期住着两位寡男，寂寞已久，突然有女宾来到，撩拨了他的神经。"我以为，千里来寻，与徐先生关系不一般，就想留他们坐坐，等你回家。谁知，他们客气，执意去街上找点吃的，说是稍后再过来。"他们做邻居有些日子，林先生难得说这么多话，让徐方白听得别扭，他只是应付地回答："兄妹俩啊，应该是家乡的晚辈吧。"他心中稍稍安定。既然是两兄妹，不像是官府中来找麻烦的。莫非是七爷的朋友们？

林先生今日异常，竟然没有消停的意思，继续说："徐先生是湖南人吧，两位客人，听上去是山东口音呢。"

提及山东口音，徐方白心中一个激灵，仿佛明白了啥。方才喝酒，与张元济讨论到山东的情势，义和团方兴未艾，有燎原之态。小报上说，上海街头偶然可见山东来的汉子卖艺。徐方白在山东并无亲友，那里的人来寻他，多半是与七爷有关。回想起来，胡七说话，也带点山东口音。七爷的江湖朋友多，那时逃亡，一路有人照应，便知七爷路数之宽。这些，对林先生没法解释，徐方白也就继续含糊："族人出门找活路的众多，在山东那里，也散落不少吧。"

这才拦断话题，各自回屋去了。林先生瘦弱的背影在月色下晃晃悠悠，消失在东厢房的门背后。徐方白看看院门，刚才自己随手插上了门闩，现在想想，又折返过去，拉开了门闩。假如真有七爷的朋友来访，正是徐方白报七爷之恩的机会，要好生接待。

## 第五章

约莫过了半个时辰，院子大门那儿，有汉子朗声唤道："徐先生在家吗？"那声音，不是直接发自喉咙，不是嚷叫呼喊，而由强悍的气息推动，浑厚有力，轻松穿透空旷的庭院，传送到厢房的屋子里。

徐方白本来是支起耳朵，凝听室外的动静，等待着客人的到来。等得累了，他撑不住，脑子有些迷糊，坐在椅子上，恍惚起来，快要入睡的状态，被这富有穿透力的呼唤惊动，一个激灵，从椅子上蹦起，脑袋一晃，瞬间清醒，赶紧迎出门去。边走边想，对门的林先生说得不错，那声呼唤，果然是山东口音。对面厢房的门，咯吱响了一声，大约是林先生也听到了大门外的招呼。他没有跨出门来，也许只是在门缝里朝外望了望。

高高的院门，平时只是虚掩着，两个租客临近睡觉，才会插上门闩。因为知道会有客人来访，今儿的门，徐方白没有插上门闩，还干脆开了半边木门，任夜风随意进出。徐方白走到庭院里，月色之下，隔老远，就看到了门外的客人。高高大大的汉子,铁塔似的杵在门框那儿,身后,月光勾出了另一个修长的身影。按林先生所说,访客是兄妹俩了。徐方白虽然是文弱书生,在谭嗣同身边时,却与王五和胡七每每见面,对习武之人的样子熟悉;夜黑月明之时,门框外一对健硕的身影,腰板挺拔,气宇轩昂,确有一番逼人的豪气。

徐方白不再犹豫,上前一问,果然是京城胡七爷介绍来的,他顿时开心至极,时隔几年,终于得到了七爷安泰的喜讯,马上热情地邀兄妹俩进屋。

从庭院往里走时,隐约觉得,右厢房的门缝又开得大了些。黑暗之中,看不清楚,凭感觉,是林先生从门缝里朝外打量。这位账房先生素来安静,话儿不多,与徐方白难得搭讪,平日里撞见,客套话也就是"老三样":傍晚时分,说的是"回来啦?"或者"吃过饭了?"清早照面,则是"上班去啦?"今天的表现,实属意外,对徐方白的访客,他好像颇感兴趣。徐方白心里纳罕,皱皱眉头,却也无奈。简单推理,此处原先只有两个大男人,突然来了位年轻女子,像是拨动了林先生的某根神经。按老子的思想,黑白相依,有无相随,天地阴阳;儒家讲非礼勿视,其实,所谓男女之大防,违背天性,隔不开也防不住的。

进屋,请客人们坐下,徐方白端出了准备好的茶具,斟出喷香的绿茶。方才,知道今晚有客,徐方白特意去灶屋烧水泡茶,这会儿,不冷不热,正好喝。油灯的火苗,在玻璃罩中忽闪忽闪,照耀着方桌旁的三张脸。远道而来的汉子应该是渴了,并不客气,端起茶杯,一口喝尽。他自我介绍,是胡七爷的远房侄子,名胡三郎;身旁的姑娘,名胡九妹,是七爷的远房侄女。无须主人进一步询问，为证明身份，汉子从怀里掏出两样东西，递到徐方白手中："徐先生，七爷关照，看到它们，徐先生自然宽容，不会怪罪我们兄妹的冒失打扰。"

徐方白将东西接在掌心里，眼光一扫，就知道送过来的是啥。一张薄纸片，是他寄往北京的短简，寄给南下逃亡前栖身的客栈，纸上写了自己眼下的住址；另一块小小的布片，是腥风血雨之时，与胡七告别留下的信物，徐方白在布片上手书了"匹夫"二字——匆忙之中，心绪紊乱，那布片又皱巴巴的，两个字毫无章法，歪斜地挤在一块。徐方白微微一笑："七爷的朋友，就是我的朋友，哪有冒失之说。"他知礼法规矩，目不斜视，没打量旁边的女子，一直冲着三郎说话："你们需要我做什么，尽管直言。"

胡三郎爽快地道："山东乡下大乱，家里待不住，我们兄妹就北上去寻七爷。哪知道，京城也是不太平。七爷慈悲，他精通医学，为我妹子搭脉，说她身子弱，得找个安静的地方养养。七爷觉得上海地界活路多些，又有您徐先生在，就打发我们过来。也是靠七爷江湖朋友众多，才顺利南下。"

胡三郎这一番话，顿时让徐方白回忆起当年情景，仓皇出逃，也是靠了江湖好汉们照料，没胡七爷的面子，自己的性命还不知丢在何处。徐方白心中涌上热流，赶紧说："七爷于我，有再造之恩，他托的事，我必然竭尽所能。你们不必客气，就依七爷吩咐，安心在上海住一阵。"

进屋到此刻，徐方白一直没敢多打量女子，读书人，习惯了男女避讳，只是面对汉子言语。话说到这会儿，他才悄悄扫了胡九妹一眼。那女子安静地端坐一旁,模样清秀,坐姿笔直,七爷说她身子弱,在徐方白眼里,自有一番巾帼不输须眉的气概。徐方白知道,山东乃齐鲁豪侠之地,历来英雄辈出。水泊梁山,妇孺皆知;奇女子李清照的气节大度,也是千古少有。兄妹两个,是七爷的远亲,更是七爷悉心爱护之人,七爷才会让他们到访。徐方白心中透亮,兄妹俩虽然衣着简朴,举手投足,言语神态,哪里有逃难的窘状?非礼莫问,对方说只是到上海寻个活路,徐方白听过便罢,乃是待朋友之道,不会饶舌套话、细细盘诘。

徐方白说:"我这里租别人的房子,不宽敞,上海人多地少,住处是难题,和乡间没得比。如果你们兄妹不嫌弃,先在我这里落脚,将就将就如何?"

胡三郎回道:"我们人生地不熟,一时也没有别的办法。不过,担心让徐先生增加许多麻烦。"

"没啥麻烦,只是委屈你们了。今儿晚了,后面的厢房,请你妹妹去歇息,三郎兄就留在这屋子,与我挤挤?"徐方白不知山东那里规矩如何,在他湖南老家,兄妹间亦是避嫌的,成年后一般不会同居一室。

胡三郎懂得徐方白的细心,也就笑笑道:"一个夜里的事,我随便坐坐,打个盹就行。"他倒不是瞎说,徐方白知道,练武之人,身体强于常人,旅行在外,随意靠哪里一歪,稍事休憩,就熬得过去。

这时,旁边沉默许久的胡九妹,也开口道:"不敢太麻烦徐先生。徐先生住处确实不宽裕,你夜里休息不好,明儿怎么做事?我们兄妹在后屋对付一夜即可,明天再从长计议。"

女子中气足，声音清脆悦耳，言辞相当得体。徐方白赶紧说："有办法的，你们安心住下。我明天就去找房东。后面灶屋旁，还有一间房子，里面堆杂物而已。我请房东腾空了，一并租下就是。"

兄妹俩见他言语真诚实在，会心地对视一笑，由兄长开口致谢道："徐先生仗义，我们暂且在此住下。日后，待我们有办法了，当尽快搬出！"

徐方白道："往后的安排，时间充裕，我们再商量吧。"

后厢房的床上本来就有被褥，徐方白又从箱子里翻出一床被子，不好意思地道："未知有客，这被子许久未晒，怕是有潮气，带点味儿。"

胡九妹接过被子，朗声道："乡下人，没那么多讲究。旅行在外，有床睡觉，幸运之极。已经很麻烦徐先生，其他的，我们自己来做。"

一阵忙乱后，兄妹俩去了后厢房。很快，那边安静下来，寂然无声。也许旅途劳累，他们立刻就睡了。徐方白喝了口茶，打开写有"匹夫"字样的白布片，久违地端详着，独自寻思：胡三郎他们说是到上海寻个活路，那便不是住几日的问题。七爷郑重地托过来，是信得过自己，需要想得周详些才是。

这一夜，徐方白睡得不踏实，惊醒两回。有一次，好像是在天津，袁世凯的军营里突然有军官举枪射击，目标正是他的胸口。惊醒时分，徐方白一身虚汗，感觉心跳厉害，几乎喘不过气来。他静静神，才知道乃噩梦而已。他仰天躺着，听见后厢房有呼噜声，一声高一声低，节奏感蛮强。他笑笑，是胡三郎的声音,小伙子路上累得够呛吧。

徐方白仰脸望着黑暗中的房梁,正中的主梁,和自己的腰差不多粗细,结实得很,房东祖上造屋时,舍得花钱,是殷实人家的样子。财富似流水,来即来,去即去。后辈不折腾,尚可坐享祖上功德。现在那个收租的房东,开了家杂货铺,卖点家用小东西。家道中落,人儿却精明得很,收起房租来,斤斤计较,拖一天也不肯。估计开口要租那间放旧家具的屋子,讨价还价免不了。为了报七爷之恩,徐方白志在必得。能少花点钱拿下,自然完美,房东真要抬价,徐方白也无奈。他想好谈判策略,不能表露出急迫的心意,只是说来了远亲,甩也甩不掉,价钱合适,就在这里暂住,太贵了,自然打发他们另寻地方。灶台旁的小屋,空着也空着,多少加点租金,房东那点小心思,或许就满足。

想到谈判策略,最棘手的,是解释胡家兄妹的来历。到上海这些日子,徐方白发现,上海市面上的人,比湖南老家的,甚至京城胡同里的,都要精灵古怪些。难道商业四通八达,见多识广,脑袋瓜里就复杂起来?淳朴的世道,往往存在于山乡闭塞之处。房东开家小铺,也算眼观六路耳听八方之人,不好糊弄的。当初徐方白租房,还是仗着译书院的名头,虹口这一块,知道译书院是盛宣怀盛老爷名下的,房东才没多盘问徐方白来历。这回,山东来一对兄妹,都知道那地块眼下不太平,万一房东生个心眼,认真追问究竟,说不详细,恐怕是麻烦的事。胡三郎他们到底有何来头,在徐方白这里打马虎眼,怎么说都可以,其他人信不信、疑不疑,实难预料。徐方白寻思,既然胡三郎声称到上海寻个活路,不妨给他找份糊口的营生,就比较好说话。街上管市民的最小的吏，称为里正的，盯住的，也往往是无业游民。没活计干的，整日里游手好闲，最让大小官吏生疑。听着胡三郎铿锵有力的呼噜声，徐方白突然冒出个好主意，心中一定，人放松许多，也就很快睡着了；而且，在三郎呼噜声的帮助下，他睡得更沉。

木格的窗户纸上，泛出黎明的亮色，窗纸比较薄，有些儿透明，应该是晴朗的好天气。徐方白从迷糊中清醒过来，比他习惯的起床时间，稍稍晚了一些。他听见后厢房有声响，应该是三郎他们起来了。习武之人，不恋床。前后厢房，只隔了一道布帘。三郎他们的声音很轻，大约是担心吵了主人。

徐方白赶紧起床，把睡乱的被褥拉拉齐整。家里来了女子，不能像往常单身日子，邋邋遢遢的。胡三郎听到这里的响动，知道徐方白已经起身，便掀开门帘走过来，问道："徐先生，我们兄妹想去庭院里活动一下身子骨，不知道会不会吵了邻居？"

"不会啊，"徐方白赶紧说，"对门的林先生，在码头的账房做事，来往商船的事多，他总是天不亮就去码头，这会儿早出门了。"徐方白知道，练武之人都有晨练的习惯，昨天忘记告诉他们，后厢房有一道门，眼下有橱柜挡着。把橱柜挪个位置，从后厢房可以直接走到庭院里。原先，徐方白一人居住，为前后厢房通行方便，只用布幔挡了挡。现在看来，要调整格局，两间厢房需要中间隔断，分门进出合适。有了胡九妹这女子入住，太随意，不符合读书人的礼数。

徐方白从箱子里翻出些生活用品，打算给兄妹备用，然后出了房门，想去灶房打水洗漱。灶屋那里有一只大水缸，足有大半个人那么高。隔个三天，会有挑夫担水过来，把水缸灌满。去年冬天，特别寒冷，缸里的水冻成冰坨，用力敲打，敲出碎冰，才放到铁锅里烧。徐方白想，现在添了用水的人，要关照挑夫隔天便来，多给点铜板而已。这时候，三郎正在庭院中舒展长臂，行云流水地打出一套拳路，拳到意到，刚劲圆润，虎虎有声。徐方白住在浏阳会馆时，见过王五胡七他们与谭嗣同练拳，多少晓得些门道。这会儿，看到武术高手的功夫，刚柔兼济，如豹子奋力腾空，似金猴轻捷落地，徐方白差点失声叫好，只是怕影响对方运气，才忍住没有吱声。

转头一看，胡九妹却站在灶屋跟前，已经从大水缸里舀出凉水，放进小木盆中，无需洗脸巾，用手捧水，在清洗脸庞。看得出，她是习惯走南闯北的女子，手脚麻利，动作干脆，到任何地方都很习惯，没有陌生的违和。

清晨的阳光，穿越庭院墙外的树枝，丝丝缕缕地洒在女子的身上。她并未注意到徐方白的走近，昂起脖子，享受着水流滑落脸庞的舒适。晨光洒向她的眼眶，侧面瞧去，双眸晶亮纯净，黑白分明；到底年轻，肤色白净红润，不像常年在田间干活的农家女子。徐方白看得发呆，随即一愣，唯恐九妹发觉，自己就显得唐突了，赶紧收回目光，转过头去，重新望着胡三郎的方向，继续默默欣赏他的拳路。三郎练得起劲，脱去外衣，只穿了短褂，手臂上文着醒目的长龙，随着三郎的一招一式，龙头龙身龙尾，都栩栩如生地游动起来。在三郎刚劲有力的身形中，徐方白看到了七爷的影子。

兄妹俩的第一顿早餐，徐方白用了心。他去门外的铺子，要了肉包子和豆浆,还加了几根刚起锅的油条——金黄色的油条,滋滋地冒着油泡,那个香味,让清晨空落落的胃咕咕叫个不停。徐方白让伙计把吃食装在饭篮里,提着带回家中,在方桌上摆整齐了,才招呼胡家兄妹进来用餐。兄妹俩看一眼桌上丰盛的早点,十分不好意思,三郎歉意地说:"徐先生太客气了,担待不起。"九妹跟着说:"我刚才看灶屋里,炊具齐全,正想问徐先生要点米,煮些稀饭。"

徐方白一脸尴尬地说:"我一个人不开伙,平时在街上胡乱吃,家里没存米,连油盐也用完了。"

胡九妹道:"一会儿我们去街上买菜买米,油盐酱醋都添置一点,烧饭做菜的事,自然让我来吧。"

三郎赶紧道:"这样合适。我们住这里,徐先生又不肯收房钱。从今天开始,饭菜的费用,我们管了。徐先生就不用操心。"

徐方白真诚地说:"你们见外了。七爷的族人,也就是我的亲朋。你们刚到上海,生活还没着落,你们身上,也不会带着许多闲钱。眼面前,我先管管,应该的。"话说到这个分儿上,也就不必兜圈子,徐方白一方面招呼两兄妹用餐,一方面把昨夜睡不着时的盘算,一五一十说了出来。

徐方白的意思,胡家兄妹安心长住无妨。他一个人生活,屋子空着也是浪费。不过,七爷说让兄妹俩到上海寻个活路,也就是要有维持生计的办法,他想给三郎找份活干,不知三郎愿意不?他见胡三郎沉吟不语,又补充道:"街上管事的里长,见生人来住,免不了要探寻究竟。若是到上海打工谋生的,那就司空见惯,不会纠缠不休。"

徐方白确实考虑得十分周详，兄妹俩挺感激，连连点头。三郎说："我小时候读了几年私塾，倒是认识一点字。不过上海大地方，我毕竟是没见过世面的乡下人，说话的口音听着也别扭，只怕去店铺做个伙计，老板都瞧不上的。"

徐方白坦言道："找合适的事做，确不容易。不过，也是巧了，对面厢房的林先生，你们昨天寻过来时已经照面，是在码头上的账房里做事。我想托托他，让三郎去码头上做做？"徐方白略微停顿，歉意地道："码头上全是苦力活，我得问问清楚，有没有搬运货物之外的活儿，比方说管管仓库的，轻松一些的。"

徐方白说到这里，胡三郎已经来了兴致，接口道："不必为难林先生，我有的是气力。原来在乡下，到财主家里做，也是卖命的苦活。能到码头上找个饭碗，我们兄妹就有了活路。"

三郎和妹妹交换了眼神，两个人的脸上，都露出满意的神色。胡九妹道："三郎去码头干活，我就在家里做饭做菜，保证你们回来有热汤热饭。"

三郎兄妹说话爽气，徐方白心中的石头落地。大家不再客套，桌子上摆放的早餐，香气袭人，十分对胃口，一会儿工夫，风卷落叶，被打扫得干干净净。

天蒙蒙亮，在码头账房做事的林先生就去上班，特别辛苦。据说，他还是招商局管事的亲戚，把他从广东派到上海，就不单单是做点记账算账的活计，还有帮忙盯住码头大小事务的意思。钱袋子要紧，历来如此，管账的，往往是亲信。这世界千万花样，万千门道，总归是围住一个钱转。林先生兴致高时，说过他的特殊关系。那是新年初一，两位单身男子约在一起喝酒，情绪浓时，林先生脱口说出来的。那日，徐方白特意买了点好菜回来，就在徐方白住的厢房里会餐，说是可以喝个痛快，不计时间。其实，也有省些花销的意思。大过年的，一般饭店不开门。还在做生意的，吃客们得额外花钱，给大师傅和跑堂伙计封个红包。徐方白找过年的时候请酒，有答谢林先生的意思。租房子那会儿，徐方白看中此处，房东陪他在庭院里转悠，见到了老租客林先生。攀谈几句，林先生晓得他是译书院的，便生出几分亲近感。招商局的老板是盛宣怀，南洋公学的老板也是盛宣怀，算一棵大树庇护下的。房东要徐方白找一家铺保。那是规矩，买卖人做事相信铺保。有开店铺的担保，跑得了和尚跑不了庙，心中踏实。林先生当时充了个好汉，对房东摆摆手道："这个保，就是我做了。徐先生也是盛大人手下做事，你就一百个放心！"估计林先生看徐方白是老实的读书人，做邻居太平，所以帮着说了话。

徐方白知道林先生在招商局有后台，说话有分量，才会想到找他帮忙。如果只是去码头做苦力，无须周折，早上，一众乡下汉子都在码头门口排队，跟着就是。徐方白心细，让胡三郎做一般苦力，终究对不起救命恩人七爷。扛大包，走跳板，非但是苦活，而且有危险。身子一闪失，没法向七爷交代。

这天傍晚，听得对面厢房开门，知道林先生回来，徐方白就带了胡三郎上门拜访。广东人林先生没有别的嗜好，唯独喜欢喝茶。据说，广东人都嗜茶如命，只要在屋子里，林先生一把紫砂壶不离掌心。那壶，多少时日的把玩，磨得锃亮，泛出深紫的光泽。徐方白晓得林先生癖好，已经买了一包上等的福建大红袍，褐色的纸，包得方方正正，红色的丝绳扎紧了，让胡三郎提着，算是孝敬林先生的心意。

林先生的前厢房，摆设比徐方白的屋子阔气些。两把椅子，竟然是藤条的，冒出黄澄澄的光泽；椅座上铺着布垫，是江南流行的蓝色粗布；椅背呈略微弯曲的弓形，可以顶住腰，看着就舒服，坐上去腰部不会腾空。方桌上面，一盏舶来货的汽油灯，外面一圈围着晶亮的玻璃，是大富人家才见得到的稀罕物。林先生在这间屋子住了多年，他是招商局码头开天辟地那一茬儿的，自然不是等闲之辈。让徐方白不解的是，他为何长期独自居住，没听说他在广东有家眷。过年也不回南方去，像是孑然一身的样子。在北京谭先生身边时，忙于维新变法之事，徐方白没空顾及成家的事；逃亡到上海，孤零零一个人，长夜寒苦，未免浮想联翩，觉得也到了娶妻育子的岁数。林先生与自己年龄相仿，三十出头了，就不谋划打算？

进得屋来，徐方白郑重介绍了山东小伙子，说三郎是自己远房侄子。胡三郎老老实实鞠躬，递上包裹齐整的大红袍，寒暄几句，无非是新来乍到、多多关照之类，就按着事前说定的步骤，先行退出了。

林先生瞧瞧包得方方正正的茶叶，端在手里用鼻子嗅嗅，一股浓厚的暗香，沁入心脾，不由赞叹："好茶，好茶，你们太客气了。"在广东福建那些地方，茶客们喜欢岩茶、乌龙茶，经得起泡，劲儿猛；至于江南的绿茶，名头大的如龙井、碧螺春，过于清淡，喝起来不够味，是一班文人雅士的偏爱。

徐方白道："我这两位侄辈，要在这里住一阵子，免不了声响多些,给林先生添麻烦,一点心意而已。"

林先生怪怪一笑:"是你远房侄儿们呀!昨日,见他们上门,那女孩模样周正,我以为,是徐先生好事将近,还思量着,可以等着喝杯喜酒。"

徐方白脸上竟然泛红,不好意思道:"哪里哪里,就是远房侄儿们,乡下遭灾,兵荒马乱的,到上海想寻个活路。"

林先生点点头:"这年月,到处乱糟糟,像上海这般太平的地面,还真是不多。"他端着紫砂壶,微微饮一口,嘴里吐出一番话来:"在上海滩忙活的,别的无关紧要,做生意赚钱,头一等要紧。北方好多大人物,在此地神不知鬼不觉弄幢屋子,光是为自己囤点洋货,也方便啊。再说,洋人需要码头进出,他们漂洋过海,图啥?把运来的货卖个好价钱啊。市面安泰,生意才好做。他们的想法,就与官府不谋而合。做一任道台或者巡抚,太太平平,就是本事,就能够升官。所以啊,这块地面上,各色人等,要的都是相安无事的好日子。"

徐方白早就觉得林先生的不同寻常。一个拨算盘珠的账房,哪里框得住他?此刻,林先生得意地侃侃而谈,对上海滩各方利益的分析,不由得让徐方白刮目相看。徐方白拱拱手道:"林先生高论,受教,受教。"

广东人收住话头,又打量一番包裹得方正结实的茶叶,笑着问:"你侄子,虎背熊腰啊,好身架。到上海做点啥呢?"

徐方白说:"年轻人,没见过世面。到这里,先能混口饭吃,站住脚跟就不错。"他打量一下林先生神色,见对方心情蛮好,顺势说下去:"林先生在招商局码头说话有分量的,我侄子想去码头做做试试，正要拜托林先生帮忙。"

"码头上都是苦力……"广东人沉吟着，后面的话缩回去了。

徐方白赔着笑说："单是去扛大包，就不敢麻烦林先生。三郎读过几年私塾，识些字，如果能够到仓库里帮着收收货、理理账，也就是给了他莫大的出息。"

"读过几年书，记账对货是不难的。"林先生点点头，估计他也需要有点文化的手下。到码头上讨生活的，基本都是大字不识一个的苦力，能像三郎那样读过私塾的甚少。"不过，码头这里的规矩，进出仓库的，一定有保人才行。徐先生为他作保？"

这是摊牌了，万一出了毛病，徐方白是要连坐的。徐方白只得点头应了："那个自然，是我侄子。三郎老实的，林先生只管放心使唤。"

林先生哈哈一笑："你我都是一棵大树之下，为盛大人做事的，我如何会不放心！"广东人再一次抬出了盛宣怀。看得出，徐方白在译书院的身份，非常值得信赖。盛宣怀与一般官员不同，官运亨通之外，还擅长搞实业，码头、铁路、邮电，包括铁矿石运输买卖等等，诸多涉猎，在上海的房产就很惊人，是传奇人物了，做啥都赚大钱。按林先生说法，在上海滩混的，都是谋个太平赚钱，盛宣怀乃个中一等一的角色。

有求于人，徐方白只得殷勤，临别，还补充说："现在开始，我侄女儿每天会做点热汤热饭，林先生不嫌弃，也可来尝尝。家常菜肴，萝卜青菜，亦是风味。一直在街上吃，腻的。"

广东人拱手笑道："你侄女儿，看上去便是心灵手巧的。徐先生口福艳福不浅，我或许沾点光，提前谢过。"

林先生话里有话，徐方白假装听不懂，呵呵地客套着，告辞出来。

被他反复提醒，离开林先生的厢房时，徐方白心中却添了几分忐忑。兄妹俩是七爷介绍过来，徐方白没话说，信得过。但是，毕竟只认识两天，要说他们的底细，徐方白还真是不清楚。同意作保，出于遵守码头的规矩，却是无奈之举。自己担得起这个保吗？他挪开步子，走过月色如洗的小小的庭院，夜间的空气特别清新，身影拖得很长，随他身子晃动。俗话说，身正不怕影斜，他心中正是这般思量。仓库嘛，无非是怕被偷盗。三郎兄妹，堂堂正正的，绝不是奸邪小人，一如七爷的性子。不会有啥麻烦，徐方白如此想着，心中笃定许多。

# 第六章

　　从小报上的消息看，北方的局势一团乱麻似的，日益混沌。有太后撑腰，那个袁世凯威风凛凛，统帅新军出征，一心展示欧洲军械的厉害。他到了山东，称奉旨弹压民乱，出手凶狠，对义和团赶尽杀绝，丝毫不留余地。只有刀枪棍棒的义和团，哪里是手握洋枪火炮的新军的对手，败得很惨。原来的山东巡抚恩威并施，用了当年对付水泊梁山的招数，给钱给粮给名号，把义和拳改编为民团式的组织，因此，义和团也把"反清灭洋"的旗帜换成了"扶清灭洋"，表示他们的敌人只是洋鬼子和追随者，即那些入教的汉奸。朝廷换了个山东巡抚，袁世凯带兵过来，怎么就变了脸，只剩下两个字：一曰"杀"，二曰"赶"。杀起来，毫不留情。不过，那袁世凯并非莽汉，知道山东漫山遍野的义和团杀不光的，他主要的谋略，是通过"杀"的威胁，进行驱赶。只要把境内的拳民赶跑，山东安宁下来，巡抚的功劳，自然显山露水。至于乱民们逃亡何处，他袁世凯就管不着了，也不想管。

　　山东各路义和团，哪里想得到朝廷的骤变？枪炮轰鸣，弟兄们死得惨，像秋收时的庄稼，大片大片倒下。打不过袁世凯，义和团在山东地界也待不住，就往河北方向去，还有进入大北京的趋势。原来对义和团怀柔的山东巡抚毓贤，据说是回到北京做官去了。义和团进入北京，自有逼宫讨说法的意味。早先承诺的话，收编义和团，一起打洋鬼子，到底算数吗？我们已经宣布"扶清灭洋"，为啥要赶尽杀绝？前后两个山东巡抚，到底哪个正经，可以代表朝廷的意思？

如此的混乱，徐方白看不懂，也猜不透。慈禧手段的厉害，读书人早就领教，当年对谭嗣同们的狠毒，记忆犹新。不过，眼下朝廷大政反复无常，实在摸不透那个太后的心思。慈禧六十五六岁了，早过了那个变化无常的岁数，用生理原因解释，也不通啊。徐方白问过张元济，慈禧要坐稳江山，到底是怕洋人，还是怕义和团？张元济的回答有点含糊："大概都怕的。"徐方白也和广东人林先生聊过。这位账房先生对时事别有眼光，他补充了几句，是张元济未说到底的意思："义和团赢了，怕义和团；洋鬼子赢了呢，自然怕洋鬼子！"这绕口的话，让徐方白品味了许久。徐方白想，按这分析，慈禧是盼着双方僵持不下，自己坐山观虎斗。不过，也不对啊。洋鬼子势力日盛，新式火炮威力巨大，义和团手中只有冷兵器，慈禧却派袁世凯去镇压义和团，那不是拉偏架吗？女人的心事，本来难猜，何况是在群山之巅的女人！

庙堂高巍，其中的奥妙，退居江湖的人士远远望去，模糊迷离。徐方白百思不得其解，只得放下，静观而已。

接下去的日子，徐方白自身遇到天大的麻烦事，更加顾不得操心天下大事。所谓"家事国事天下事",古人将家事排在第一。家事,没有国事和天下事伟岸,却每时每刻堵在眼前:想溜,溜不过;想绕着弯走,还是没门,家长里短,自会绊住脚丫,让你动弹不得。

胡三郎每日去码头干活,胡九妹留在家里操持,回来有热汤热饭,起初,那日子是好过的。徐方白逃到上海,时间不短了,这才有个家的感觉,瘦瘦的身板长了肉,脸上也滋润许多,显得亮堂多了。广东人林先生亦不见外,隔个两三天,傍晚回来,就自动朝灶屋那里走去,一边还啧啧赞道:"烧啥好吃的,这么香。"他自然是仗着为胡三郎安排活计的功劳,蹭点吃喝,心安理得。胡九妹懂人情世故,若恰好在灶屋,总是盛碗热汤递过去,还客气道:"您将就着喝一点,与你们广东的煲汤,怕是没得比。"不过,也便是到此为止,广东人搭讪着想多说几句,九妹就借故避开走了。徐方白心中叹道,虽说不是大家闺秀,却是相当自尊、持重的女子。

如此相安无事,过了段太平日子。那天,早晨喝稀饭时,徐方白感觉九妹神态有异,脸色阴沉沉的,还故意避开自己的目光,显出心事重重的模样。徐方白悄悄打量,女子的脸色有些憔悴,缺少了平时的光泽。眼角,似还有淡淡的泪痕。徐方白心中纳罕,又不敢问。女子的心中有啥秘密,旁人不方便随意打听。

下午,译书院收工的当口,同事们一个个走了,徐方白不慌不忙,收拾好桌子,喝两口杯里剩余的清茶,去门外水池洗干净茶杯,然后再在椅子上坐一会儿。他的习性如此,不急不慌,宁可慢半拍,保持静若处子的状态。

管杂役的老头儿过来，通报有人来访，在门外坐了半个时辰了，说是专等徐先生下班的。徐方白心中诧异，就让老头儿把访客引进来。见了面，徐方白兀自吃惊，竟然是胡三郎，刚从码头下来的模样，脸上头发上都灰扑扑的。在仓库干活儿，比起扛箱子走跳板，是轻松些，但成天吃灰，则免不了。每天多少件箱包进进出出，多少双脚掌踩着满地泥土，密闭的仓库中，整日里尘沙弥漫，三郎的头发和衣衫都密密地沾着灰土，那头发灰里泛白，乍一看像是年过半百的老汉。

徐方白有些儿诧异，赶紧问："你怎么不回家啊？"徐方白向胡三郎指认过译书院的地址，当时，三郎说那是读书人的高雅之处，自惭形秽，不敢贸然闯入。这会儿他的出现，让徐方白颇感意外。

见带路的杂役退出，房间里只剩下他们两个，胡三郎一步向前，边拱手边打算单腿下跪，神色慌乱道："我们兄妹有难，请先生再行搭救！"

徐方白赶紧扶住他："三郎尽管说话，何必行此大礼？"

胡三郎勉强起身，却依旧神色肃然，垂手而立，像犯下天大的过错，等待徐方白的处置。徐方白给他端杯水，让他稳稳神，三郎双手捧住，却没有喝水的心情，又道："无论如何，请先生答应我的无礼请求！"

徐方白说："你们是七爷亲戚，与我就是一家人。随便什么为难的事，但说无妨。"

三郎满脸苦涩，迟疑着艰难地开口，说出事情的来龙去脉。徐方白细细听了，脸上惊骇不已。虽然早有思想准备，知道他们不是一般的逃难穷人。不过，三郎道出的这番话，还是在徐方白意料之外，震惊不已。

如徐方白原先猜想的，胡三郎胡九妹背井离乡，从山东到京城寻找胡七爷，又在胡七爷的指点下，来到上海，果然藏了段不同寻常的故事。原先的山东巡抚毓贤，见山东民间的义和拳势力日大，反对洋人和教堂教会的扩展，"民心可用"，便出面招抚，编他们为义和团。毓贤属于朝廷保守派集团，怕洋人，又恨洋人的耀武扬威，见义和团与洋人作对，想借用这股力量，灭灭洋人的威风。三郎九妹都是义和团的人，九妹的丈夫，更是家乡义和团的首领，毓贤招安的时候，九妹丈夫属于被接见之列，在地方上名气很大。后来，义和团与洋人扶持的豪绅武装冲突，数次血战，渐成不共戴天之势。豪绅武装，获得大量洋人的武器，慢慢占据了优势，在一次杀得昏天黑地的战事中，九妹的丈夫身先士卒，不幸战死。豪绅仗着洋人撑腰，反而去官府控告义和团，说他们掠夺乡里，滥杀无辜，要官府严惩不贷。本来，毓贤手下的官吏，私底下还袒护义和团，谁料风云突变，袁世凯主政山东，局面完全变了。袁某人历来敌视民间武装，新军进入山东，便对义和团下了重手，杀得血流成河。地方政府的官员，都是油缸里浸过的老鼠，见势头不对，立刻改头换面，一屁股坐到了豪绅武装和洋人那边，列出抓捕的名单，胡三郎和胡九妹也在必捕必杀之列，兄妹不得不离家出逃。待跑到京城，见了胡七爷，才知道朝廷的意思变了，毓贤一派落于下风，现在是主张剿灭义和团的占据中枢，袁世凯气势汹汹，绞杀义和团，是慈禧首肯的。三郎他们听罢，目瞪口呆：原来，朝廷大事，竟可随意更改。胡七爷告诉他们，太后朝令夕改的事情多着呢，当初康梁变法，她也是忽而默许，忽而屠杀。胡七爷说："有老太后撑腰，袁世凯才敢如此凶狠。他开了杀戒，义和团逃往河北，进入北京。这北京，洋人多，义和团红了眼，报仇心切，也不知会闹出什么事端。"

胡七爷再三思虑，最后吩咐他们兄妹南下，说是到上海，先找一位本家婶子，备用方案，就是寻访徐方白。两个方案，大致可保有个落脚之地。万一上海待不住，七爷还给了去广东的联络地址。三郎本来无意做缩头乌龟，只顾自己活命，逃往南方。七爷却耐心开导，说九妹身体不适，他做兄长的，得为妹子着想。还有一位义和团的大首领，闻讯极力劝他们接受胡七爷的安排，说本来有意派人到各地联络，扩大义和团的影响，上海是大地方，应该去。三郎兄妹到达上海之后，先是寻找胡七爷的本家婶子，不幸的是，那地址人去楼空，没法联络，无奈，只能投奔徐方白了。

三郎兄妹的背景，徐方白心中早有猜测，他们来自山东，具备习武之人的轩昂气宇，也估计到他们与义和团有牵连，种种故事，尚在徐方白预料的大框架之内，石破天惊的，则是后面的一段话。三郎说，这两日，九妹觉得身体不适，乏力，嗜睡，吃不下饭，提不起精神，只得去街上，找了位老中医搭脉。那中医竟然恭喜，说九妹怀孕了。三郎兄妹惊喜交集。喜的是，九妹丈夫留下遗腹子，可以告慰在天之灵；惊的是，马上天热，怀孕之事必然招眼，难以遮掩，山东老家又回去不得，如此天崩地塌的情势，实在不知如何处置。九妹不准三郎在家里说这事，三郎只能等译书院下班了，再来央求徐先生搭救他们。

徐方白不由脸色煞白，瘫坐在椅子上，一时回不过神来。那么青春靓丽的女子遭此大难，令徐方白始料不及。难怪她精神萎靡，郁郁寡欢。徐方白见三郎六神无主，觉得九妹幸亏有兄长在身边，危难之时，亦是不幸之幸。三郎为妹子的事如此这般着急上火，徐方白何尝不难受？多日相处，亲情油然而生，徐方白也心疼九妹。何其懂事的女子，照理，做母亲是天大的喜事，她却如遭劫一般。世俗的目光，杀人的刀，还不能说出肚子里孩子的父亲是谁。天渐渐热起来，薄薄的衣衫，会让女子的身材显山露水，一览无余，这个日子如何熬得过去？再说，即便熬到生下孩子，孤儿寡母，又如何立足于世？

三郎平时的英雄气概，此刻被可怜的祈求所笼罩，他眼巴巴地瞧着唯一的救星，在上海这个陌生地方，不指望徐先生，还能求哪个呢？

徐方白聚拢眉头，喃喃低语："我也想不出法子啊。为你找个活儿，安排一下生活杂事，都好说。眼下这情况，我如何帮得了你们兄妹？"

胡三郎低头，避开徐方白的目光，抬出了七爷的招牌："其实，七爷为九妹把脉，已经知道她怀孕，让我带她离开北方战乱之地，多半因此。七爷关照，先找他本家婶子，是想为七妹安排避难之处。谁知，七爷的本家婶子早就离开了上海。我们兄妹只能指靠徐先生了。"他垂头丧气，声音呆板地说下去："和九妹商量，她一个劲地哭，说是无论如何要留下这个孩子。她丈夫是独子，这是他家唯一的苗。我做哥哥的实在想不出办法，只有来求徐先生施以援手。先生答应的话，我再回去告诉九妹。"

徐方白茫然："我如何施以援手？"

三郎鼓起勇气，说出盘桓在心中的话语："无理之请，求先生答应，把九妹收了偏房。"

徐方白听闻此语，大惊失色。"收偏房，是封建礼教恶行，我如何可做？"他狠狠瞪了三郎一眼，"再说，我从无婚娶，本无正房，哪来收偏房之说？"

胡三郎知道自己唐突，恨不得再次跪下恳求："我晓得自己荒唐，徐先生已经是我们大恩人，如何还能这样无理纠缠？九妹知道我向先生提这般要求，也会狠狠骂我。不过，我真是无路可走，无法可想，山穷水尽。九妹的性子刚烈，做哥哥的，真怕有个三长两短啊。"

徐方白点点头，承认三郎说得在理。九妹非唯唯诺诺委曲求全之人，世俗杀人的目光，她哪里受得了？别人先不说了，广东人林先生，平日里看过来的眼神常带着暧昧，要看出九妹怀孕，还不知说出何等刻薄的话语。想到九妹会被恶毒的眼神包围，徐方白亦是万箭穿心。短短的日子，他和兄妹俩，已亲如一家了。见三郎哀求地望着自己，徐方白硬着心肠，用劲摇了摇头："不可能的，我绝对不会做收偏房这般傻事！"

"无论如何，请先生给她一个名分！"三郎无奈，又紧逼一句，"给一个名分，让她能够生下孩子。往后，我们绝不纠缠，回到山东就是！"

徐方白崩溃了，坐在椅子上，一语不发，额头上冒出了豆粒般汗珠。还不是闷热的季节，天气爽朗，凉风习习，徐方白却感到浑身难受，贴身的衣襟已经透湿。热乎乎的汗流，贴着背脊，一丝丝一条条，往下流，往下淌，汇聚在肚脐和腰部，把内裤都弄得潮湿了。

在译书院没法久坐，按规矩，杂役到点关门。两个男人无奈地起身，一路回去，都是心事重重。徐方白愁容满面，实在做不了决定。拒绝三郎的提议，他内心不忍，不知道九妹将如何渡过难关；接受三郎的想法吧，自己怎么办？莫名其妙做了父亲，将来回湖南老家，即使老母亲惯着自己，对祠堂里的列祖列宗没法交代啊。胡三郎一脸苦相，不但是等待着徐先生的未知答复，而且还没想好如何去对九妹言说。请求徐方白收九妹做偏房的念头，仅是三郎走投无路之际，自个儿的异想天开，说不定，九妹听到后，会把兄长骂得狗血喷头。

他们脚步沉重地踏进庭院。灶屋那里没有声响。他们走近了，倒是嗅到饭菜的香气。热饭热菜，焐在铁锅里，木盖罩得严实，香味是从盖子与铁锅的夹缝里钻出来的。九妹躲自己屋里去了。三郎的荒诞念头，没有向九妹提起过，但他要找徐先生报告新情况，九妹是知道的。尽管性格豪爽，终究有女子的羞怯，此时她不想出现在徐先生眼前，可以理解。徐方白和三郎懒得把饭菜拿回屋子，就站在灶头前，狼吞虎咽，把饭菜吃了个精光。

灶屋之外，星月在上，一片安宁的夜色。徐方白瞧瞧三郎，三郎也看看徐先生，两个男人，相对无言。尴尬地站了片刻，末了，徐方白咬咬牙关，狠狠地吐出几句话："收偏房，万万不行……你去问问九妹的想法，只要她愿意，我和她成亲吧……生下来的孩子，不管男孩女孩，都是我徐方白的娃。"

徐方白突然这么告白，三郎起初一愣，旋即心里松快起来，大喜过望,拱手谢道:"徐先生,您对我们兄妹的大恩大德,一辈子也还不清!三郎嘴笨,实在难以用话语来表达!"

徐方白脸色凝重地回答:"先不说谢吧,九妹的心思如何,我们还不清楚。我想,这样,你如此说,嗯,这般说吧——"话语疙瘩,舌头不灵便,徐方白边想边努力表达意思,竟有些结巴起来:"九妹冰清玉洁,我么,绝对不会冒犯丝毫……我,也就是名义上的,我会做男人场面上该做的。日后,对孩子,父亲该做的,我都做得到。九妹,我不会伤她一点点,请她一千个一万个放心。"

从徐方白疙疙瘩瘩的话语中,胡三郎听明白了他的意思,不由对他更多了敬意。他无言以对,只是深深地鞠躬:"我会原原本本告诉九妹,徐先生,真个恩重如山!七爷没看错,你堂堂正正的读书人,对我们兄妹,情义无价!"

徐方白回到自住的前厢房。前后厢房,中间,原先只隔了一块薄薄的布帘。为了九妹住后厢房,徐方白说是必须隔断。他原来打算找个木匠来,做一扇木门。不过,那样弄,得把房东请过来,他同意了才能做。九妹说,何须大费周折,原来堵在后厢房门口的大橱,搬过来,作为前后厢房的隔断,挺合适。那大橱,是实木打造,死沉,徐方白是挪不动的,好在兄妹俩力气大,轻轻松松就搬了地方。布帘还挡在原处,又加了个大橱而已。大橱毕竟不是封闭式的木门,所以两面的声响依旧可以传播。平日里,徐方白和九妹,都不是粗手粗脚的人,没多少动静,互不妨碍。

这会儿,三郎进了妹妹屋子,徐方白倒是支起耳朵,想听

063

听九妹的反应，心情确实有点复杂。这些日子，与两兄妹朝夕相处，九妹的身影时不时在眼前晃。过了而立之年的徐方白，说心中纹丝不动，对眼前的丽人没感觉，大约有点自欺欺人。只是虑及种种障碍，不敢深想罢了。对面屋子林先生，每每用暧昧的言语挑逗，弄得徐方白脸红，实际是触及了他内心深处的潜意识：九妹的突然现身，是不是一种姻缘的可能？不过，徐方白强行压制了这种念想，读书人讲礼数，不能乘人之危。毕竟兄妹俩是七爷介绍，逃难来的。今日，忽然听到女子早已是嫁过人的，而且即将生育，心中有些儿失落感，空荡荡的，也是人之常情。

兄妹谈话的声音很轻，当然是怕搅了徐先生的清静，所以徐方白实在听不具体，只听得九妹时有嘤嘤的抽泣。徐方白心底长叹一声，苦命的，天妒红颜啊。听不清，徐方白干脆不听了。他从柜子上取下一只酒瓶，高粱酒，是过年时买了醉肉用的，没用完，还剩了小半瓶。徐方白给自己斟了半盅，望望那清澈的液体，脸上不由浮起苦涩的笑，为什么喝呢？是为了隔壁的苦命人，还是为了自己突然要做父亲的艰难的决定？他来不及想明白，就猛然把半盅酒灌进了喉咙。

酒从喉管下去，起初，热辣辣的，再往下，就有些烧胃的感觉。徐方白很少喝白酒，逢年过节，兴致好，也就是喝一点绍兴黄酒，像这样一口吞下高度的酒，非常少。记得上一次，还是躲在北京的客栈里，想到谭先生他们在菜市口的悲惨，他一时心中难受，从老板处要了白酒，把自己灌晕了。这会儿，半盅酒下去，徐方白身上热血充溢，连掌背都微微发红，手足难以安顿，说不出是郁闷还是亢奋，屁股落在椅子上，双眼呆呆地望向屋顶，漫无头绪地想着什么。

有敲门的声音，不用问，是胡三郎。年轻人走了进来，恭敬地站在了徐方白的面前。他应该是猜到了徐方白喝过酒，桌子上有空了的酒盅，屋子里有酒气，不善喝酒的人，脸上红扑扑的，也足以暴露秘密。

徐方白瞧瞧三郎，想说什么，却没先行发问。三郎也不知如何开口，静了片刻，才说道："九妹感谢先生搭救……她说，大恩不言谢，也没法谢。只要保住孩子，一切但凭先生做主。"

"保住孩子……"徐方白默然，沉重地点了点头。他看出三郎一脸疲惫，这个兄长做得不容易。"你累了一天了，早些休息吧。"徐方白温和地对三郎说道。

三郎退出后，徐方白又枯坐了片刻。他心里寻思，这事儿定了，却该如何张罗？张罗难堪，不张罗也难堪。喝了酒，亢奋夹着难受，没法多想事，一想脑袋疼。干脆不想了吧，睡一觉，车到山前必有路，船逢桥头自会直。天亮了，再说。

窗纸刚映上微弱的晨光，徐方白醒了。他听见庭院大门的声响，广东人林先生出门上班去了。他每天那么早，如此勤快，招商局应该开了蛮高的工资。林先生出去后，有人很快插上了门闩，那是三郎了。他总是等林先生出门，自己才放心地打拳晨练。早些日子，九妹会从后厢房出来，与兄长一起练习。这两日没有动静，自然是她心里烦。

徐方白躺在床上，懒得起来。脑袋还胀着，是昨夜那半盅酒的缘故，还是思量过度？徐方白得想清楚，与九妹成亲的事儿，需要如何操持。好歹想个方案，进退有度，让人不感到突兀。

065

好在他和胡家兄妹不是本地人，没有亲戚，省了许多烦琐之事。上海是大地方，比湖南老家开化，成家立业的仪式简单许多。不过，婚宴酒席，照徐方白了解的习俗，还是要摆的，这个逃不开，不请酒，街坊邻居眼里，就不算成亲。酒席多少，看自己能耐了。徐方白想，可请之人不多，摆一桌可以了，场面上，装样子，也要装一下。译书院请两位同事到场，还有就是林先生和房东了。请房东过来，算是给街坊一个招呼，毕竟房东是这里老土地了。徐方白拿不定主意的，是请不请张元济先生。张先生到场，是大面子，他是在京城做过大官的，皇帝召见过的，把他请到席面上，任谁看，都是镇住了。对面的林某，只要说到张元济先生，也是竖起大拇指夸个没完。徐方白觉得为难，是不好意思开口相约，让张元济先生与房东那样的俗人同桌，实在是委屈张元济张翰林了。也罢，见着张元济先生时，随口一提，他稍有勉强，就算了。

徐方白想好这些事，随即从床上挺起身子。他寻思，立刻出厢房门，与庭院中耍拳的三郎商量一番，再请三郎去问过妹子。假如九妹没有异议的话，徐方白决定诸事早办为好，毕竟九妹怀孕的身子，过些日子，就很难瞒住众人眼睛了。徐方白打算，今日去译书院请个假，然后到街上裁缝铺跑一趟，请个好点的裁缝，上门量尺寸，为九妹做套合体的新衣；后厢房还得添床喜气的被褥，新房就设在后厢房了。为做得像，三郎得把堵在前后厢房间的大橱搬开，让裁缝把门帘换成大红的颜色。不过，请三郎转告，九妹一万个放心，形式变变而已。夜里，徐方白依旧在前厢房睡觉，绝对不会越过那道门帘；白天么，除非有人要进新房看看，比如对门的林先生，徐方白得装个新郎的样子，陪着走一遭，否则，那里也是禁区，徐方白会自动禁足。

如此这般，想了个周全，徐方白突然觉得自己蛮行，复杂的事情，一团乱麻，竟然很快理顺了。他苦笑着，伸手打开前厢房的门，深深呼吸早晨的空气。凉爽的风，钻进鼻腔，有点儿痒，狠狠打了个喷嚏，才舒服许多。三郎的拳路正在兴头上，虎虎生威，拳脚碰撞，啪啪作响。徐方白径直朝他走去，心中浮起个滑稽的念头：今后，人前如何称呼三郎？是唤大舅子吗？

# 第七章

上午，徐方白早早地去了译书院。假如张元济先生到得迟，徐方白打算留下一份便笺，说明自己请假一天。巧了，张元济今儿也早，已经坐在了窗前他那张深棕色的书桌前面，摊开了一张报，正慢慢读着。徐方白本来不识英文，不过，在译书院的这些年，少不了接触英文书籍，他天资高，渐渐地，竟也认得些简单的单词。张元济在读的，叫《字林西报》，是上海租界里蛮有名的一份西文报纸，四马路五马路那里，常有报童吆喝着卖。

徐方白恭敬地请教："菊生兄，报上有什么重要消息？"

张元济皱皱眉头："这里有一篇文章，蛮厉害。"他用食指点了点报纸的左侧，又道："若是让好事之徒捅到宫里，那位老佛爷必然火冒三丈，不知又要生出什么祸端！"

"哦，啥事儿？"徐方白远远一瞥，黑鸦鸦一堆字母，他只认得零星的单词，自然看不懂，干脆安静地站立在一旁，等着张元济解释。

张元济双手放开报纸，那张满是字母的纸页，就完全平摊开来,他不紧不慢地道:"写文章的西人,看口吻像是报社记者,还应当是常去京师,蛮熟悉宫廷内情的。文章说,眼下中国北方大乱,义和团已经进入京城,乱象横生,如果制止不了,各国在华利益必然严重受损。他建议,各国使团,应该报告自己的政府,尽早决策。最好的办法,是合力谋求朝廷内部的理性变革,争取让年轻的皇帝重新主政;负责对外事务的官员,亦需要撤掉迂腐的顽固派,换上懂得保护各国利益的大臣,比如曾经出使多国的李鸿章。"

徐方白啧啧道:"此人确实对朝廷内部事务有见识。不过,也就是一位高鼻子的书生议论而已。各国政府合力?那点力气,到了朝廷的殿堂,就像拳头砸进棉花包,根本无用。掌握实权的太后,加上太后身边里三层外三层包裹着的王爷阿哥,哪个肯把大权还给光绪帝?"

"麻烦就在这里!"张元济的目光,在圆圆的玻璃镜片后面闪动,"她最害怕听到的话,就是还权于帝。"张元济用手指敲敲桌上的报纸,神色严峻起来:"她若看到这篇文章,认为是西人故意放出风声试探,各国政府合力谋变,还不大动肝火?"

徐方白笑笑:"她完全不懂西文,无妨。"

张元济正色道:"她不懂也罢,怕就怕懂西文的小人,把它翻译出来,添油加醋,再写一封密报呈递上去,太后看了震怒,就肯定生出事端!"

徐方白应道:"非常可能!小人坏大事,历来如此。再说,此文对李鸿章寄予厚望,同样是顽固派们难以容忍的,他们必然会趁机诬陷。比如,文章说他懂得保护各国利益,自然便是与西人私下里勾连的证据。"

话说到这里,徐方白突然想起,光顾着闲扯,自己的事忘记了,今天并不是来上班的,就拱手道:"菊生兄,抱歉了,今儿我有要紧的事,特地来向你请假一日。"

徐方白做事认真,自从到译书院,从未请过假,知道他告假必有急事,张元济也就不问究竟,摆摆手道:"你何必特地跑一趟请假呢?快忙你的事去啊。"

徐方白没急于离开。他觉得,若想请张元济出席婚宴,眼下是开口的机会,于是缓缓地道:"今日告假,实为一件私事。菊生兄,还有个不情之请,望宽恕我的冒昧……"

张元济惊讶:"我们之间,不必如此客套。方白兄,何事?直言相告即可。"

徐方白这才把事情简单说了一遍。其中,不便细说的,即三郎兄妹与义和团的关系,包括九妹已经怀孕等,只能悉数隐去,只说远亲兄妹到沪投奔,现在他决定娶那位妹妹为妻,因为双方亲友都在老家,所以婚事简办,只打算办一桌酒,很想请张元济先生赏光,前去稍坐片刻。

张元济听罢,大喜过望,笑呵呵地道:"方白兄孤身居沪,确实清苦,我早就牵挂你成家之事,担心唐突,没有开口相问。眼下,月老主事,姻缘已至,可喜可贺。这杯喜酒,你不请,我也要讨来喝的。"

"实在抱歉啊,知道菊生兄忙得很,只是我在沪上没啥朋友,你到场,是天大的面子,冒昧张口,强行打搅了!"徐方白真诚地致歉,连连拱手。

张元济见徐方白告辞，转身要走，赶紧唤住他，走到书架前面，略一思索，从书丛里抽出一份宣纸册页，双手捧住，递到徐方白面前："书生情义纸一张，我随手写写的，权作贺礼。老朋友了，也不拿红纸封起，请方白兄笑纳。"

徐方白细看那册页，见是张元济的墨宝，楷书《岳阳楼记》，知道这礼物的分量，虽然暗暗喜欢，还是要推却的："太重了，太重了，受不起的。"张元济中进士后，进了翰林院，他的楷书，在京城里有名气的，徐方白只能远望，哪里敢开口要一幅字？何况是《岳阳楼记》这样的长篇书法。

张元济送出手的，绝对不会再收回来。两人一番客气之后，徐方白自然是千谢万谢地拿了。走出张元济的屋子，徐方白望着手中的册页，感慨万分。菊生兄真是难得的大好人，可惜，自己还欺骗了他，成家之事，原非得已，把张元济请到酒席上，只为了把假事做得像真事。不该啊，欺瞒了这位老实人。不过，徐方白也不是存心要骗张元济，为的是做件好事，搭救危难中的胡九妹和她肚子里的孩儿。菊生兄帮自己做善事，将来知道了真相，也不至于怪罪。这样想着，他心中方才释然。

下午，请了裁缝上门，替九妹量身制衣。九妹觉得有愧，本来只是为自己遮掩的事，让徐先生如此操劳，像真是大婚，实在对不起他，再三推脱。徐方白说，这是做给街坊邻居看的，不能马虎。九妹这才应允了。徐方白在这方面并无经验，还担心裁缝会不会看出破绽。忐忑了好一会儿，见裁缝提着尺子，在九妹身前身后忙碌了一阵，再三夸新娘身材好，没表示出异样神情，才放下那颗悬着的心。仔细寻思，在京城时，七爷搭脉，该是九妹的孕期开始不久吧，裁缝又不是郎中，如何看得出？徐方白是自己心虚了。不过，上海的裁缝多数来自宁波，都是走江湖见世面的，只要赚钱，看破亦不会说破，也是可能的。

这一天，碰巧的事，全让徐方白赶上了。他送裁缝出门，瞧了一眼林先生屋子的房门，正在心中盘算，晚上得过去一趟，郑重地请林先生参加婚宴，谁知，在庭院的大门口，正好撞见了林先生。广东人脸上有些灰暗，说是清晨出门受寒了，早点回家歇息。徐方白送走裁缝，就跟着林先生进屋，殷勤地问，要不要让九妹煮点姜汤，驱驱寒。

林先生笑着摆手："一点风寒咳嗽罢了，睡个觉就没事了。"他倒是拿徐方白打趣："从来没见徐先生请裁缝上门，有啥大喜事吧？"

这一说，倒是让徐方白顺水推舟："林先生猜中了，正要报告，请林先生屈尊赏光，参加我的婚宴。"

广东人眯缝着眼睛，哈哈笑道："我早说过嘛，兄妹上门，分明千里送新娘的样子，你还不肯爽快承认！"

徐方白装作难为情："见笑，见笑。隔两日就要摆酒。我在上海是外来户，没几个亲友，仅是一桌而已。订在前面街上的那座酒楼，恭请林先生光临。天天见面的好友，也就不书写请柬了，诸事从简，见谅，见谅！"

林先生尖刻地一笑，笑声显得怪异："马上摆酒，你如此着急，该不是奉子成婚吧？"

一句话，捅到节骨眼上，徐方白十分难堪，承认否认均不合适，只得尴尬地傻笑。他知道，十月怀胎，到九妹生的时候，别人瞒得过，对门的林先生瞒不过，精明的账房，算账一流，如何算不清日子？

林先生继续调笑："不怪，不怪，那么水灵灵的女子住在旁边，只隔一道布帘子，徐先生熬不住，是男人都懂的，理所当然、水到渠成，早早做就了好事！"

徐方白终究是面子薄，顿时满脸通红，辩驳道："厢房中间的门，是用实木大橱堵死的。"

广东人哪里肯放过他："大橱么，搁着而已，又不是钉死的，挪一下，钻个身子过去，方便得很啊。"这么揶揄，简直把书呆子窘得无话可说。没想到，平时话儿不多的林某，说起这档子事，满口麻利，窘得徐方白赶紧想溜，谁知又被林先生拦住，说是还有重要的事情。广东人顺手关上房门，一本正经，请徐方白坐下，稍等片刻。徐方白纳闷，见他嘿嘿笑着，神情怪异，不知他又要演哪一出。

厢房靠墙，有一只樟木的矮柜。上海人家，但凡家底殷实的，都喜欢用樟木家具，说是防虫防霉。矮柜上面，放一只木盘，盘子中央，是一套褐色的紫砂茶具。广东人酷爱喝茶，茶具也是讲究的，紫砂壶紫砂杯，配套的。茶具旁边，放一只色泽深暗的罐子，看上去是金属的，沉甸甸，厚实稳当。徐方白知道，讲究的人家，储存茶叶，用的是锡罐，据说可防止茶叶受潮。这只锡罐，年事已高，颜色全然失去了锡的光泽，沉淀着岁月的灰暗。

林先生搬走茶具盘，又捧起沉甸甸的茶叶罐，搁到饭桌上，这才去开矮柜。矮柜，像通常的樟木箱子，只是比一般箱子高了半截,有金属搭扣,上面竟然还挂着铜锁。徐方白默默地望着广东人折腾,啥也没问。这是读书人的教养,沉默,是适合多数场景的礼节。

林先生的双手在矮柜里面摸索,像变戏法一般,在暗箱里操作,听得到纸张的窸窸窣窣,夹杂着清脆的金属碰撞。最后他魔术般拿出一只红包,折叠得整齐的红纸包,神采焕发地递了过来:"徐先生,金榜题名时,已经为昨日之梦;洞房花烛夜,才是今日的辉煌。人生得意,莫过于此,大喜大喜!"

由不得徐方白推辞,那只红包已经塞了过来,他嘴里还嚷着:"你若是客气,我就不去喝酒了!"

红包之中,包着硬硬圆圆的东西,一摸,就知道是银元。徐方白见对方如此执着,没法推让,也只好收下。他以为,林先生把他留住,仅仅是为了这个红包,谁料,他站起身,刚想道谢着退出,林先生另外说出一番话来:"徐先生,有一件事,我憋了两天,终究还是憋不住,趁此机会,得向你说个明白。"

广东人语气蛮重,倒是把徐方白吓一跳,赶紧说:"啥事?我们有何不妥之处,你但说无妨。"他心中寻思,也许是三郎兄妹生活中有啥行为,让林先生不舒服。比方说,山东人的饮食习惯,在灶屋里煮了大蒜什么的,味道太冲,林先生被熏到了,感觉难受。

广东人的话说得慢条斯理,看样子,是憋了些时间,才不得不倒出来:"徐先生,是这么回事,你介绍给我的胡三郎,哦,现在该改个称呼,是你大舅子了,在仓库里干活,他有些儿毛病啊……"

徐方白一惊,"他干活不地道?"

"活儿做得不错,肯吃苦,肯出力,是把好手!"林先生道,"毛病是在别处,那个尤其麻烦。"

徐方白睁圆了双眼:"务请直言相告,免得拖累了林先生。"

林先生点点头:"这个嘛,我想装糊涂,也不行的。仓库里有人说,三郎干活勤快,从不偷懒;毛病是不守规矩,空下来,在仓库的货物堆里摸摸弄弄,有时还翻动箱包,像是在寻找什么东西。这个嘛,仓库里旁人难免有说怪话的,猜疑他的手脚是不是干净。犯忌的,这样子绝对犯忌。"

徐方白听罢,略微沉吟,徐徐道:"我这位远房侄子,人很实在,绝非手脚不干净的人。不过,他久居乡下,没见过世面,好奇心重,想看看新鲜,运进运出的都是啥好东西,这个嘛,倒是可能。"

林先生一脸方正地说:"假如只是好奇,是不懂规矩,就请徐先生告诉他,今后切莫再有此等行为。否则,即使我想维护你的大舅子,码头上管事的耳目多,罩不住的,只能请他离开仓库。徐先生是保人,面子上就不好看了。"

广东人一本正经,却又句句在理。这番对话,让徐方白领教了邻居的另一面。别看他平素笑呵呵,亦不多话,逢着要紧事,一句句如针尖对麦芒,让你没法闪避。看来,对方绝对属于厉害的角色!徐方白没啥可解释了,连连答应:今日晚上,就和三郎说个明白,在仓库里只管干活,绝对不要东张西望,无事生非。

从林先生的厢房出来,徐方白添了心事。他原先怀疑过,三郎兄妹,不是简单地逃难到上海。昨日,三郎说出九妹怀孕的困境，还说七爷在京把脉，已经知道她有身孕，倒是把徐方白的其他怀疑冲淡了。现在，听林先生说到三郎在仓库里的行为，徐方白又疑惑起来。他嘴上为三郎辩解，说他纯属好奇而已。自己的内心却是明白，这样的辩解苍白无力。毕竟不是乳臭未干的娃，哪里会有那么多好奇？

三郎，堂堂的山东男子汉，不可能是手脚不干净的小人，那么，他在仓库里的行为，到底出于什么心思呢？徐方白不可能不担忧。何况，近日即将大婚，他和三郎成为至亲，外界才不会管你们夫妻真假，三郎是他徐方白的大舅子，铁板钉钉的事了。真要有麻烦，徐方白如何脱得了干系？

九妹怀孕了，徐方白不想让她烦心，为避开九妹的耳朵，特意选了三郎快回来的时候，在大门外堵住了他。

街上，晚餐之前，黄昏时分，人来人往得多，不便久待，徐方白开门见山地问："林先生说，你在仓库里，喜欢去翻看堆着的货物？"

三郎一愣："闲的时候，偶尔有的，不过是看个新鲜。"

徐方白正色道："他们有规矩，不能东张西望，更不能翻动那些登记过的货物。"

三郎"嗯"了一声，勉强回答："随便在外面瞧两眼，又不会把箱子麻包打开来看。"

徐方白心里透亮，他已经想清楚，三郎对其他货物不至于有兴趣，好奇的目标，可能就是西式军火了。义和团与洋人交手，乃至与袁世凯的新军打仗，吃大亏的，就是对手有洋枪洋炮。码头上的货物，都是漂洋过海而来的，三郎未免联想，那里面是不是有武器装备？徐方白最担心的，正在这里。如果想在这方面动脑筋，不管是否得手，都是天大的事情了。徐方白不便无根据地指摘三郎，只能善意地旁敲侧击："三郎，你们刚刚安顿下来，九妹有孕在身，诸事小心为上，不能随意而为。仓库有仓库的规矩，你太太平平做些日子，是最好的。"

三郎点点头："我知道轻重的，绝对不给徐先生添麻烦。"

徐方白补充说："我也不是怕事之人。不过呢，凡事需要衡量一下得失利害。我知道，其实，他们招商局的码头进出的，都是一般做生意的船只，普通的民生商品，应当没啥新奇玩意儿。西人有自己的码头仓库，与招商局不是一路的。"

话说到这里，点拨得很清楚了，让三郎的好奇心到此为止，不要再无用地折腾。三郎本来不笨，自然是听明白了徐方白的提醒，连连点头："徐先生尽管放心，我老老实实干活，不会招惹麻烦。绝对不做让人说闲话的事。"

这些话说完，徐方白才一一告知今日诸事。酒楼的酒席预定了，客人请了，晚上再去邀请房东，便齐全；裁缝来过，九妹是不是满意，让三郎再去问问。九妹对徐方白终究是客气的，所以让做兄长的操心一下。徐方白安排得如此周详，三郎听着内心着实不安。他只想着为妹子救急，没料到徐先生筹划得周全，真像是办喜事了。三郎满是歉意，想劝尽量俭省，又知道徐先生不能不如此做的原因。徐先生读书人，有头有脸的人物，娶妻子的大事，再简单，也要像模像样做给人看。三郎除了千恩万谢，还有啥可说的。

# 第八章

　　进入初夏,上海的天气,炎热的触角毫不犹豫地伸了出来。讨厌的是,那种热气的咄咄逼人,不像京城,甚至不像山东。北方的盛夏,也是烤人的,烤得你热辣辣,浑身冒汗;不过,只要躲到浓密的树荫里,感受到泥土与树叶的湿润,身上的潮热,就被渐渐收去,周身顿时舒畅无比。摇一把芭蕉扇,喝几口深井中打起的凉水,就没了烦恼;如果再来上几片沙瓤西瓜,甜蜜的汁水,美滋滋地漫过舌尖,沁人心脾,还有啥所求呢?不夸张地说,那就是活神仙的日子。上海的初夏,熬起来却很不轻松。没有盛夏的酷热,却比八九月份的高温还要烦人。这是四面八方湿漉漉的日子,地上泛起潮气,墙壁冒出霉味,床上的被褥,也黏糊糊的。温水泡青蛙,热不死你,也烦死你,愁死你,简直是无处可躲的日子。随着初夏到来的,是漫长得望不到头的雨季。没有痛痛快快的滂沱大雨。暴雨滂沱的话,或许还能够降降温。那种发丝一样密密的细雨,漫无天际地飘洒,对温度的下降,没丁点儿贡献,却把整座城市润得透湿,前后得浸上个几十天。草狗的舌头伸得老长，呼哧呼哧地喘气；人和猫狗的状态差不离，鼻子嘴巴张开了，还是没法痛快地透气。那年月，上海的屋子，木结构的多，各种虫子，大大小小的爬虫、飞虫，乐滋滋地从梁上和屋檐下探出脑袋，让原本愁眉不展的住户们，身上又多了层鸡皮疙瘩。

九妹的身子重起来，她需要努力保持心情的平静，适应这儿的潮湿与闷热，不让自己去怀念家乡初夏的舒适。少女时代，找没人的河湾，在哥哥的保护之下，她可以跃入清凉的水里，疯狂地戏耍。这里，这座沉闷的城市，虽然有航行大轮船的河道，却不会有她九妹玩水的地方。连洗个脸洗个澡，都要节约着用水。那水是向挑夫买来的，每一担水，都需要付出铜板。肚子高高隆起，早已掩饰不住，衣服穿少了，更是显山露水。不过，九妹早就不发愁了。徐方白的善意，让她在这座陌生的城市，能够静下心来，大大方方准备做母亲。这是女子最为忐忑的岁月，也是期待未来最丰富的日子，紧张夹着欣喜。

外面的世界，着实喧闹。进入六月，小报上的新闻，街市上的流言，铺天盖地，日日翻新，让人眼花缭乱。一会儿说，义和团在京城里杀了洋人，杀得很猛，使馆里的洋鬼子，躲着不敢出门；一会儿又传出，天津、青岛那里的洋鬼子军队，集合着，杀气腾腾，一路向北，打死很多义和团的人，正打算杀进京城去。朝廷那里传出的消息，市面上没法大声说，仅靠交头接耳，悄悄散布开来，却是自相矛盾的多。正说着重新起用两广总督李鸿章，召他回京主理应对各国的事务；有鼻子有眼的消息，李大人已经北上，从广东坐船到了上海，还有众多官员到码头迎接；隔了不久，马上又传开了，说李鸿章去不成北京，只能在上海滞留，朝廷里面，依旧是主张对各国强硬的官员占上风，有奏本参李鸿章，讲他毫无骨气，对各国低眉顺眼，还搬出了前几年的旧事，李大人在美洲和欧洲诸国，如何如何逆来顺受，一旦回京，立马受到太后的斥责；如此等等。上海的市民，听了一头雾水，始终理不清楚头绪。

肚子隆起来后，九妹就没心思多管别的事，长时间待在屋子里静养，倾听腹中胎儿的声响，偶尔上街采买生活用品。孩子在肚子里伸胳膊踢腿的，像是迫不及待要练拳脚，让九妹不得安生。她要买些布料，做点小衣服小被子了，没有老辈人在身边，啥事都得自己操心。那些京城里传出的消息，九妹平时无从得知。在布店里，在买菜的地方，遇到的是店里的伙计，或者推着独轮车的乡下农民，他们的嘴里，说的都是与每日生计相关的。国家大事，他们不敢说，也说不清。这类传闻，九妹只能依靠徐先生和兄长了。三郎在码头干活，那里的消息，多一些。李鸿章的官船到上海的事，就是三郎在码头听到，有人绘声绘色说那官船何等气派，三郎晚上回家，吃饭时就照样说了几句。

晚餐，是在徐先生的前厢房吃的，这是徐方白的要求。他说，一家人，得有一家人的样子，不能像早先那样，大家在灶屋那里随便吃。别人不说，林先生的眼睛盯着，何必让他看出异样。每天傍晚，九妹把饭菜端到前厢房的桌子上，碗筷摆整齐了，等两个男人到家，就可以开饭。白天，徐方白出门了，九妹也会进前厢房，收拾打扫一下，像个女主人的样子。夜里，两扇通庭院的房门关紧，布帘子一拉，前后厢房就各不相干。两人都非常严谨，守着规矩，连隔着布帘说话，也是少有的事。

只有在晚饭桌上，才是轻松一刻，三人同桌，有说有笑的。徐方白早就说过，上海是开明的地方，一家人，不分男女尊卑，都一样的。这时候，九妹和三郎就巴巴地等待徐先生多说说。他们到来以后，徐方白不能常去四马路买书买报，不过译书院里是订了报纸的，徐方白知道的事情，比一般人多得多。九妹和三郎愿听，徐方白就满足他们，一五一十地说。关于义和团与洋人打仗的消息，是徐方白在报纸上看到的，知道兄妹俩关切，徐方白也就说得详细。一日，报纸上说到，教徒中混入地痞，背靠教会，欺压普通乡民，双方矛盾一触即发。三郎气得直敲桌子，说他们乡里正是如此，所以义和团才会与教徒打得不可开交。徐方白对义和团有自己的看法，最匪夷所思的，就是义和团宣称的神功妙法，刀枪不入，那实在是欺骗乡民的愚昧。不过，徐方白无意与三郎争执，就隐忍着不说。徐方白只是再三关照三郎，到码头上干活，这些事不去议论为好。三郎自然应承，说他懂得利害，这里的人际关系，比乡下复杂得多。

这天早上，出门前，徐方白关照过，晚上有应酬，不必等他。到了晚餐的时候，十分难得，桌旁只有兄妹两个了。

看着九妹摆设餐具，身子已经没有了往日的灵动，三郎有点忧愁："要是在老家就好了，总有娘家人帮着。现在，这陌生地方，苦了你。"

九妹微微一笑，不在意地道："我自己行。再说，隔壁大婶子人善，问过几次了，真有难处，我会开口的。"

三郎点点头："天底下，总是好人多。"他长长叹一口气：

"山东,眼下是回不去了,那个袁世凯,杀疯了,多少弟兄,死在他手里!真想砍了他的脑袋,为弟兄们报仇。"

三郎双目圆睁,怒火快要喷发出来。九妹将一碗米饭递到他的手上,劝道:"离开京城前,七爷再三关照,眼下我们只能忍。青山不倒,绿水长流,总有报仇雪恨之日!"九妹轻轻抚摸着明显凸起的身子,有一处略微拱起,应该是胎儿又在踢腿,她傲然说:"我为他爹留下这根,正是为了将来有出头之日,娃会像他爹,不管男娃女娃,都是顶天立地的。"

三郎点点头:"中国人不会一直受欺负,弟兄们抱紧团,总有我们扬眉吐气之时。"他埋头扒进两大口饭,突然又道:"我遇见兄弟了。前两日,在码头外面,摆剃头摊子的地方。"

"太好了!"九妹听了,心中大喜。离开京城之前,义和团的一位大头领说过,有几拨弟兄分头南下了,联络各地有志之士,共谋大事。其中,就有挑剃头摊的。那剃头摊好认,挑子的一头,是让客人坐的凳子,另一头是盛水的罐子;剃头用的其他家什,就挂在扁担上面。摆剃头摊,既是一路谋生的活计,也是各处弟兄容易辨认的标志。

三郎说:"我去剃个头,和他们攀谈上了。这一来,我们就不是独行侠了。"

"他们说点啥?"九妹急问。

三郎扭头,从虚掩的门缝里瞧去,见对门的厢房尚无动静,知道林先生还没有归家,就放心地说:"北面的局势越来越危险,袁世凯的新军,和洋鬼子的队伍,表面上没关系,实际都是对付义和团的,相互呼应,合起来打我们弟兄,洋枪洋炮,凶狠可恶。弟兄们到上海，在码头附近摆剃头摊，就想探探，那些凶险的枪炮，是不是从船上运过来？我们有多少弟兄，正是死在这些枪炮之下！"

九妹立刻懂了："想在码头上，直接动手，毁了那些杀人的家伙？"

三郎点点头说："他们有这种打算。不过，码头戒备森严，不容易动手。知道我在码头仓库里，就要我帮忙探探虚实。我告诉他们，这里的仓库，是招商局的，我看过多次，没有枪炮弹药之类。不过，我答应他们，去另外的码头探探。"

三郎见九妹一脸茫然，不由狡黠地一笑："其实，我已经想了多日，有办法。我们码头的旁边，不远处，是英国人的码头。那里的轮船，进进出出，比我们码头忙得多。远远望去，卸船时，抬下来特别大的箱子，最大的，两三张方桌那么长，七八个壮汉才能慢慢从船上挪下来。我想，里面装的，或许就是他们运来杀人的大炮。"

九妹听罢，心里未免着急："那里是洋鬼子的地盘，守卫肯定严实，你如何进得去？如何打探得清楚？"

三郎冷冷一笑："再严实，风刮得进，雨飘得进，自然难不倒我！你知道的，我从小在水里玩得像浪里白条。江边几家码头，陆地上围墙隔得开，江里的水却连成一气流动。我从水底下过去，守卫的也瞧不见啊。"

九妹担心兄长安全，心里一紧，说道："上海就我们兄妹俩，眼下，我这身子，帮不了你，千万不敢大意！你若有点意外，让妹子怎么办？"说着，向来气宇轩昂的女子，竟然眼圈一红，赶紧别过脸,不让三郎看到自己的小女子样。

其实,三郎已经看到了,心里暗自诧异。九妹女中豪杰,上阵舞刀弄枪,从不胆怯。那一日,听得自己的丈夫战死的噩耗,她也只是魔怔了片刻,便抹去眼泪,不管不顾地要去拼命复仇。若不是三郎他们拼力拦住,九妹也许就跟随丈夫战死沙场了。今日她却罕见地露出脆弱一面。也许,女子一旦有了身孕,怀上了孩子,母亲的天性,就由不得自己任性。三郎心中一软,确实,在上海这个陌生的地方,自己是九妹的依靠,做事不能莽撞。

三郎轻声安慰妹子说:"我会很当心的。再说,徐先生是大好人,你在这里,有他照料,安全的。"

九妹压住心底的酸楚,忧郁地说:"徐先生好,我知道,像他这般的好男人,天底下少的。不过,他终究是读书人,手无缚鸡之力,真有难事,我也不敢拖累他。"

兄妹俩说到这里,对面的厢房,咕咕拉拉响起声音,那木板的门上了年岁,被过量的雨水润到深处,开启时就显得惊天动地。应该是林先生到家了。三郎朝妹妹点头示意,说话的声调要低些了。

九妹撇撇嘴,气鼓鼓地悄声说:"这个广东人,看上去像模像样,其实,不是个老实人!"

三郎一惊:"什么意思?"

"他看我的眼神不老实啊,总是全身上下地扫着!"九妹愤愤地说,"我本来喜欢在灶屋那里打盆水洗脸,有一次回头,发现林先生竟然隔几步,笔直地站着,眯眯笑地瞧着我,吓我一跳。现在,我只得把水端回屋里去洗漱。"

"也许，这个房子，久未有女子住进来，他看着稀奇。"三郎狐疑着，为林先生辩护一句。不过，这般说着，他自己也觉得没说服力。偷看女子洗漱，不是正经男人所为。

九妹气愤地说："反正，他看我的目光，怪里怪气，有点瘆人。"

三郎叹口气："眼下，我们也寻不到新的住处，徐先生总是靠得住的。忍忍吧，等你生下孩子，我们再做打算。"

兄妹俩说到这个时候，听得庭院中有踢踏的脚步声，像是木底或者竹底的拖鞋，踩过庭院坚硬的泥地。是广东人从厢房出来，朝灶屋那里走。这种拖鞋，大约也是舶来货，东洋人喜欢的东西。林先生平素的生活，与常人无异，并不起眼。不过，生活衣着，时常有点新鲜的货色。靠山吃山，靠水吃水。林先生管着码头账本，孝敬他的人不少。三郎本来已经起身，想去自己屋子里休息，他住在灶屋旁的杂物间，与灶屋邻近，为了避免与林先生撞见寒暄，就继续在饭桌旁磨蹭一会儿，和九妹说话。

三郎想起与林先生有关的传闻，就告诉九妹："码头上都说，林先生来头很大。"

"不就是一个账房吗？"九妹不以为然。

"人不可貌相。"三郎道，"他虽说是招商局派出的账房，有人讲，那是明里的身份，背后有官府靠山，很可能是两广总督衙门派在上海的眼线，代表两广联络各方的人物。前不久，传上海道台派专人来找过他，问他李大人到上海的事务安排。你说，他脚下的水深不深？"

九妹啧啧舌头："黑道人物啊。"

三郎摇头："不算黑道，是官府的暗桩吧。"说到这里，三郎不得不提醒妹子："这种人，我们不摸深浅，还是防着点。他眼神不正经，你就尽量少打照面。我们毕竟临时在此歇脚，不可以给徐先生招来麻烦。"

九妹点头应承："我知道轻重。自从发觉他目光异样，就一直避开他。"

三郎又说："为了不给徐先生添麻烦，剃头时，兄弟们问我在何处落脚，我也没说地址。等我打探到隔壁码头的情况，再去寻他们就是。"

广东人在灶屋那里洗漱过了，踢踏踢踏往回走，随后听到了关门的声响。月光正闪闪地投在厢房的窗户纸上。窗户上的月影，和山东老家的差不多，明晃晃，月半了，是圆月的日子。兄妹两个相视，都不免有了思乡之情。

江湖千里，关山万重，走得再远，月圆之时，从心底浮起的，依然是童年在乡间玩耍的记忆。

临睡，三郎再次关照妹子："假如我有晚归的日子，徐先生问起，你帮我圆一圆，说最近遇到山东老乡，叙叙旧去了。就如此讲吧。"

## 第九章

徐方白回家的时候，月亮已经爬得很高了，挂在厢房旁边的树丫上。这季节，难得没雨，今夜星空蔚蓝，月亮也就像银盘似的耀眼。徐方白轻手轻脚，慢悠悠推开房门，只弄出"咕呀"一响，自然是担心吵了九妹的休息。

其实，九妹没有入睡。徐方白不归来，她也不敢睡。前厢房的房门，没有插上销，前后厢房只隔道布帘，哪里睡得踏实。徐方白进屋，见桌上的煤油灯亮着豆粒大的光，知道是九妹特意留着的，心里未免一阵温暖。煤油灯，拧得太亮，费油；留豆粒大的光，节省，又免去进屋时一片漆黑。九妹未来之时，徐方白晚归，都是在黑暗中摸索一阵，才能亮灯。他们有夫妻之名，无夫妻之实，双方都小心翼翼，在共同的屋檐下，保持着必要的距离。不过，彼此的关照，无须言语，实实在在地能体会到。

九妹应该很困了，怀孕的女子总是嗜睡，她撑到徐方白回来，像是松了口气。布帘的那面，九妹轻声说了句："桌子上的水，还热乎的。"徐方白随口谢了一声，那边，也就没了声响，应该是睡过去了。

方桌中央，放一只白色的瓷壶。徐方白有时泡一壶茶，夜里在油灯下读书，喝几口。虽然在准备科考的那些日子里，熬伤了眼睛，近视得很厉害，不过，他还没有学张元济的样，去配眼镜。那玩意儿，出国留学的读书人习惯，架在鼻梁上，很神气的模样；像徐方白土生土长的，尚有些抗拒，脸盘上横空多出两块玻璃片，总觉得别扭。不戴眼镜，在油灯下读书，挨得近，看得清晰，没问题的，只是不敢读太久。张元济对他说过，读书人的眼睛，头等要紧，需要自己多多爱护的，等到连近处也看不清，就来不及了，世界上，没有医生治得了。

白色的瓷壶，用了不少年头了，徐方白搬进来的时候，它就在屋里的桌上等着。也许是前面房客用过的，釉面部分损坏，脱落处，里面的瓷胎裸露，色泽黯淡，看上去不美观。徐方白不讲究，能喝水就行。九妹来了后，为这壶缝了个棉布外套，深蓝色的，像是给它穿上件小棉袄，那些脱落的部位就遮盖住了。九妹的心意，不止于此，徐方白清楚，女子希望他多喝热水，夜里读书，喝凉水凉茶，初春之际，伤胃啊。虽然是有名无实的夫妻，不过，自从胡家兄妹进门，徐方白深切体会，这里开始像个家。白日里，有人掸尘扫地，晚上有热茶热汤，弥漫开久违的家的温暖。在湖南老家的日子，一切有老母亲照料着，徐方白生活得滋润，三餐冷暖从不操心。去了北京，又辗转到上海，他才知道日常居家的不易，也就时时想到在母亲身边的好处。九妹的到来，种种没有见诸言语的照料，细微的关切，给了徐方白新的温馨。缝在瓷壶上的棉套，细密的针脚，徐方白看到后，着实惊喜，想起九妹施展拳脚时的英姿，瞬间懂了，啥叫刚柔兼备，文武木兰花。

今天晚归，徐方白说是有应酬，其实，并不是去哪里吃饭喝酒。前一日，张元济约了他，下午要到领事馆路，去参观一下商务印书馆。商务印书馆的经理夏先生，徐方白是认识的，他常到译书院来接生意，是一个走路带风、充满活力的年轻人。夏先生曾说，他们可以印名片，徐方白要印的话，他只收成本费。徐方白觉得自己很少交际，印名片没啥用，不想赶那份时髦，就谢绝了夏先生的美意。张元济告诉徐方白，夏经理他们创业不容易。戊戌那时候开业，在江西路的弄堂里，只有三间屋子，后来搬到领事馆路，厂房扩大到十二间屋子，也算是初具规模，可以去参观一下。

张元济约徐方白的意思，显而易见。他已经在考虑深度介入商务印书馆的事务，很想携手徐方白共图发展。不管怎么说，去印刷厂看看，倒是让徐方白兴趣盎然的事。在湖南的时候，看到过木版印书的老办法，徐方白为自个儿印一点信笺，站在铺子里，看着伙计用块雕花的木版，一张张地拓印出来。据说，现在上海的书，印刷是用欧洲进来的新式印刷机，那些印到纸张上的字，不是刻在木板上，是用烧化的铅做成底板，然后印制。徐方白听了，似懂非懂，想不清楚那个过程，张元济约他去实地访看，徐方白自然求之不得。

张元济的用意，徐方白心里透亮。张元济去意已决，他正在做彻底离开译书院的准备。张元济屡次建议，徐方白也随他而去，继续两个人良好的合作关系。张元济说过，译书院虽然是以介绍各国文化为宗旨，盛宣怀对张元济也十分信任，放手让他打理一切，不过，终究脱不了官办的色彩，有形的无形的牵制实在不少。有的书，内容很好，想想朝廷或许忌讳，就没法翻译过来。像欧洲出版的世界历史、地理的书籍，不可能突出中国的地位，翻译进来，大臣们七嘴八舌骂起来，盛宣怀也受不了。张元济渐渐看穿了，在译书院干不出多大的名堂。他对徐方白说，商务印书馆纯属民营，或许打得开局面；那位夏经理踏实肯干，人又厚道，可以信任。今天邀请徐方白去实地考察，是吸引徐方白的注意力。至于张元济本人，不但决定接受夏先生的邀请，答应去那里主持出版业务，甚至打算投资入股，成为商务印书馆的股东。

徐方白确实好奇，由衷好奇，这家印刷厂有魔力啊！到底是啥巨大的吸引力，让张元济如此决断，放弃有名有利的安稳职位，奔赴一处在社会上并无名望的所在。张元济，何等人物！堂堂的进士，又进过翰林院，连皇帝也召见垂询了。他在朝廷为官，学问、清誉，俱属上乘；即使落难，不得已南下，到了上海，也立刻受盛宣怀邀请，主持新建的译书院，还参与南洋公学的管理。据说，除了盛宣怀的赏识，还有李鸿章的授意。现在，张元济作出新的选择，脱离盛宣怀李鸿章他们的庇护，立志投身前途不明的印书业，背后动力何在？徐方白真是没有想清楚。前两年，徐方白刚到上海，张元济接纳他进译书院时，徐方白说过，愿随菊生兄共进退；到了今日，已经安定下来，又添了照顾九妹的责任，徐方白心中未免产生几分犹豫。

领事馆路，也是通往外滩方向的一条新路，修建没多少年头，随着外滩的发达，慢慢成了气候。与徐方白常逛的四马路五马路，味道大不一样。如果说四马路五马路满是人间烟火气，那么，领事馆路就显得过分严肃，到处是铁板着脸、没啥生气的建筑。这里卖居民用品的商铺少，属于小手工业聚集的地盘。商务印书馆所在的地方，与上海常见的老旧弄堂，区别不大。狭窄的通道，两旁挤着衰败的房屋，是上海老街区常见的格局，只是少了许多婆婆妈妈的街坊，四处可见穿着破工服的学徒。下午，阳光偏斜，通道上缺少光亮，更给行者一种局促的压迫感。走近商务印书馆的门洞，只见门内门外，堆着一沓沓纸箱，一股特别的香气，读书人熟悉的纸张和油墨混合的味道扑鼻而来。满脸笑容的夏经理，拱手作揖，热情欢迎着访客。这会儿，徐方白才开始觉得，眼前的地方，与一般的居民住所，截然不同，闻不到油烟气，只有书香味。夏经理的商务印书馆，选址此处，挤在嘈杂的弄堂里，显然手头并不阔绰。创业伊始，筚路蓝缕，勉为其难了。

走入厂房，眼前所见，不过是与手工作坊相差无几的小企业。几台手动的或者脚踩的印刷机，比起徐方白见过的木版拓印，印刷效率是高了，速度快许多，但设备的模样，还是粗糙简陋的。脚踩的圆盘形印刷机，设计得聪明，用脚踩动，机子旋转，印刷就完成了。这些机械，用得久了，磨损厉害，有的部位明显脱落了部件，还将就着运转；机械老化之后，运转起来声响尤其嘈杂，震得耳膜嗡嗡发麻。夏经理应该是习惯了如此的喧闹，他指手画脚，神采飞扬，介绍自己的宝贝机器，还从印刷机中扯出油墨新鲜的纸页，得意地向两位客人展示印刷品的清晰度。这些铅印的页面,比起木版印刷,优势明显,字迹清晰,笔画断然分隔,绝对没有油墨溢出,哪怕是花生大小的字体,也一个个傲然独立,看上去煞是可爱。

仿佛与机器比赛嗓门,向来温文尔雅的张元济,提高了嗓门,喊着问:"你的新设备呢?你不是说,收购了日本的印刷所?"张元济分明已经来看过,对这些老设备兴趣不大,他急于看到传说中的新机械。

夏经理满脸微笑:"快了快了,谈判付款都结束了,新的印刷机马上到手,比眼面前的设备新颖,效果也好得多!我们鸟枪换炮啦!"这是一位雄心勃勃的创业者,眉宇间充满了自信。

在这座暗幽幽的小车间里,唯有夏经理的双眼,始终亮堂堂的,显得特别有神采。徐方白想起,张元济多次说,这个年轻人有志向,要做出中国最好的印刷厂。看样子,张元济真正满意的,是印刷所的主管人物。

厂房里太吵。夏经理怕客人待久了吃不消,带着两位读书人兜了一圈,转身出来,请他们到沿街的茶楼歇息。上了茶,叫了香气袭人的锅贴和烧卖,还要了花生茴香豆之类的小吃,夏经理热情招呼着客人,边吃边继续方才的谈话。张元济的兴趣点,非常明确:决定收购的日本印刷所,其设备究竟好在哪里?这笔耗资不少的费用,值不值?徐方白想,张元济不光有学问,经济头脑也厉害呢。张元济直奔主题,要求夏经理具体解释一下,设备更新的必要性。

夏经理被张元济盯住问,并无怯懦,反而双目圆睁,兴奋地回答道:"好啊,好得太多了!我们做铅字的印刷,比起老祖宗的木版印刷，明显的优势，是可以印的数量多。像我们印英文教材，市场上欢迎，卖得很快，假如用木版印，印两三百本，字面就模糊起来，再印，需要重新刻板。铅版硬啊，可以一直印下去。麻烦的问题，是做铅字的版，需要把铅烧化了，才能浇出母版来。那道工序，之前，我们自己做不全。这次收购，对方有新式的铸字炉，还有全套的铜模具，就补齐了我们的短板。"

他面前的浅盆，原先是放锅贴的，锅贴的皮破了，汁水溢出，亮闪闪地铺满了盆底。夏经理边兴致勃勃说着，边用筷子在汁水中划过，画出几道痕来，汁水却很快荡平那些纹路，恢复了平整。他大约是把这些汁水，看成了烧化的铅水，继续说："日本印刷所的设备，可以做铅印的整套流程，全部设备过来后，我们厂子配套完整，所有业务自己都能做，无须求别人家帮忙。随便印什么书，只要交给我们书稿，都能够很快印出来。"

最后的几句话，夏经理说得斩钉截铁。他敢延聘张元济屈尊过来，这是王牌。凡是张元济编成的书稿，他们都能够把它做成像样的书，送到市场上去。张元济听了相当满意："听你介绍，这个收购值得，花了钱，实用。接下去，需要做的书，很多很多。光是教育一个门类，就做不完。科举考试终将停止，四书五经不能再做教材，孩子们要学习新知识，数学几何，自然科学，学校需要各门课程的书，真个是天地广阔！"

夏经理兴奋之情溢于言表："是是是，所以要请先生们过来。我们只会干粗活，编书的事，全部靠你们！"他看看张元济，又看看徐方白，恭恭敬敬地道。

徐方白慢慢吃下一只糯米烧卖，汁水油腻滑溜，让舌头上的味蕾非常舒服。徐方白没有接腔，因为他还没想好，是不是跟随张元济改换门庭。他曾经承诺，一直追随张元济，眼下，他多少产生了犹豫。不过，在他心中，对眼前专注搞印刷的年轻人，又多了几分敬意。三百六十行，只要下功夫，都是天高地阔。夏经理几句话，就把蛮复杂的印刷事务，解释得一清二楚。在徐方白看来：把复杂的道理简单讲清楚，是真本事；弯弯绕，越说越玄乎，多半是自己也不甚了了。对于印刷，徐方白原本外行，听夏经理一说，也就了解个大概。

这时候，夏经理拿出一本薄薄的书，递到徐方白的手中："这是我们印的书，卖得很好，中英文对照，国内还没有人做过，请您指教。"

徐方白恭敬地接了过来，见封面上印了"华英初阶"几个字。张元济笑道："我对夏先生说过，方白兄有意进修英文，他就记住了。这是现成的读本啊，你也帮他们指点指点。"

徐方白连连感激二位的美意："我哪敢指点，好好学习就是。"徐方白早就听说，商务印书馆出了一本学习英语的入门读物，市面上卖得热火，自己正想寻一本来看的，谁知，这就送到了手中。张元济对朋友，真个是热心肠。

他们边说边吃，正在兴头上，伙计跑过来，说是有客户来验货，发现不满意的地方，要老板回去解释。夏经理只得请两位客人在茶楼上先吃着，他去应付应付，赶紧再回来。

年轻人风风火火从楼上走下去，张元济转头问道："你看他如何？"

"这年轻人，踏踏实实，又肯动脑子，是做大事的样子。"徐方白回答。其实，徐方白三十出头，比夏经理大不了两岁。不过，既然张元济一口一个"年轻人"，徐方白也就跟着这么称呼。

已经是黄昏时分。他们在茶馆的二层楼，坐在方正的木窗户旁边，可以看到外面的街景。几个衣衫褴褛的乡下人，推着咿咿呀呀叫唤的独轮车，路过茶楼，像是干完活回家去。张元济端起茶碗，习惯性地轻轻一吹，吹去浮在水面上的茶末，缓缓地道："他有本事，能够把这个小印书馆做大，我是很相信的。不过，我愿意过来，愿意投资，看重的，主要不是这一条。靠卖书做生意发财，这不是我张元济的心思。"

张元济说得认真，徐方白听得仔细。他凝视着张元济眼镜后面的眼睛："菊生兄志向非同一般，这印书馆有何等前景宏阔，愿听兄细细指教。"

张元济放下茶碗，指着摆在桌上的《华英初阶》："他们印教育的书，开启民智，这方向不得了！"张元济的目光，追随着远去的独轮车队，追随着那帮衣衫褴褛的乡下人。张元济稍稍停歇，又跟着说："变法失败，我们都很痛苦。不过，一路南下，我更加痛苦的，是变法失败那样的大事，谭兄他们被害那样的噩耗，国人的多数竟然一无所知。到处听到的，却是夸太后真有本事，重新亲理朝政。后来，我慢慢想清楚，这国家里的绝大多数人，字也不认识，账本也不会记，如何让他们搞得清国家大事？"

张元济说到这里，徐方白算是摸到了他的思路。他非常尊敬面前的这位师长。张元济的学识、眼光，远在同辈人之上。康有为梁启超是维新派的灵魂，不过，他们离徐方白远些，那身影是模糊的。徐方白从心底认可的导师，早先只有谭嗣同，到上海后，就加了张元济。不过，徐方白虽然感激他，佩服他，纳罕犹疑之心，还是滋长出来。从与张元济在上海重逢开始，到今天交谈，头一回，两人的思维开始分岔，徐方白怀疑：张元济的想法，是否真是当下救国救民的急需？

徐方白小心地问："菊生兄认为，当下，首要的事，乃教育救国，启迪民智，而变法维新的事，再也没有希望了？"

张元济的脸色显得凝重："我原来并不完全赞同康有为先生的主张，他太急于求成，欲速则不达。现在，他们二位，在日本写写文章，发发言论，无可厚非。只是，皇上不知音信，与外间隔离，变法大势已去，要回锅再来，我看，不成了。"

"李鸿章盛宣怀几位大员向来器重菊生兄，你的话，他们多少采纳。他们可有回天之力？"徐方白的话，说得隐晦，意思相当清楚。坊间，早有传闻，说南方几位汉族总督巡抚，对清廷的离心日益明显。也许，依靠他们，光绪有复出的可能。

张元济摇摇头："我想来想去，想了无数个日夜，觉得都没希望，都是靠不住的，不值得跟着走下去。实实在在，做一点对国民有益的书，可以让孩子们发蒙的书，也就对得起自己这辈子了。"

窗外，街的尽头，那队独轮车的影子，悉数被暮色吞没。农人们走得很慢，步履蹒跚。劳作了整天，也许还空着肚子，仅剩的余力，支撑着他们，往回家的路上走。独轮车，是适宜乡间劳作的工具，它只有一只木头制作的轮子，因此而灵活，狭窄的田埂，也能够推过去。有人认为，独轮车类似木牛流马，即诸葛亮发明的运输车，这个嘛，仅仅是传闻，没有考证。少年时，徐方白去乡下老舅家玩耍，试图推起独轮车，结果车子歪斜到沟里，自己则被绳子拖倒在地，疼得呜呜号叫。推独轮车，需要技巧，更需要强大的臂力。难为这些农人，大老远，从乡下推车进城，将车上的瓜果蔬菜卖了，换回一点布料油盐，给他们的妻儿捎去，维持可怜的生计。

徐方白理解，张元济对世事失望至极，才会重新选择后半生的方向。徐方白抚摩着《华英初阶》的书皮，又指指消失在远方的独轮车队，喃喃地说："菊生兄，就算把书送到他们手上，也没有力气读的。"徐方白清楚，那些精疲力竭的农人，回家塞一碗米饭，就四仰八叉地躺下。家里虽然简陋，总还有一张破床，可以安放他们的身子。

张元济坚定地说："那就让他们的孩子读！几万万同胞，不能一直愚昧下去。"

徐方白想，张元济的话自有道理。不识字、不会记账的农夫，对他们讲维新变法，讲太后与皇帝之争，那是没法说明白的。让他们的孩子读书启蒙，成为新的国民，确实是一种希望。不过，徐方白想到乡下的情景，光屁股的男孩们，半人高就得牵牛下田，帮助家人干活，维持温饱，他又气馁起来。他不敢大声反驳张元济，只是自言自语："穷孩子们，连饭都没得吃啊，买支笔也没钱啊，哪里会进学堂读书？"

说到这会儿，张元济开始读懂徐方白的内心，也知道了徐方白的犹豫，为什么对加入商务印书馆，一直没有明确的态度。徐方白不相信，印几本教材会改变世道。张元济涵养极好，他没有因为失望而生气。不过，谈话变得无趣，两人相对无言，有些儿尴尬，唯有埋头吃点心。话不投机，在他们之间，以前还没有出现过。幸亏，夏经理匆匆赶回来，噔噔噔上楼，把楼板踩得一阵叫唤。"让两位先生久等，不好意思，不好意思。"他一迭连声地抱歉，说是终于让客户满意了，他才脱身。

从这个时候开始，三个人的谈话，就变得不咸不淡，无关紧要，喝茶吃东西，才是核心。张元济，谦谦君子，从来不强求他人服从自己。徐方白呢，愧对有恩于己的菊生兄，亦不愿再说刚才的话题。夏经理比较单纯，并不知道，当他离开之后，有过一番曲折的对话，他见两位先生意兴阑珊，懒得多扯闲话，也就只能尽地主之谊，又添了几道点心，劝他们每样都尝尝口味。

徐方白将灯花挑得亮些，打开了《华英初阶》，细细读起来。他天资聪颖，在译书院的这些日子，已经认得若干英文词语。这本中英文对照的入门读本，据说还是第一次面世，在市上卖得好，编辑动了脑筋的。书中，英文词语配有插图，帮助初学者对照认识，可以较快提高英语的能力。徐方白心中，对张元济充满了感激之情。他对朋友的关照，在细枝末节中，亦可以体会。到上海以来，在徐方白困难的日子里，只有菊生兄无私地施以援手。

隔壁，九妹竟然传出轻微的鼾声，不过一道布帘之隔，他听得十分清晰。以前没听到她睡觉打鼾，这应该是怀孕的原因。这女子，奇了，乍一瞧，风风火火的侠女之身，生活在同一屋檐下，却体会到她柔情的另一面。平素，她举手投足，都有一般女子没有的豪气，那双脚，天然之足，不像许多女孩，自幼便被强行破坏了生长，扭曲为可怜的三寸金莲。在湖南老家，女孩不缠足，会被人指指点点。对此种陋习，徐方白嗤之以鼻。他记得，明朝末年，一位读书人李贽，就大声疾呼，要撤去对女子的种种枷锁。三百年过去了，怎么还是这般恶劣？在徐方白看来，清军入关，文化是倒退了，连男子都要留一根辫子，何等丑陋，哪里有汉唐那般壮阔的气象。

九妹的鼾声此起彼伏，气息舒缓，一点也不烦人。徐方白不由生出怜香惜玉之情。她过来这些日子，睡得一直安稳，从深夜到天明，几乎没有一点声响。今天的鼾声，是怀孕辛苦了。

徐方白感觉，自己身上的担子重了。原先，不过一人闯荡江湖，好歹有口饭吃，其他无所谓。眼下，虽是有名无实的夫妻生活，场面上，他徐方白必须让九妹活得体面，那个即将出生的孩子，也不能是野孩子，徐方白要让他念书的，女娃的话，也得念书。世道变了，不念书，难以成为有用之人。

徐方白清楚，这些责任，他是一定要承担起来的。三郎嘛，哪里像个太平过日子的汉子。没有广东人的提醒，徐方白也看得清楚，三郎到上海，不情不愿，只不过是尽兄妹之情，为九妹寻一条生路。三郎的心，一直在北面，和他的兄弟们在一起。

想到这里，徐方白彻底拿定了主意。他要和张元济摊开来说明白，免得心中存有疙瘩，坏了来之不易的朋友之情。他不想追随张元济到商务印书馆，除了对未来有不同看法，更要紧的，是他现在承担的丈夫角色，还有即将到来的父亲责任，需要译书院的稳定工作。他不像张元济，在上海有根基，折腾折腾，经得起，他的一份薪水，是这个家唯一的支撑。婚宴那天，张元济细心，先到家里看了新娘，还对徐方白赞叹过，这女子清秀脱俗，难得，要徐方白好好待她。徐方白想，九妹怀孕之事，告诉菊生兄，他自然会谅解自己的选择。

今日，与张元济告别后，徐方白心中一直不舒畅，郁闷得很，像潮湿的初夏天气，湿漉漉地沉重。他敬重菊生兄的才学见识，更感恩他对朋友的真情厚谊。菊生兄请他一起去商务印书馆，是看得起他，徐方白哪里愿意拂这番好意？徐方白很担心因此丢失两人的友情，一种难言的失落感在心底荡漾。此刻，徐方白想通了，只要坦率说出自己的难处，坦荡如菊生兄，也许就不见怪了。人生难得知己。一旦遇到，不珍惜，错过了，太遗憾。

想到这里，徐方白心里的结解开了。他吹熄油灯，在九妹轻微的鼾声中，逐渐睡去。

# 第十章

市面上的传闻，起初往往鸡零狗碎，太多了，堆积起来，未免互相矛盾，渐渐变成难以理解的诡异。

李鸿章坐的船，从广东到上海，大老远的，很辛苦。本来稍事休整，就要继续北上。太后十万火急召他进京，负责朝廷与各国的外交事务。那些高鼻子的洋人实在荒唐，偌大的朝廷，只愿意与李鸿章打交道，让老佛爷着实无奈。不过，这也给了攻击者口舌：洋鬼子喜欢李某某，说明他与他们私通款曲，着实让人怀疑。慈禧本来多疑善变，先是十万火急催他动身，待李鸿章到了上海，却不催他北上，像是恩准他就地休息。那船，走不动了，李大人搁浅在上海滩。也有人怀疑，把李鸿章从两广北调，压根儿不是为了重用，因为两广偏远，清廷控制力薄弱，颇有威望的李某久居该地，慈禧放心不了。

到底是用他，还是疑他，甚或耍他？各种猜测，纷纷出笼。

上班时，同事们交头接耳议论，徐方白谨慎，很少参与。让他震惊的，是另外几位南方大员的动向。据说，湖广总督张之洞、两江总督刘坤一,都派了亲信到上海,拜见李鸿章,共商大计。盛宣怀本来常赴上海,这些密商,也就少不了他的参与。徐方白曾问张元济:"大员们胆子不小,如此公开勾连,难道不怕朝廷知道?"张元济笑笑:"你看,上海余道台胆子更大啊。他们在上海的活动,余联沅丝毫不避嫌,还尽地主之谊呢。"张元济的意思,余联沅请各方来客吃饭,自然不仅仅是提供美味佳肴,尖端的话题,估计是他宴请中的另一道菜。

张元济的消息,并非来自坊间,他属于南洋公学,沾着盛宣怀圈子的边,有点像编外幕僚的角色。张元济嘴里说出的事情,徐方白不得不相信。张元济话外的意思,徐方白也能够猜到。张元济认为,清廷对内对外,一团乱麻,掌控这些南方大员的能力,已经式微。如果说,当年精明如曾国藩,丝毫不敢违逆朝廷的意志,那么,今日的曾氏学生辈,从李鸿章开始,对朝廷若即若离的狡黠,明显如野草一般,悄然生长。

小报上,关于北方的局势,特别是义和团与洋鬼子之间你死我活的搏斗,报道得很多。徐方白一一读来,不漏掉一个细节。九妹和三郎,眼巴巴等着他的口述。晚餐桌上,徐方白说的话,他们一个字都不会放过。听到义和团在新式洋枪前屡屡受挫,三郎的眼睛里冒火,拳头捏紧了,五指的关节,攥得嘎嘎响,似被囚禁的豹子,随时准备蹿出去搏击。徐方白心里惴惴不安。他不知道这个山东汉子,一旦有机会行动,会做出什么事来。

形势扑朔迷离,徐方白多方求证,还试图与账房先生攀谈,想从他嘴里挖出点啥。既然他既是招商局的人,又和两广总督衙门有关联,他知道的也不会少。徐方白始终没有放弃昔日梦想,在追随谭嗣同的日子里形成的理念,他盼望着光绪帝有一日重返政治舞台,按康有为的思想,光绪乃是搞君主立宪之明君。康梁远在日本,使不上劲儿,徐方白暗想:几位南方大员,或许是辅佐光绪重登大宝的希望了。张元济认为,他们都靠不住;徐方白也觉得不无道理,只是还存朦胧的期望。毕竟,他们与朝廷顽固派保守派有尖锐矛盾,而且都是执掌一方的实力人物。

传说中,林先生是李鸿章的人,徐方白也越看越像。至少,行为的端倪,是看得出的。自从李鸿章坐的船停泊上海,林先生的社交开始频繁,夜晚迟归的次数,明显增多。徐方白几回试探,林先生左右搪塞,言语滑溜得像泥鳅,说是忙于和广东的朋友喝茶,兴致高了,搓搓麻将。至于广东的来客是何背景,便是云里雾里,神龙见首不见尾了。徐方白老实,碰到这般太极高手,着实无奈。

谁知,就出事了。

那天晚上,徐方白在油灯下看书,还是读《华英初阶》。此书编排费了功夫,中英对照之外,还时有绘图,显示英语词语的意思。徐方白看得津津有味,认得的英文词儿多起来,虽然念不准,但能够知道几个字母凑一起是啥意思,也是莫大提高。

布帘子那边,九妹的厢房里,有轻微的水声。女子对徐方白足够信任,隔着布帘,就敢洗浴,着实不见外。不过,也没法子啊,女子爱干净,除了自己的厢房,也无处可以躲起来。徐方白只管挑灯夜读,尽量不发出声响,免得惊动了九妹。

等到九妹打开厢房的门,去灶屋那里泼了水,再回屋休息,徐方白才合拢书本,也准备去打点水,随便洗洗,然后就寝。

月色皎洁,他轻轻地走过庭院,还没走进灶屋,见三郎从旁边的小屋闪出身子,朝自己招招手。晚餐时,没见到三郎,九妹说他会老乡去了,徐方白知趣,并没有细问。三郎啥时回来,神不知鬼不觉。徐方白知道他的本事,庭院的矮墙,哪里挡得了三郎,他轻轻一跃,就能贴墙越过。只要晚归,三郎怕惊动别人,从来不走大门的。那门一推,就是咕咕的摩擦声,夜深人静,惊天动地。三郎碍着林先生,就不愿从院门进来。高飞高走,对武术高手,如探囊取物般容易。

徐方白见三郎招手,当即会意,知道他有话要说,就随他的手势,进了小屋。

这间屋子,原先堆放着一些旧家具。徐方白和房东说好,一并租给自己,便清理一番,架起一张木床,摆个小桌,加两只方凳,其余杂物,统统堆到灶屋角落。这里,干净多了。

油灯光里,三郎铁青着脸,眼圈发黑,像是强行控制着喷薄欲出的怒火,应当是遇到了祸事。徐方白不明就里,安静地坐下,疑惑地瞧着他,等三郎开口。

三郎愤愤地说:"他不是人啊,太龌龊!"他嘴角一歪,指向门外,不远处,是账房先生居住的厢房。徐方白瞧瞧那个方向,林先生的屋子已经没了灯光,该是躺下睡了。徐方白不解地问:"出什么事了?"

胡三郎气鼓鼓地说出原委。他回来得晚,怕惊动大家,如徐方白所料,是轻身越过了院墙。双脚刚刚落地,他惊讶地发现,九妹的窗前,竟然站着个黑影,脑袋凑近窗格,在窥探着什么。三郎本来只是随意一跃过墙,并未特意展开轻功,所以双脚着地时有些响动，那黑影被惊吓，慌忙从窗前退后。他转过身子，月色之下，立马露出真相，是那个账房先生林某。厢房的窗户，是木格的，每个格子，仅巴掌大小，里面糊上白色的窗户纸。屋里，油灯的光亮是微弱的，从外往里瞧，隔着窗纸，最多也就能瞧见个模糊的影子。这种偷窥，实在卑劣，比意淫更下流。意淫，光是自个儿胡思乱想，不伤他人；偷窥，却是明显的冒犯了。

"他下贱啊，夜里偷看女子房内！方才，九妹出来泼水，所以那会儿，妹子正在洗浴。这个账房先生，实在下流！"三郎咬着牙骂道。他算是克制的，声音并不高。他肯定不愿意惊动九妹，毕竟妹子有身孕。他把徐方白召到小屋来说，没有去徐方白的前厢房发火，也是这个顾虑吧。

三郎的声音，低沉粗野："那会儿，我好不容易控制住自己，否则就是一拳头揍上去，把他打翻了！前些天，九妹说那家伙不怀好意，在灶屋前偷看她洗脸，我还以为九妹过于敏感。今天是亲眼所见，还是夜里偷窥，真不是个东西！想想他年纪一把，怎么做得出来！"

徐方白心里一惊。他知道，今儿晚上，九妹确是在后厢房洗浴。如果林某在窗外偷窥，应该是蓄意所为，估计看到了九妹去灶屋烧洗澡水，所以尾随而来。对于林先生的这番作为，徐方白毫无思想准备。那个广东人，也算台面上的人物，怎么会做这等下贱的事情？不过，既然被三郎逮个正着，亦无话可说。夜色中，溜到女子窗外偷看，不管存了什么心思，都是没法解释的卑劣。

徐方白胸闷地问："他被你撞见，如何说？"

"怎么说？哼！"三郎鼻子里喷出气来，"装得像没事人似的，假惺惺问我一声，就溜进自己屋子去。"

见他们没有正面冲突，徐方白稍稍松口气。三郎粗中有细，当场，难得理性，克制住自个儿的愤怒。也许，他心疼自己的妹子，怕惊了她的胎气。能如此克制，对这位性情暴躁而武艺高强的山东汉子来说，不容易。

徐方白想了想，关起小屋子的门，回头问三郎道："你看，这事如何应对？"

三郎攥紧拳头，手背上青筋暴出；手背上的青筋，加上臂膀上文着的几条青龙，盘旋在他粗糙的皮肤上，似乎随时会腾空而起；捏紧的手指，关节咯咯作响，铁拳出手，怕是不输武松怒打镇关西的狠劲，那股力敌千钧的气势，若让那广东人瞧上一眼，必然魂飞魄散。当时，三郎暴怒之中，如果一把抓住他的胳膊，那缺少肌肉保护的瘦骨架，可能就咯嘣断裂。

三郎有劲有火却无处喷发，他体会到虎落平阳的难堪，此处不是山东老家，怒从心起，便操起家伙，干个痛快。粗壮的汉子，也并非只是莽撞，晓得许多利害。这是徐先生的住处，他们兄妹，靠七爷的面子，前来投奔。徐先生如此大义，为了妹子和她肚中的孩子，竟然愿意做未出生的娃的父亲，这种再造之恩，三郎做牛做马，也是难以报答。如果没有徐先生点头，三郎不敢出手的。再说，妹子身体日益沉重，他不能图一时痛快，闹出大事。练武之人，快意恩仇，像账房先生那种丑陋，一巴掌将他打得屁滚尿流，分分秒秒的事情。就算林某有靠山，他三郎吃个官司,也无所谓。不过,妹子怎么办?方才,在庭院里,三郎几乎按捺不住,将要动手之际,正是闪过这些念头,他才控制住了火山喷发。三郎着实无奈,闷声道:"一切,听徐先生的。"

徐方白左右为难。他知道,三郎嫉恶如仇,哪里忍得住心头之气。徐方白内心的顾虑,自然比三郎要复杂。这事,说大说小,两可之间。林某的作为,确实恶心,不过,三郎毕竟只是看他站在窗前,并无其他可靠证据说明林某图谋不轨。假如林某一味抵赖,也可反咬一口,说三郎意在讹诈,闹开了,什么结果,徐方白还真难估量。广东人在上海扎根已久,盘根错节,背景难以捉摸,胜算不大。再说,闹开了,势必无法在一个庭院里生活。眼下,九妹生产的日子迫近,临时搬家折腾,不是件简单的事儿。

徐方白比三郎考虑得复杂。凭林先生的精明,这么多日子,他不会不怀疑三郎兄妹的来历。眼下,山东义和团的事,闹得天下皆知,官府草木皆兵。三郎每天练武不断,虽然找了林先生出门之后的时间,但总有被广东人看到的机会。三郎他们来自山东,且武艺高强,容易引起联想。狡黠如林某,也许是看穿不说破而已。真要撕破脸皮,闹将开去,他会如何报复,一时难以判断。

徐方白斟酌着词语,缓缓说:"三郎,我知道你的心情。我想,为九妹考虑,只能先忍忍。我找找机会,日后寻个好房子,我们另住,如何?"

三郎气鼓鼓地道:"那人龌龊,我担心,他会再搞事情,对妹子不利。"

107

徐方白沉吟着说:"我也不放心此事。不过,今日被你撞破,吓了他,终究会收敛。他到底是场面上的人,自个儿心虚,或许不敢再三放肆,面子还是要顾及的。"徐方白想了想,又道:"你明日回来时,再带些窗户纸,去九妹屋子多糊一层窗户。不必惊吓九妹,只说是防风,以便她未来坐月子。"

三郎点点头:"我明白先生的意思,窗子糊得厚实,外面啥也看不见。"

徐方白补充说:"同时,也是让龌龊之人晓得,我们防备着了,给他一个警告,不要想入非非。再有妄为,就收拾他!"

三郎听了徐方白的一番话,情绪平静了一点,攥紧的拳头渐渐松开:"听徐先生的。我们在此地,都是靠徐先生照料。来之前,七爷再三关照,不管大事小事,一切按徐先生的意思做!"

徐方白宽慰他:"暂且退一步,忍一忍。我会想办法,尽快另寻住处。"

徐方白把三郎稳住,才回到自己屋子里。

方才,他是打算弄盆水洗洗,准备睡觉,这会儿,哪里还睡得着?他从壶里倒出半杯茶,徐徐喝了两口,静静地坐在椅子上,想开了心事。隔壁,九妹睡熟了,又有轻微的鼾声。她不知道当下发生的事件,否则,她的脾气,眼里揉不得沙子,必然不依不饶,要找林某人讨说法去。三郎今天有脑子,没惊动妹子,是聪明的。

茶已经冷了,从喉管下去,凉丝丝的。对面的厢房,没有动静,死一般沉寂。林某人闯了祸,还泰然熟睡?也许,他无所谓,觉得奈何不了他。徐方白倒没法睡了,想得很多。

维新变法那阵，虽然处于旋涡里，徐方白的心思不乱。谭先生是他的主心骨，谭先生怎么说，徐方白努力做就是。变法失败，南下一路逃亡，很苦，想法倒也简单，只要平安逃出凶险之地，留下一条命，再图长远之计。待到了上海，走投无路之际，幸运地遇见了张元济，给他一份工作，脱离日暮途穷的绝望，生命有了转机。之后，就是三郎兄妹闯入了他的生活。

徐方白想，这年头，其实，大家都十分迷茫。谭先生走了，张元济能成为自己的主心骨吗？看来不尽然，张翰林自己也在跌跌撞撞地走。张元济不愿再追随李鸿章盛宣怀之辈，想自己闯出新路。前景如何？徐方白为他祝福，也为他捏一把汗。维新变法失败后，南下的，还有位小有名气的蔡元培。在北京的时候，徐方白也见过的，听说蔡元培的想法，是到乡村里搞教育。这个方向，倒是与张元济的编辑新教材，互为补充，有异曲同工的意思。对他们的信念，徐方白将信将疑。慈禧与八旗的腐朽统治不掀倒，教育能够拯救国家？再说，乡村里，那些七八岁还光着屁股，在田地里谋生的穷孩子，每天有碗饭吃，亦是奢望，能坐进课堂读书吗？一个国家，弄到多数百姓吃不上饭，还能维持下去吗？

徐方白往哪里走呢？他一度觉得，自己在张元济身边做事，而张元济为南方的数位汉族大员所信任，未免不是一种希望，一种寄托，以此与朝廷里愚昧的贵族王公们抗衡。张元济的看法，如尖利的刀，刺破了肥皂泡。张元济说他们都靠不住。张元济与他们关系密切些，他的看法，应该是长期深思熟虑的结果。徐方白的心，飘飘荡荡，无所凭借。

林某的卜贱事，意料之外，虽说偶然，却让徐方白感受到命运的诡异。这位邻居，招商局的，是盛宣怀手下，传闻还是李鸿章在上海的眼线。这个不蹊跷，盛宣怀本来就是靠在李鸿章的大树上。徐方白曾经觉得，他和林某人，兜兜转转，也算同路。今日发生的事情，与大局势毫无关联，纯粹是林某人上不得台面的荒唐，不过，就徐方白与他的关系，可能是致命的，甚至有可能让他们成为敌对的双方。世间的事儿，竟如此怪诞、不可思议？

李鸿章盛宣怀他们靠不住，靠谁呢？谭先生英年早逝，康有为梁启超远避日本，号召力远不如前几年，张元济对康梁的空论，颇有微词。新近声誉日隆的孙中山，徐方白还相当陌生，搭不着脉。

徐方白想得脑壳疼，依然理不清这团乱麻。他实在是太疲惫了。近来，发生的事情太多、太乱，想不明白，想不下去。最后，他一口吹灭油灯，顾不得脱去衣衫，穿着外衣外裤，囫囵倒在床板上，闷头睡去。

# 第十一章

隔日，正吃着晚餐，三郎突然问出一句话："徐先生，请教，什么叫'东南互保'？"

徐方白一愣，不由反问："你从何处听说这话？"

三郎淡淡地答道："见了两个同乡，听他们提起，说是南方的一些大官，两江总督、湖广总督，还有上海的道台，正在与洋鬼子谈判，筹划啥子'东南互保'的玩意儿。"

徐方白一边嚼着嘴里的菜，一边心中嘀咕：三郎的同乡们不简单，消息很灵通啊！他自己也是刚刚听到此类传闻，觉得稀奇，随口问过张元济。张元济长长地叹口气："查遍四库全书，亦找不出这等怪事！"他回答得含糊，让徐方白不得要领，想继续追问，张元济却说，事出有因，未知其详，懒得推究。显然，那是把免战牌高高挂起。文人交谈，像高手比剑，点到为止，不会穷根究底。见张元济不愿深谈，徐方白猜测，其中的忌讳，涉及总督们与朝廷的权力对峙。看样子，目前还是私下密谋的事儿，张元济自然不想多嘴。蹊跷之处是这等深宅大院的密谋，三郎的兄弟们由何得知？哦，认真一想，徐方白明白了，得归功于四马路上的小报，那里捅出来只言片语，在街坊传开了。事情虽然机密，但道台衙门里的人杂啊，师爷通译衙役一大帮，哪个好事者在茶楼里扯几句，无孔不入的记者，耳朵尖着，自然搜刮去敷衍成文。

徐方白喝了一口汤，嘴里有食物，顺势含混地回答三郎："我看到小报上有提及'东南互保'的文章，到底仅仅是某些官员的想头，还是有人在紧锣密鼓推进，并不十分清楚。"

"混账！"三郎怒目圆睁，轻轻一敲桌面，险些把汤碗里的汤水震出来。九妹一惊，凤眼睁得滚圆，望着兄长，不知他为何突然动了肝火。三郎稍稍控制情绪，轻声骂道："这批吃饱了饭不干人事的狗官！"

三郎生性粗放，骂人倒是少见。徐方白听这一骂，也很吃惊，他转过头瞧瞧，对面的厢房，尚无灯亮，知道林先生还没归家。近些日子，广东人忙于应酬，回来都要到月上中天。徐方白道："提出'东南互保'，大约是为了辖区的安全，地方官们的权宜之计。三郎为何如此气愤？"

胡三郎愤愤地说："徐先生，我没有做过官，不懂官场那些曲里拐弯的路数。说甚辖区安全？让洋鬼子在自己管辖的地方耀武扬威，还低声下气向他们求和，搞啥子互保，就像强盗抢了你的家，你还要分一半院子给他住，做好邻居。天下哪有这等鸟事！我就要骂他们混账！"

徐方白被这番言词，说得无言对答。按理说，洋鬼子们占了中国的地盘，是朝廷打了败仗，被迫签了屈辱的条约，割地赔银，那些地方官们如何挡得住？不过，百姓直接看见的，是下层政府的作为，骂总督们荒唐，也是自然。

徐方白勉强解释了一句："他们呢，只求个任期内的太太平平，骨头自然是软的。"

"这帮总督巡抚道台，尽是没骨气的中国人。"三郎继续愤愤而言，"北方在打仗，洋鬼子杀了多少老百姓？他们屁也不放一个，私下谈判，什么'东南互保'，活脱脱卖国贼的样子！"

徐方白又惊了，他在小报上，读到过对此事的评判，那是代表清廷保守派官僚的言论，痛斥南方官员们的行为，称他们私自与各国使节谈判，纯属卖国背叛。徐方白没有想到，在这件事情上，三郎与保守官僚们一个音调。从内心而言，徐方白同情湖广总督张之洞和两江总督刘坤一。清廷屡战屡败，战火蔓延，百姓涂炭，地方官无奈，但求地方自保而已。三郎如此愤怒，情绪也可以理解，他的兄弟们，死在洋人枪炮之下的不计其数，生死大仇啊！

"横看成岭侧成峰，远近高低各不同。"人间的是非曲直，纵然争得面红耳赤，辩诘双方常常恨得牙痒痒的，依旧争辩不清，原因呢，与各人的站位密切相关。

徐方白这么想着，就不愿继续讨论，淡淡地说："且看后续情形如何。真是暗地里在谈判的话，早晚瞒不住，自会浮出水面。"

九妹乖巧，看出徐先生没有深谈的意思，劝哥哥道："饭菜都要凉了，不说了吧，你让徐先生吃顿安稳饭。"

谈话是中断了，徐方白对三郎的担心又多了一层。三郎在外面的活动，比刚到上海时多了，说是去见见老乡，从今天的话语看，他和老乡们未必只是叙叙乡愁。

第一次听到"东南互保"这词，还是在译书院里。同事拿着英文报纸过来，说是与徐先生讨论翻译方法，语词如何达意。几位同事，都是在海外镀过金的。前些年，朝廷里的有识之士，呼吁学夷之长，选了一些年轻人，到欧洲、北美去读书，盛宣怀办译书院，就是从学成归来者里挑了几个人。徐方白例外，土生土长的读书人。徐方白的英文知识，近乎空白，ABC的水平也够不上。不过，他的古文修养，在译书院首屈一指，同事遇到翻译难题，往往借助他对汉语的理解能力。那一次，同事介绍说，翻译这篇载于英文报纸上的文章，并非为了出版，张元济先生认为，文章重要，翻译出来，存留备考。译书院里都晓得，张元济有直接阅读英文的能力，特意嘱咐翻译，自然不是为他本人需要，估计是要呈送盛宣怀的。同事不敢随意，翻译起来，斟词酌句，遇到为难处，想听听徐方白高见。

同事说明了报上文章的由来。上海租界里，本来有各国使节的住所，洋太太们喜欢住在上海，喜欢黄浦江畔的风土人情，喜欢这里兼顾中国各地口味的美食，这里的港口优良，海外的舶来品也多。眼下，北方兵荒马乱，京城里的使馆受到威胁，各国外交官出于安全考虑，也就听了太太们的话，活动的重心有南迁上海的趋势。繁忙的商业贸易，早就让上海成为中外交汇的土地，现在，不经意间，额外地多了外交事务。南方的几位总督，亦把目光聚焦在上海。该报记者获悉，总督们的密使，正在与各国使节接触，商议局势，当此战火弥漫的日子，能不能签订区域性的协议，互相承诺和平，不打仗，彼此保护利益。英文报纸的记者，打探到这个新闻，便写了一篇评述："地区签约和平，能否成功？"文章的多数内容，不难翻译，费解之处，在于双方密商的草约标题。同事获悉，中国官员们提供的草约文本，标题是"东南互保"，英文记者，按他的理解能力，把"东南"解释为"中国东部和南部"，也就是说，要签订一份关于中国东部及南部的和平协议。同事的迷惑，是根据英文原意翻译此标题，还是按照中国官员提供的文本，继续使用"东南"的说法。

徐方白不敢贸然表态，希望同事进一步提供背景细节。等到同事说明，推进此事的，有湖广总督张之洞、两江总督刘坤一、督办铁路大臣盛宣怀、上海道台余联沅等要员，背后或许还有李鸿章的支持，徐方白惊讶得无法言语。他简直不敢相信，上面这些人物，如此胆大妄为？不怕掉脑袋？不怕夷九族？目瞪口呆之余，他静静神，还是先解决翻译问题吧。听完背景介绍，徐方白心中有谱了。张之洞那帮官员，都是历经九九八十一难，从各级科举考试里脱颖而出的，都像孙猴子一般，在八卦炉里锤炼透了，其古文功底，极为深厚，用词造句特别讲究。湖广总督，辖湖南湖北，是中国内地腹地，按地理常识，自然不属于中国"东部"或"南部"。张之洞参与此事，据说还是主导者，他用"东南"为框架，当指"中国东南方位"的意思，英文记者写成"中国东部和南部"，显然是对中国地理的误解。徐方白建议，恢复"东南互保"的原标题。同事经他一分析，心服口服，满意地走回自己的写字桌，继续完成文章的翻译。

这些天，徐方白一直在想此事。张元济含糊不答，更说明事情非同小可，不是空穴来风的虚妄。自从李鸿章到上海，驻留不走，深居简出，神神秘秘的，围绕他的传说，不断发酵。上海街头的高鼻子，也日夜增多，几条繁华的街道，时有他们出没，市民们开始见怪不怪了。坊间说，原驻京城的外交使团，重要人员纷纷南下，使馆区铁门紧闭，成为空壳，多少有躲避义和团锋芒的意思。这样看来，张之洞他们的谈判对手，级别不低。

不过，到底是如何谈判的呢？不要说李鸿章了，张之洞刘坤一那样的身份，也是不便直接出面的。派他们手下来谈？只怕洋人们信不过。徐方白思来想去，直接洽谈的人物，大约是上海道台余联沅了。余联沅，比南方几位总督的官阶低些，但他是上海这块地方的父母官啊，在上海办事，没他出力，还真办不成功。外界传闻，此公干练且方正，可以被那几位总督信任；再说，他的官帽摆着，是上海地域的最高官员，洋人们自然会信他的话。

徐方白很快寻得佐证。他记起来，小报上曾有一则花边新闻，说是上海道台余联沅欢宴各国使节，十几道沪上名点，让使节们大快朵颐。如此看来，吃席不过是表面托词，背后另有文章。余联沅在台前，扮演各位总督的说客，传达他们的意志。徐方白恍然大悟。

饭后，九妹与三郎各自回房歇息。徐方白没有睡意，继续整理着自己的思绪。老实说，那帮总督们到底是什么算盘，作为旁观者，难以洞穿。他们都是老谋深算的狐狸，城府极深，非年轻些的读书人所能解析。想当年，太后对光绪皇帝下重手，杀了一批变法维新派骨干，他们没敢吭一声吧？早先，他们也曾同情变法，剧变来临，却变得低眉顺眼，奴性十足的样子，连李鸿章也顺从地俯首听命，乖乖丢掉中枢的权力，跑到广东栖身。才过去几年啊，他们竟然敢背着朝廷，私下里与洋人谈判媾和，吃了豹子胆啦？天翻地覆的变化，也不过如此而已。

　　脑中电光石火，身子竟不由一震，想得细了深了，还是悟出点道道。徐方白的脑海，浮起另类的思绪：单单苦想总督们的谋略，有何意思呢？他们的内心，深不可测，各种盘算交织，大约于公于私都有。为私利为苍生夹杂，本来是千年儒学培养出来的脑袋，官场之道，居庙堂之高者，难以逃离此框架。不妨把总督们的动机搁置一旁，只推测他们的行为逻辑。按诸公的历练，宦海中长期积累的经验，应当是看准了时机出手，知道清廷此时无力他顾，中枢顾此失彼，压不住地方实力派了，有点西周末年礼崩乐坏的味道。徐方白忽然明白一个道理，管它原意如何，管它包装得何等花团锦簇，这份"东南互保"条约放在台面上，就称得上致命一击，给慈禧和她周围的顽固派敲了丧钟。好比西周王朝衰落，内忧外患，不得不依靠诸侯各霸的扶持，东迁国都，遂形成朝廷中枢的空虚，而让春秋五霸分治天下。如果张之洞他们搞成功，等于向天下昭告，朝廷的权威，仅仅是唬人的摆设而已。戊戌年，慈禧囚禁光绪，杀害谭嗣同诸君，逼走康有为梁启超，那个时候，徐方白躲在北京客栈里，惶惶不可终日的情状，还清晰地在眼前。那会儿，慈禧他们何等不可一世！几年工夫，已经成了空心萝卜，成为抽去四梁八柱的空架子。这么想着，徐方白暗自兴奋起来。

　　庭院之中，有行走的声响，步履沉重，朝着灶屋的方向去。徐方白知道，是广东人回来了。林先生最近好忙，几乎夜夜有应酬，一点儿不像本分的账房先生模样。徐方白本来无意出门招呼，不过，听他走路的声音出奇地笨重，砰砰地踩着泥地，徐方白有些儿不放心，再说，林先生不直接回屋，直奔灶屋，也是怪异。

徐方白迟疑片刻，终究忍不住，推门出去，看着前方摇摇晃晃的身影，知道广东人喝醉了，醉得蛮厉害，走路一脚高一脚低的。月色下，他矮矮的身影，飘移着，摇晃着。他能够认路，回到这院子，亦算本事不小。

广东人走到灶屋门前，忽然弯下身子，像只虾米似的，团曲成弓形，右手抓紧门旁的柱子，一阵剧烈的咳嗽。徐方白急忙靠近，只觉得呛鼻的酒气，在四周弥漫，随即，听到"哇"的一声，跟着飞出来酸臭无比的气味，广东人连咳带吐，吐得灶屋门口的地上一片狼藉。

徐方白见他吐得身子脱力，弯腰扶着门柱，站不稳，也直不起腰，就上前一步，顾不得脚下是不是踩到污秽，用双手扶住了林先生的双肋，免得他支撑不了，整个身子倒了下去。"林先生，你喝多了啊！"徐方白关切地说。

"不多，不多，半斤而已。"林某强撑着说。这世界上，从来没有醉汉认输之说。

喘息了片刻，林先生终于和缓下来，胃里的东西，方才喷涌而出，此刻应该是吐干净了。他回过头，月色下，脸色煞白，勉力挤出笑来："出丑了，出丑了，平日里，半斤没事的。"

徐方白扶住他，小心翼翼避开地上的呕吐物，好意道："累了，容易上头。你先回屋去休息。"

林先生意识尚清醒："这里一塌糊涂，要弄弄干净。"

徐方白屏住呼吸，这股熏人的气味，连他的肠胃也被引得翻江倒海。他硬着头皮说："你只管回屋，我会收拾的。"

"不好意思的，不好意思。"林先生咕哝道，走路都是飘的，哪里还能够打扫，只能脸皮厚厚，在徐方白的搀扶之下，走回自己的厢房。

徐方白劝道："你最近应酬喝酒太多，伤身子的。"

"不多，不多，每天也就是喝一次，喝不到两三次。"他回答着，舌头有些大，吐字不清楚，声调和语句都有些儿滑稽。

徐方白试探问："李大人到了这里，你就忙得不可开交啊。"

林先生一个激灵，倒是警觉起来，赶紧分辩："中堂大人啊，他和我隔得远。他高高的，我低低的，隔开好多层。"

徐方白心中暗笑，喝醉的人，再警惕，还是会露馅。隔开好多层？那实际上还是承认了自己的身份特殊。徐方白终究善良，不忍再逗他说话，把他扶进屋子，径直扶到了床前。林先生山一样倒了下去，连鞋子也不脱。徐方白好意，弯腰给他脱去布鞋，将他的双脚挪到了床上。

倒在床上的林先生，意识开始迷糊，将要睡过去之前，迷迷糊糊道："徐先生，你是好人。读书人，中堂大人器重读书人，你前途无量……"

徐方白苦笑。权势如山峰刮下来的风，大小官吏，就像挂在庙宇檐角下的一串串响铃。山风起舞，风猛风劲，串起的铃，互相比赛嗓音，一只只响个不停；风小风弱，响铃也就散了气，渐渐停息，最后没了动静。李鸿章滞留上海，像林某这等末流角

119

色，竟也忙得不亦乐乎。

徐方白见他打起呼噜，就退出厢房，随手带上了门。他皱皱眉头，不远处，皎洁的月色下，灶屋门口，有一摊湿漉漉的东西，隔好远，依然随风飘来阵阵恶臭。再恶心，徐方白都得去打扫干净。不然，明儿早晨，九妹起身，不得被熏得难受？她在孕中，徐方白不由自主地，对她怀着无比的怜惜。

徐方白想了想，在院子里的老树旁，寻到一把铲子。他虽然是书生，老家在乡村，常去老舅家住，也会帮忙干点小活，并非四体不勤五谷不分之人。他忍住恶心，将灶屋门口的污秽铲进箩筐，到院墙旁的树下埋了，又铲了些干净的细土，在灶屋门口铺了一下。干这些活计，徐方白没弄出啥声响，无意惊动九妹和三郎两个。陪伴他的，是徐徐扫过身边的夜风，还有洒落一地的银色月光。

直起身子的当口，徐方白满意地想，吹上一夜，恶臭散尽，明儿早晨，九妹不会恶心了。

# 第十二章

这天，在译书院做了半天的事，中午简单的午餐之后，徐方白走去张元济的房间，见他尚未午休，就干脆找他聊聊，把心中的想法直说了。他不好意思道：思虑再三，辜负了菊生兄的厚爱，不想动了，虽然商务印书馆前程远大，还是想留在译书院，拿一份稳定的收入；成家了，竟然没了年少时的豪气，只求个生活稳定，让九妹安心生儿育女。张元济听说九妹已经怀孕，喜上眉梢，祝贺徐方白要做父亲，十分理解他的选择，还叮咛徐方白别不舍得花钱，到时候，给九妹请个有经验的老妈子，对大人和孩子都好。

张元济真君子。徐方白不愿追随，他非但不气恼，还慷慨表示，将向南洋公学举荐，让徐方白在译书院担的责任更多一些，一来对译书院的发展有益，二来，也可以让徐方白增加收入。

张元济果然做了安排。那日，他告诉徐方白，盛宣怀要到译书院来看看，让徐方白陪着自己，一起接待盛大人。徐方白纳闷，说自己只是个做杂事的人，盛宣怀过来，自然是菊生兄接待，他陪着合适吗？张元济说，盛宣怀喜欢与读书人打交道，徐方白一身才学，无须隐藏，该说就说，他见了，自然欣赏。

事情就这么定了下来。

通知的时间，本来是午餐之后，盛宣怀稍事休息就过来。到下午两三点钟，还不见人影。也许盛大人午休延长了吧？反正不急，张元济和各位同事边做事边等。直等到下午的太阳没了热气，屋子外开始飘荡起暮色，归巢的鸟咕咕叫唤着从窗外的树枝上飞走，还是不见来访者的动静。盛宣怀过来，他的身份，官轿总要有，那排场声响，大老远就能听到。可惜，街上一直安静着，没有喧闹嘈杂，连个送信的差人也不见。张元济说，盛宣怀做事认真，说话算数，如果取消此行，自然会通知一声。可是，到了下班时间，还没个准信，张元济为难了。不见得让众人都饿肚子陪着？既然上前接待说话的，仅仅是张徐二人，张元济就只留下徐方白，让其他同事各自回家晚餐去。门房杂役自然不能离开，张元济要他们在门口盯着。

又等了半个时辰，也不知盛宣怀那边怎么回事，依旧没有声息。张元济失去了耐心，肚子咕咕叫唤，看样子没希望，便瞧瞧徐方白道："官场的事，难以预料，我们也撤吧……"话音未落，一直在译书院门外张望的杂役，突然大喝一声："来啦，来啦！"那杂役老头虽然上了年纪，喊起来，中气十足，寂静无声的译书院，被这喊声撼动，似乎房梁也在嗡嗡作响。两位读书人从椅子上跃起，张元济在前，徐方白殿后，两人急忙朝大门口赶去。

一辆人力车停在译书院门外，暮色里，有位瘦长个子的男人从车上跨下来，一身灰色的长衫，倒是蛮有气度。不过，分明不是盛宣怀。盛宣怀出来，官轿是省不了的，就算他不想讲排场，作为清廷重臣，那朝廷的规矩，不能随意破了。

张元济走到门口，已经认出来人，赶紧上前一步，拱手道："原来是刘师爷！失敬失敬，我们出来晚了！"

来者，是盛宣怀身边的幕僚，绍兴师爷，盛宣怀信得过的人物，与张元济熟悉。对方也赶紧拱手道："菊生兄久等了吧？不好意思，我们进去再说！"

回到屋子里，坐定，杂役送上茶水，退出，规矩地带上房门，里面顿时安静下来。两只新式的汽油灯，是译书院为夜间赶工所购，这时一并打亮，显得亮堂堂的，驱散了暮色的灰暗。刘师爷又朝张元济拱拱手："抱歉，菊生兄，等得心急了吧？"

张元济道："边做事边等，不着急。"他又试探地问："师爷是先行一步，盛大人的官轿在路上？"

刘师爷先不搭话，扫了一眼徐方白："请问，这位仁兄是……"

张元济醒悟，尚未来得及介绍，便说："这位徐方白先生，译书院的中坚，我做事靠着他的。今日让他来向盛大人报告事务。"张元济的话，特意拔高了徐方白，其中意味，徐方白自然懂，赶紧拱手道："我跟着菊生兄，做点杂事而已。"

刘师爷听罢，客气地道："听方白兄口音，湖南人吧？幸会幸会！"

张元济见刘师爷欲言又止，估计还是觉得徐方白陌生，不放心说话，便继续介绍："方白兄，大才子了，我在北京时就熟识，他在谭军机身边多时，为谭军机高度信任、赏识。所以，方白兄一到上海,我立刻请他来译书院共事。"

张元济提及谭嗣同,自有深意。谭嗣同为维新变法舍身,在读书人中的声望极高。能够获得谭军机信任赏识之人,便是最好的身份证明。刘师爷听张元济如此介绍,自然放心,急忙再次拱手道:"原来是谭军机身边的智囊,失敬失敬。"

徐方白谦顺地欠身道:"菊生兄过奖,刘师爷错爱,我在谭军机手下,只是奉命跑腿、打杂而已。"

刘师爷舒心道:"都是自己人,我就如实报告。今日,盛大人无法过来了,出了大大的事儿,实在是天人的事!"他一脸严峻,语气着实重,说话间,牙帮子外面的肉都有些颤动,似乎被将要说出的话吓住,把持不住自个儿的情绪。绍兴师爷,以见多识广、干练辣手著称,被惊吓成如此模样,可见他说的"出大事",是何等惊骇之事。所谓"每临大事有静气",所谓"山崩于前、地陷于后,而不动声色",终究是理想状态,谁人能修炼到那个火候?

张元济前面就在猜想,盛宣怀并非随意爽约之人,说好了过来,却不见踪影,应当是被啥难办的事绊住了脚。张元济淡然一笑,道:"师爷喝点茶,慢慢说。"

刘师爷见屋门紧闭,这座房子里没别的人,放心许多,开始说出盛宣怀不能前来的原因。朝廷的大事情,要发电报对外昭告,都是先到盛宣怀的手上。今儿突然晴天霹雳,说是朝廷——自然是太后当政的朝廷,光绪皇帝早就管不着了——决定向各国宣战,宣召各地总督,派兵进京,拱卫中枢,还称民心可用,支持义和团驱逐洋鬼子的行动。刘师爷嘴唇哆嗦:"一日之隔,天翻地覆。昨日传过来的，还是鼓励袁世凯的新军，坚决弹压闹事的义和团，命李中堂全面协调对各国的和谈事宜，怎么一日工夫，完全变了呢？"

张元济素来持重，不惊不诧，亦被这突如其来的消息吓得大惊失色。与各国宣战？何等的大事，如此草草就宣布出来了？也不像慈禧历来的行为方式啊！慈禧手段是厉害的，维新变法之际，她先是容忍，到忍无可忍，才猛然出手，关的关，杀的杀，赶的赶，进退有据，看得出谋略。现在似乎章法大乱，前后的决策，变化得令人不可思议。张元济沉闷地问："盛大人如何说？"

"盛大人自然左右为难。已反复求证过，传过来的文稿，不假，确实是御前会议的决策，不敢不听。不过，盛大人清醒，知道那电令一旦发出，将是天下大乱，不堪设想。"刘师爷不断搓着双手，显示出内心的杂乱，"盛大人当然是没法过来了，惦记着今日之约，让我前来知会一声，我还得赶回去，帮着盛大人应付。"

张元济急忙说："我这里是小事，千万不让盛大人分心。师爷赶紧回去为要。"

刘师爷说罢，茶亦不喝一口，急匆匆起身，正要拱手告辞，想起什么，又站直身子说："盛大人一向敬重菊生兄才识，特地关照，此去可询问菊生兄，当此纷乱局面，如何妥当应对？菊生兄有甚高见，望坦率赐教，我回盛府可以复命。"

张元济沉吟着，没有作答。说到底，此事天大，他不敢贸然发表想法，或者心中另有盘算，他竟然转头看着徐方白道："方白兄，当年，谭军机位于中枢，你是他亲信，见的大事多了，你可有啥好意见,请刘师爷带回去,奉请盛大人参考?"

张元济此问,让徐方白意外。他早已是闲云野鹤,如此要事,哪里想多嘴。不过,他隐隐猜测,张元济之问,内藏善意,大约是要他在刘师爷面前——自然是让师爷转告盛宣怀——显示出过人的见识。徐方白无奈,为对得起张元济的善意,只能硬着头皮,说上几句。

徐方白略一思索,脱口而道:"何妨留中不发!"

这"留中不发"一语,徐方白听谭先生说过。当年,光绪帝任命几位年轻人执掌军机处,他们自然要为光绪帝分忧。保守派阁僚们,屡屡奉上又臭又长的奏章,鞭笞维新变法的各种作为,谭嗣同他们不愿光绪帝烦心,常是"留中不发",也就是压在了军机处,不送上去。

绍兴师爷,何等精明之人,听徐方白一席话,先是点头称是,转念一想,不对了,说道:"军机处留中不发,压住的,是下面往上送的,无碍。今日,却是朝廷派下来的,压住不发,盛大人一身干系太大啊。"

徐方白笑笑:"我是冒昧瞎说,刘师爷听听而已。留中不发,其实也有区分。可以全部不发,可以摘抄再发;可以发给这里,却不发那里⋯⋯"徐方白放慢了语速,让刘师爷细品这番话语。

到底是见多识广、智慧过人的绍兴师爷,他听徐方白说到这里,醍醐灌顶,喊了一声:"有道理!有道理!"跟着又补了一句:"相机处置,相机处置!"

刘师爷迫不及待,十万火急,要回去复命。张元济和徐方白送到门口,见那人力车还等在原处,不知是刘师爷临时雇的,还是盛府的常用车辆。师爷一边上车,一边向两人致谢:"不虚此行啊。我要回去把在这里听到的锦囊妙计,禀告盛大人!"

夜色浓起来,那辆人力车一忽儿就消失得无影无踪。

张元济转过身,看着徐方白说:"哈哈,刘师爷夸锦囊妙计!方白兄果然是见识不凡!"他向来沉稳,不动声色,这会儿,竟然发出特别的赞许之声,夜色中,镜片之后,目光闪闪。

徐方白不好意思:"菊生兄命我说话,不得已,随便说说的。"

张元济道:"你随便说说,也是为天下百姓。若是这电报随意乱发,各处不明就里,拥兵的蜂拥而起,心怀叵测者趁乱坐大,天下汹汹,还不是百姓遭难?"

徐方白缓缓说道:"我也是如此想。假如只发给各路总督,他们老成持重,商量商量,也许还有转圜的余地。"

张元济点点头:"高明!那个刘师爷绝顶聪明,你的话,他听懂了,盛大人又信任他,这事儿就好办些。"

夜风吹来,脚下的沙土轻轻扬起。肚里瘪了,咕咕叫唤得厉害,早过了晚餐的时候,张元济道:"我们去街上吃碗面!我来请客。"

两人说说笑笑,朝街上的点心店走去。走到转角,面店的香气浓郁地扑鼻而来,肉香面香,还有炸蒜叶的香,撩动了人的食欲。徐方白却没有急于奔那里去,他停住脚步,对张元济说:"我百思不得其解。按刘师爷的说法,御前会议连着几天作出的决定,显然是南辕北辙,国家兴亡的大事,怎么像开玩笑似的。"

张元济正色道:"我也觉得蹊跷。不让袁世凯的新军进京,把中堂晾在上海,都可以理解。"戊戌之际,李鸿章救过张元济一命，说到他，张元济常常恭敬地称一声"中堂"。张元济使劲摇着头："那帮八旗贵族王公，不愿意别人进中枢，分享他们的权力，都不奇怪。不过，向各国宣战，这等惊天动地的大事，怎么几个时辰就捅了出来？"

徐方白说："谭先生多次说，太后手段厉害，光绪帝不是她对手。不过，谭先生又认为，慈禧绝对不是莽撞任性糊涂之人，做事谋定而动，游刃有余。贸然向各国宣战，连朝廷内部上下的思想准备也谈不上，这个就不像是用心盘算过的。"

张元济的脸色，在街上的黑暗中，显得冷冰冰的，只有鼻梁上架着的镜片，闪出隐约的光亮。"可怕之处，正在这里。毫无准备，如何宣战？就靠一通电文？最后又是惨败，割地赔银子，无边无际的灾难啊……"张元济凄凉地道，"思来想去，只有一种可能，让她丧失起码的理性。"

徐方白看定他的脸，焦急地问："是什么原因？"

张元济并没有马上回答，淡淡地说："饿了，饿得厉害了，先去吃面再说。"

直到热乎乎的汤面下肚，身子略微舒适些，张元济的脸上泛起血色，他才问徐方白道："还记得那份英文报纸的文章吗？"

徐方白没有反应过来，呆呆地望着张元济圆圆的脸庞："菊生兄说的是哪一篇？"

张元济说："那位记者建议，各国政府要扶持光绪帝重新掌握权力……"

徐方白醒悟道："她害怕的是这个？"

"对啊，这才是要害！"张元济说，"当初，看到此文，我就隐隐担心，如果有好事之徒借此生事，就会捅出天大的麻烦……"

徐方白忧郁地说："总有人唯恐天下不乱啊，莫非谁把那篇文章呈递上去？"

"我仅是一猜。"张元济说，"我们知道的消息有限，只能静观后续。可恨之处，是国家危亡，老百姓又要吃大苦。"张元济长长地叹气，徐方白跟着伤感，碗里还剩下一小半面条，他亦无心再吃了。

# 第十三章

徐方白到家的时候，胡家兄妹刚吃好。今天早上，出门前，徐方白对九妹说过，可能迟归，晚饭不必等他。桌子上，碗筷尚未收拾，两兄妹像在说什么，九妹的眼圈竟然是红的。见徐方白回来，九妹别过头，擦了擦双目，低垂眼帘，避开徐方白的视线，轻声问道："锅子里有热饭焖着，是不是要盛出来？"徐方白回答已经吃过了，九妹沉默着把碗筷收拢了，端到灶屋去洗刷。

徐方白问三郎："九妹怎么啦？"

三郎气鼓鼓道："上海道台真不是东西，无缘无故，抓了我们几个山东老乡。"

徐方白诧异："凭什么抓人？"

"他们在街上卖艺，练几套拳脚，四周看客觉得开心的，给一点赏钱罢了。"三郎愤愤地道，"不料，道台府衙役跑来说，山东口音，耍棍弄枪的，就是义和团，就要抓。真是一派歪理，难道义和团是强盗土匪？衙役还说，是租界里的洋人看到，去道台那里告了，衙役奉命前来抓人。"三郎说着，咬牙切齿："我就不懂了,堂堂上海道台,如此听洋鬼子的话,莫非是他们的孙子?"

徐方白心里寻思,这个动作蛮快的。上海道台余联沅,出面在谈"东南互保"的事情,各国使团趁机开条件了,他们唯恐义和团的势力进入上海,渐成燎原之势,预防在先,要求余联沅及早弹压。义和团在京城气盛得很,连使馆区也不太平,洋人们心中是害怕的。双方谈判的背景,八成就是衙役们在街头捕人的由来。徐方白没法细说,因为三郎正一肚子敌意,他不敢火上浇油。徐方白换个角度问:"九妹就是为这事伤心?"

"我告诉她了,被抓的老乡中,有她丈夫的侄子。她现在这模样,也没法抛头露面到衙门去看看,关心一下,所以难受。"三郎怏怏地说。

"现在这模样?"是怀孕了,还是重新嫁人了?三郎没有解释,徐方白只能猜测,大概都是原因。也许,九妹和自己成亲的事,还不便告诉侄子。确实难以说清楚,九妹为什么急匆匆重新嫁人。唉,乱世之中,做女子更难!不知为何,徐方白突然联想起,千年之前,另一位山东侠女,那个写下"至今思项羽,不肯过江东"的李清照。后人背诵其慷慨激昂的名句,却很少知晓,她在灾乱岁月遭遇的坎坷命运。生逢乱世,已经不幸,再经历丧夫之痛,颠沛流离而不肯低头认命,其深入骨髓的痛楚,可以想象。所谓"红颜薄命",令人感慨,真是为这些奇女子难受。

徐方白想了想,对三郎说:"译书院里,有同事与道台衙门熟悉,我明天托他去打探打探吧。"

三郎见徐方白如此热心肠,心中感动:"我们麻烦徐先生的地方很多了,这事不敢劳您操心。我给认识的衙役塞了点小钱,他悄悄告诉说,道台也是做个样子,堵堵洋鬼子的嘴。不会过分难为老乡的,明日送他们出境就是。"

徐方白心想,难怪余联沅口碑不错,坊间夸他能干与方正的不少。由这件事情便可看出他的手段。表面上抓人,封住洋人们的嘴,使"东南互保"的谈判得以推进;抓了人,又悄悄送走,对义和团呢,也算是高高举起,又轻轻放下,并无穷凶极恶的样子。眼前,清廷正式与各国宣战的情势下,"东南互保"之议,虽然为朝廷不容,对江南百姓,或许还是有好处的。这些想法,徐方白依然放在心里,不敢对三郎细说,因为三郎余怒未消,还在生气,他骂骂咧咧:"洋鬼子可以在上海耀武扬威,山东老乡却要被赶出去。这个上海城,还算不算中国人的地盘?那个不要脸的道台,收了洋鬼子多少好处?"

三郎边骂,边打算出门。徐方白诧异地问,这么晚了,去哪里?三郎爽快地回答,再去道台衙门探探,找熟悉的衙役问问,想给九妹丈夫的侄子送点钱过去。落在官府手里,手中有点钱,吃苦少些。九妹身子重,没法跑去衙门,至亲啊,他三郎得管管。

徐方白觉得此话在理,也就没有拦他。

哪里晓得,这天夜里,三郎出门,就闯出了大祸。以后很长的时间里,徐方白想起来就后悔,那天晚上,为什么没有拦住三郎呢?

九妹在灶屋,收拾好碗筷,没有再到前厢房来,径直去自己屋子休息。徐方白猜想,她自强,不愿让人看到哀伤的小女子之态。徐方白不便打搅,自己看了会儿书,倦意阵阵袭来,也是忙累了一天，便倒头睡了。

第二日清晨，天蒙蒙亮的时分，徐方白刚刚起床，九妹竟然掀开布帘，匆匆走进前厢房，难得如此不讲礼数。往日，九妹一定要等他去灶屋打水，屋里空着，才会进前厢房，将热腾腾的早饭端上方桌。

九妹一脸惊魂，着急地问道："徐先生，三郎哪里去了？方才想让他吃早饭，他屋子里竟然没人！被子叠得整整齐齐，好像根本没在床上睡过觉。"

徐方白顿时不安起来："他昨夜出去的呀，说是要去找认识的道台府衙役，探望关在那里的老乡。莫非他彻夜未归？"

九妹急得跺脚："去道台府了呀？我担心他性子躁，在那里吵闹开，必然吃亏！昨天劝过他，如今在上海，不是山东老家，遇事不能由着性子来，他怎么就不听呢！"

徐方白说："三郎做事有分寸的，我想，不至于去道台衙门闹事吧？"他极力安慰着九妹。女子的肚子明显凸起了，身子站立着，看上去尤为清晰。徐方白不由想到，那天，广东人打趣，说徐方白是"奉子成亲"，只好任他胡乱猜想，否则，没多少日子，九妹身孕显山露水，亦是没法解释。徐方白怕九妹急坏身子，只能继续为她宽心："他说是去送些钱，打点打点，还说有衙役早就熟识，应该没啥麻烦。"

九妹依然不放心："为啥会彻夜不归啊。平日，他见个老乡，晚回来是有的，整夜没人影，他能够去哪里？"

徐方白知道，九妹已经听说，衙役在街上抓捕山东人，没什么道理，凭他们耍拳练武，就指认为义和团。九妹分明在担忧，

133

兄长是不是无端遭难。徐方白努力平和地说:"我想,三郎到上海,不是一日两日,情况早就熟悉;又是在招商局码头仓库做事,就算遇见夜间巡查的官差,有根有底,经得起盘查,报一声这个住址就行,不会出事。"

"那么他去哪里?想不出地方啊。三郎向来老实,在老家的时候,从不在外面随便过夜。"九妹还是忧心如焚。

徐方白寻思着道:"我们在这里胡乱猜,得不出结果。我早点去译书院吧,见着与道台衙门熟悉的同事,求他去那里探询,有没有事端,马上可以问清楚。有了消息,我即刻回来告诉你。你就安心在家等候。假如三郎回来,让他休息,码头那里,请个假也是可以的。"

两个人都是惊魂未定,徐方白随意喝了点稀饭,就匆匆出门去了。

自从设了租界,与洋人打交道的事务多起来,上海的道台衙门就养了会说英文的通译。通译专注于日常口头交流,有洋人到道台府办事,或者道台去租界拜会,通译是全程跟着。不过,遇到撰写与西文相关的专业文书,通译的知识往往不够,为了少出纰漏,文字方面需要审核把关,常常就求到了译书院。译书院的同事在西洋读过书,专业搞文字翻译,推敲译文,更有把握。因而,译书院的同事,与道台衙门来往多,与师爷和通译他们相当熟悉。

没花多少时间,去道台衙门打探的同事,就回到了译书院。他说,除了昨天在街头抓的人,衙役们并无其他抓捕。那几个在街头耍拳卖艺的,昨日被抓后,道台根本懒得审,临时在号子里押着，关照今日午后送出上海地界，并拟文传给告状的洋人，给租界那里一个说法而已：疑为义和团的人员，已经驱赶出境。道台的做法，有案可循。袁世凯奉命去山东弹压，不也是把许多义和团赶出了山东地界？

这些，当然是让徐方白释怀的消息。不过，接下去，同事顺便说及，昨夜出了另一件怪事，道台衙门在紧急追查、处理，则让徐方白吓出一身冷汗。半夜时分，英商的码头，发现潜入者，意图盗窃，并纵火焚烧仓库。火势方起，即被值夜人员发现，警卫立刻吹笛围捕，并鸣枪示警。那潜入者，据警卫说，像是孤狼。只看到一条身影，围追之时，见其跳入黄浦江，随即失去了踪迹。初步侦探，估计是潜水逃亡至附近的其他码头。

这些传闻，同事作为传奇故事来说，在徐方白听来，则是相当实在，线索几乎全部指向一个人，所谓的孤狼，八九成是三郎了。相处的日子里，笑语闲谈间，徐方白多少知晓兄妹的过往。三郎不但武艺娴熟，水性也好，从小喜欢在河里嬉耍，还以水泊梁山里的"浪里白条"自称。难怪，昨夜三郎出门后不归，竟然去做出这等要命的事情。

徐方白知道，三郎仇视洋鬼子，那是战场上拼过命的，是生死仇恨。他开始后悔，自己介绍三郎去招商局码头，是不是失策之举？只想给三郎寻个事做，让他安定下来，至少在九妹面临生育的日子，太太平平打发了时间。徐方白始料未及，招商局码头，与英商的码头邻近，白天，可以彼此张望。三郎以为，凡高鼻子，就是仇家，每日里看着，怕是眼中经常冒火；他潜入英商码头，自然有向洋鬼子报仇的计划。

徐方白想，你恨洋鬼子，我非常理解，他们占了中国的土地，杀过你三郎的好兄弟。不过，你夜闯人家码头，还要放火烧仓库，太冒险，被逮到了，就是死罪啊。

为啥闯英商码头，还要放一把火呢？

徐方白想到前些日子的一次交谈。广东人警示，三郎在自家仓库干活时形迹可疑，东翻西找的，因而让徐方白关照三郎，必须安分守己。徐方白为了说服三郎，暗示过他，招商局仓库里，都是与民生相关的贸易品，不会有军用器械之类东西。徐方白的本意，只想劝三郎安心干活，不过，他如此这般随口一说，莫非三郎往心里去了？他潜水到英商码头，想到那儿去找寻杀害自己兄弟的武器？放火的意图，是打算把那些装备毁了？徐方白未免暗暗叫苦。自己无意间说的话语，竟然变成了教唆。三郎的祸，闯大了。在街头展示拳脚的，尚且让租界如临大敌，现在，矛头指向他们的码头仓库，那是洋人的要害之处，他们绝对不会善罢甘休。道台衙门不得不严查。查到三郎头上，肯定是大罪了。说不定，保他进码头的徐方白，也会被牵连，刚刚为九妹安顿的临时之家，恐怕危矣。

徐方白一时方寸大乱。张元济没来，他只得向同事打了声招呼，说有急事处理，便朝家里赶去。他心急忙慌走着，心中产生一种奇异的感觉：自己的身子与大脑，正在撕裂，两种截然不同的力量，冲击着中枢神经。三郎的行为，不顾前后，让人气恼，却也让徐方白同情；国仇家恨，他纵然烧洋人的仓库，亦是没法子的弱者的反抗，无论如何，得帮着三郎躲过这场灾祸。不过，道台衙门那边，可能紧追不舍，徐方白同样可以预料，道台余联沅所处的位置，不能与租界闹僵，他受南方各位总督大员的委派，正与外交使团谈判"东南互保"的构想。这个谈判，徐方白从心底认可。战火蔓延开来，吃苦的总是黎民百姓。再说，前面已经想明白，搞"东南互保"，诸位汉族大员，暗地里如何盘算个人得失，且不管它，对慈禧的朝廷，肯定是尖利的背刺，让貌似坚固的八旗军统治瞬时七歪八倒。思前想后，利大于弊啊。

徐方白需要站在哪一边？他自己也想不明白了，只能走一步看一步，先回家去，搞清楚三郎的下落再说。

徐方白跨进自家庭院时，里面的情景，与他十万火急的内心，截然相反。庭院四处，呈现一片夏日的宁谧安详。灿烂的阳光，投射在不大不小的院子中；树上，躲在绿叶光影里的小鸟，叽叽喳喳地欢唱；墙角的野花，白色的紫色的，趁最近的潮湿天，吸足了水分，纷纷盛开，沿墙根一字儿排列。最美好的景色，是女子的背影，九妹站在一根晾衣绳前，轻轻抖松洗净的衣衫，拍了拍，整齐地晾了上去。她的背影，因为怀孕，比刚来时显得胖了些，不过，依然是挺拔的，毫无臃肿的感觉。九妹习武，英气逼人，却很少特意打扮，今天，竟然在发髻上插了一枝红色的花，大约是在庭院墙角采下来的，插在乌黑的头发上，煞是耀眼。

早晨，离家前，九妹心乱如麻，为三郎忧心，这会儿，像是心情大好。徐方白走近，看到晾出来的，是三郎的粗布衣裳，心中已然明白，三郎平安到家了。

听到脚步声，九妹回过头，见徐方白傻傻地瞧着自己，突然醒悟，脸上不由泛起羞涩的红晕，赶紧把发髻上的花扯了下来，讪讪地道:"徐先生回来得好早!"

徐方白说:"不放心三郎啊,回来看看。"

九妹说:"他回来过,说是还要去码头干活,丢下脏衣服,匆匆走了,想让他喝碗粥,他都没心思。"

徐方白打量着那套粗布衣衫,没有吱声。经过九妹的洗涤,衣服干干净净,没一丝儿脏迹,看不出异样。

九妹继续说:"问他去哪里混了一夜,他支支吾吾,也不肯好好说。衣服脏得全是泥,湿透了,就像在泥塘里打过滚似的。"

徐方白自然没有说出英商码头的事情。三郎不肯道破,是怕让九妹操心,徐方白就更不愿意烦她。

九妹看看徐方白,眼里含着期待,小心翼翼地问道:"你的同事去过道台衙门吗?"

徐方白只告诉了她半截消息:"打探过了,说是昨天被捕的几个,并未难为他们,走个过场,今天下午让他们离境就是。"

"没其他消息?"九妹追问。她显然还在纳闷,三郎一夜失踪,去干了甚事。

"嗯。"徐方白终究不习惯说谎,只是含糊应一声。

九妹瞧瞧他,就不再追问。女子乖巧,从不强人所难,见徐方白没有再说话的意思,就端着洗衣的盆子走开了。虽然名为夫妻,他们两个谨慎地保持着距离。三郎不在家的时候,很少单独相处。

徐方白又看了看晾在绳上的衣衫。九妹做事认真细致,衣衫被洗得很彻底,哪里有所谓脏得像在泥塘里滚过的样子。九妹说,三郎的衣服又湿又脏,证实了徐方白的猜测。三郎潜水逃离英商码头，不知藏在哪个旮旯儿，躲避了追捕，才溜回家换衣裳。三郎换好衣裳后，再去码头上班，是聪明之举。今天，道台衙门的人，会到各个码头盘查情况。如果有人躲起不开工，只怕会成为怀疑的对象。这个三郎啊，性子直，眼睛里揉不得沙子，容易冲动，让徐方白头疼；不过，他还挺聪明的，遇事处置得当，也算粗中有细了。

# 第十四章

三郎无恙，徐方白暗自庆幸，至于三郎夜闯英商码头，放火烧仓库之事，他打算暂时瞒过了九妹，期望平安躲过此祸。后来的形势，急转直下，天大的娄子根本堵不住，说明读书人还是天真了。局面的演变，比他预料的，要严峻得多。

徐方白听九妹说，三郎已经去码头仓库干活，一时不便找他问缘由，也就回到了译书院，做自己的事去。不过，人坐在书桌前，还有些心神不宁，眼皮不时跳两下，提醒是不是会有祸事降临。窗前的树杈上，有乌黑的鸟儿叫唤，叫声颇为粗糙。徐方白不识鸟类，不知那鸟是不是传说中报丧的乌鸦。心绪紊乱之刻，手头的文字，像看进去了，记忆却只停留在浅层，前后失序，看到结尾，却全然忘记前面说了啥。

今日，张元济还是没过来。自从接待刘师爷之后，张元济对徐方白愈加放心，他不到译书院的时候，就委托徐方白照料日常事务。从他的言语，徐方白得知，张元济已经提出辞呈，要离开译书院。不过，盛宣怀那里，尚未同意，还在挽留商洽之中。刘师爷曾经跑来一趟,与张元济关起门,说了两个时辰,不知道谈出了什么结果。后来听张元济说,刘师爷又转到上海道台衙门,在那里做起了道台师爷,那日来见张元济,多半是说自个儿的事;他在盛宣怀那里逍遥些,去道台衙门,杂务多些,心中很不情愿,又不得不去。张元济越发认定,在官府四周做事,掌控不了自己的命运,去意更加坚决了。庚子年,人间沧桑,种种变化,日益繁多,那日子,失去了多少年来的平稳,奇峰突起,异象常现。往常走的是一马平川的大草原,四周的景致尽是熟稔,这一年,却像是坐上了过山车,那车忽而直上云端,忽而顺大斜坡滑向谷底,风驰电掣,气象万千,吉凶难测,未免令人目不暇接,目瞪口呆。

下午,与道台衙门往来密切的同事,又去那里跑了一趟。不是徐方白让他去的,恰好有道台回复租界的一份文书,请这里帮助审定后,要退回给道台府的通译。同事回来的时候,特地跑过来看徐方白。那同事出过洋,年少时,曾被清政府选派到美国留学,据说,当年李鸿章到美国,他也是随从翻译者之一,是见过世面的人物,平时绅士派头,并无一惊一乍的模样,此时的神情,却有几分诡异,靠近徐方白耳边,低声道:"道台衙门那里,又出大事了!"上午徐方白请他去道台衙门,打探抓捕山东人的情况,仅仅是探询,没有明讲为什么关注此事。他知道张元济信任徐方白,就乐得从命。既然道台衙门有新的重要消息,赶紧来知会一声,也是套近乎的意思。

徐方白心中一紧,却不愿显露着急的情绪,努力稳住,淡淡地问:"你上午过去,不是说没事了,被抓的山东人,送出境啦？又有什么情况啊？"

同事撇撇嘴："抓几个街头卖艺的，算啥？下午的事，倒是惊天动地。明天的小报上面，等着看热闹吧。"他卖了个关子，吊徐方白胃口。徐方白不急，知道他自会往下说，只是静静地看住他。同事没忍住，接着憋出一句："有人向道台余联沅丢炸弹，谋杀朝廷命官，还不是天大的事！"

徐方白大惊："竟有此事？你是亲眼所见？还仅仅是听了传闻？"

"这般人事，虽然不是亲眼所见，也不敢瞎说的！"同事正经八百道，"确实是丢炸弹了，说是好大一个炸弹，装在篮子里丢过去，把兵丁们全吓得当场趴倒！"

上海道台余联沅官声不错，并非贪赃枉法之徒，在上海任上也有所建树。徐方白知道坊间的言论，颇为尊重此官，不由问道："竟有这等事情！道台如何呢？有没有伤着？"

同事微微一笑道："万幸万幸，余道台无妨，应该有金刚护身啊。他刚坐上轿子，那只炸弹就径直丢过来，四周的兵丁大喊大叫，四散躲开，他倒好，安坐在轿子里没动静，算得上临危不乱！"同事敬佩地竖起大拇指："道台命大，那炸弹竟然没响，装炸弹的篮子，滚了两圈，停在离官轿几米远处，啥声响也没有。若爆炸了，那官轿自然惨，近在咫尺，必然被炸得稀里哗啦。炸弹没爆，余道台未伤毫毛，真是奇事一桩！"

徐方白当即判断，丢向余联沅的，是自制的土炸弹，装在篮子里扔，土得够新鲜了。行刺各地大员的事不算新鲜，是反清斗士们一时的风尚，已陆续听到多种传闻，自制炸弹也不是头一回听说，临时用火药拼凑组装，以为像做鞭炮那么简单。这种炸弹制作粗糙，最后没有引爆，伤不到人，也无甚奇怪。

徐方白问："行刺者抓到了吗？衙门里有何说法，谁胆大包天，竟敢行刺余道台？"

同事摇摇头："现场混乱不堪，行刺者逃跑了，那群护卫道台的兵丁，一帮酒囊饭袋。"

同事说罢，回自己的位子去做事，徐方白心中又开了锅，七上八下地翻腾。谁会行刺道台？三郎？不可能吧。这个时间，他应该在码头上干活。昨夜闯祸未了，哪里又会跑出来丢炸弹？再说，三郎也不像有制作炸弹的本事。三郎更倚重自己的武艺，假如杀手是耍刀使枪，从屋檐上飞下，用剑直刺道台，更符合三郎的性格和行为逻辑。

不是三郎出手，也可能是三郎的伙伴。那日，晚餐时，三郎说到"东南互保"的事情，大骂余联沅不是东西，是洋鬼子的龟孙子，没有民族大义的贼人，说话的当口，喷射出对其深仇大恨的眼光，让徐方白印象深刻。徐方白记得三郎说起，有几位老乡到上海，他们讨论的话题，应该与大局有关，否则，三郎亦不会知道"东南互保"这类复杂的事。

会不会是安排好的策应？夜里，三郎在英商码头动手；白天，他的同伴，则去行刺道台？那个倒是可能。余联沅依洋人请求，驱逐山东义和团兄弟，他们报复一下，真是好大的胆子啊！徐方白愈发焦虑。英商码头失火，道台衙门不得不查，是受租界洋人所迫，行动上可以敷衍；现在，有人行刺朝廷命官，就是大案要案，必然严查不放，不可能网开一面。三郎与他的伙伴们，危矣。如此这般想着，徐方白哪里还看得进眼前的书稿。

徐方白回到家的时候，天色尚未暗下来。庭院被淡淡的暮色笼罩，有鸟儿从树梢飞落，站立在拉起的晾衣绳上，叽叽喳喳叫唤，似乎欢迎徐方白的归来。早上晾在绳子上的衣衫，已经不见了踪影。晒了半天的太阳，未必干透，急于收起，怎么不再让晚风吹吹呢？

徐方白见九妹还在灶头前忙，就徐徐走过去，还故意咳嗽了一声。他细心，怕九妹全神贯注忙于晚餐，背后冷不丁有人，吓一跳，动了胎气。

九妹听到咳嗽声，没回头，招呼一句："徐先生回来得早。"他们成亲后，彼此间如何称呼是个问题。徐方白称她九妹，延续以前的叫法，挺自然，在林先生或者街坊听来，亦是亲热得体。九妹怎么办？称夫君，文绉绉的，九妹叫不出口；其他民间通用的称呼，比如老公，或者按肚子里孩子的叫法，称他爹，九妹都没法开口。还是徐方白体谅她，说是继续称先生吧，上海人家，男人读书的，这样的叫法，常有。

徐方白问："三郎呢？他回来没有？"

九妹把锅子里的饭，盛到柳条编的饭篮里。这是她持家的方法。饭篮洗得干干净净，上面盖一块厚厚的土布。晚餐，算好两个男人回来的时间，饭出锅后趁热吃；吃罢，把饭篮悬空吊在厢房通风处，既不容易坏，也不怕老鼠偷吃。吊篮的位置，九妹是计算过的，细绳系着，离梁柱甚远，老鼠干瞪眼，从任何方向，都难以跳过去。据说，老鼠的智商甚高，与它们得斗智斗勇。九妹在山东老家已经操持家务，这些事儿，难不住她。

九妹边做事，边抱怨："三郎不知在忙啥事，回来拿些东西就走。我说饭快熟了，他倒好，回答一句，没时间，不吃了，转眼就没了人影。"

徐方白纳闷地问："他没说出去做什么事？"

九妹道："他言语怪怪的，问他一句，顶多答半句。我问他，急着走，是码头的事？他含糊，不肯说明白，连晾着的衣服都卷起带走。衣物没有干透，会发馊的，劝他让衣服再在风里吹吹，他也不管，真是头犟牛。"

徐方白有几分猜到，三郎这样子，不是出去一会儿，像是打算出远门的样子。徐方白想，他要走远路，应该打声招呼啊，连自己妹子也不愿说？他是担心吓着九妹吗？总不能突然失踪吧。三郎一走了之，让留下来的人担惊受怕。

徐方白从九妹手中接过饭篮，篮子沉甸甸的。三郎饭量大，九妹每天会多煮一点。看样子，这篮饭，三郎是吃不着了，徐方白和九妹得吃上两三天。

往日，只要三郎不在餐桌上，徐方白与九妹之间就会滋生出不自在的感觉，两人的对话很少，必须说的，语气也未免呆板一点。这种微妙的心理，说起来没道理，却明显存在着。早先，他们成亲之前，倒是没有这份尴尬的，九妹大大咧咧，口中的"徐先生"，叫唤得十分自然。现在呢，迫不得已称呼一下，眼光总是避开对方，看着脚下，或者旁边的什么物件。

今天的晚餐，三郎不在，两人却忍不住交谈起来，因为有一份共同的焦虑，在这个屋檐下蔓延。

九妹说："三郎昨夜未归，是不是闯祸了啊？他说话吞吞吐吐，躲躲闪闪，过去没这个样子的。"

徐方白比她知道的情况多些，却不敢点破，含糊着回答："你还见着他人了，我是连影子都没看到。"

九妹无语，徐方白说话实在啊。今日里，九妹见了三郎两回，上午是他回来换衣服，方才，又是来取东西。徐方白都错过了。九妹想了想又说："他那身脏衣服，我边洗边嘀咕，哪里搞来的这么多肮脏？在山东老家，他钻到黑臭的池塘里摸泥鳅，回家的时候，比泥鳅还要黑。那时候，他才十几岁啊，现在，他总不至于干这个吧？"

徐方白瞧瞧女子，没接话茬儿。说谎的时候，他容易脸红，因此，他宁可少说。在他的心中，答案是存在的。他不愿惊吓九妹。哪怕九妹一身侠气，毕竟怀孕在身。女人一旦临近做母亲，比起往时，常常脆弱得多，这是天性，为了保护肚子里尚未出生的娃。

九妹看徐方白沉默，不再犹豫，说出了她心底的忧虑："徐先生，我担心的，是他会不会从水下游到外国人的码头去……"

知兄莫如妹，徐方白不得不佩服九妹的聪明，假意惊道："你为什么如此想？"

话说开了头，九妹没法缩回去："前些日子，他提起过，山东来的老乡，关心这个事，想让他探探，外国人的码头上是不是有杀人的家伙。"

九妹的坦率，证实了徐方白的推测。三郎念念不忘的、在码头仓库寻找的，正是枪炮武器。九妹把事情说开了，徐方白就不忍再瞒着，他缓缓地道："译书院的同事，倒是听到了消息。昨天夜里，英国人公司的码头，是有人潜水进去，被发现后，又潜水逃出。"徐方白不愿九妹过分忧心，隐去了放火烧仓库的情节。潜入码头，与放一把火，两者的区别大了。

九妹摇摇头，愁容堆积在修长的眉毛上，微微叹一口气："他就是牛脾气，犟得很，想做的事，谁也拦不住。小时候，为这脾气，让老爹揍过多次。"她内心不由得紧张，问徐方白："英国人码头这事，会闹大吗？"

徐方白不敢细说，更不敢讲出还有人向道台投炸弹。对九妹多讲，除了让她担惊受怕，动了胎气，并无益处。徐方白淡淡地说："过一阵，也许就没事了吧。这里不是租界，巡捕没法直接来查。不过，三郎自己想出门避避风头，也是可以的。"

九妹恍然大悟，三郎回家取东西，连半干半湿的衣服也带走，原来是打算出门避祸。

对面厢房的门，又咕吱咕吱叫唤起来，是广东人回来的信号。九妹醒悟过来道："难怪三郎上午一定要去码头干活，否则，别人不多心，对面那位也要怀疑。那个账房先生，一看就是精明的角色。"九妹用手指了指东面的厢房。

徐方白想，九妹还不知道，前两日，她洗浴的当口，账房先生在窗外偷窥，被三郎当场逮住。虽然没有撕破脸皮，广东人终究落下了把柄。假如林先生知道三郎的行为，说不定会落井下石的。挟嫌报复，乃小人恶习，固然不登大雅之堂，但忍不住想做做的，世间还不少。林先生是不是这号人物，徐方白拿捏不准。

九妹的脸色没有前些日子红润，略带灰白；原先清澈晶亮的双目，亦黯淡许多。徐方白想，她的身子越来越重，家里诸事操

147

劳，还要为三郎担心，实属不易。徐方白切换了话题："哦，和你商量个事。你说过，隔壁街坊的大婶，对你很关心，也说得来，我在想，要不要花点钱，每日请她过来帮忙做点事情？"

"那如何行？她自己家里一大堆事。"九妹道，"只有到关键当口，麻烦她过来看看。"

徐方白摇摇头："不行的，没有老人在身边，光靠自己，哪里放心得了？我们另外请人吧？"

九妹被温暖到，脸一红："徐先生的好意，我明白。我不是小姐，自幼家务农活做惯的，没那么娇气，身体也结实，不需要专门请人。"

徐方白盘算的心思，还不能全说出来。三郎对账房先生不放心，徐方白亦受到了影响。假如三郎没看错，那一位，夜里偷窥九妹的窗户，就不是光明正大的君子，心眼龌龊得很。与他住在一处庭院，原本人多些，还比较安全，眼下，三郎像是要离家出走的样子，九妹的安全，全落在自己肩上。平素，武艺超群的九妹，完全能够保护自个儿，现在怀孕了，惊吓也是大碍。徐方白早出晚归，真要闹出啥事，不光对不住将九妹托付给自己的七爷，徐方白心中亦是不忍。找一个帮助料理家务的娘姨，不仅让九妹轻松些，多个女人在家里待着，或可保九妹安泰，女子生育前后乃最虚弱的时期，九妹亦不例外。

徐方白说："这事不急，我们再商量。早晚要请个人过来，要有经验的，帮得上。你知道，我只会读书，家里事，什么都不懂的，到时候，只会急得干瞪眼。"

九妹脸上，又掠过一片羞涩的红晕，想到在这片屋檐下生孩子，与徐先生只隔了一道布帘，多少不自在。她体会出徐先生细微的关怀，分明被深深感动。她垂下头说："三郎像是要出远门的样子，他真想躲躲，就不止十天半个月的事……我这个样子，真是要给徐先生添很多麻烦了。"

徐方白赶紧说："不麻烦。张元济先生有经验，他劝我，请个住家的娘姨，花不了多少钱，心中踏实。再说，三郎离开一阵的话，也住得开啊。让娘姨和你一个屋，或者让她住灶屋旁的小间，都可以的。"

九妹只得点点头："都听徐先生的。隔些日子，看看情况，我吃不消了，再说。"她想起啥，抬头看着徐方白，又道："三郎确实变得稀奇古怪，临走还留下一句话，说是他这两日不回来的话，就对外讲，我们兄妹吵架，他负气走掉了。"

徐方白猜到了三郎的用心，他是粗中有细的人物。说是兄妹吵架出走，分明有搪塞敷衍的意思，应付街坊的。徐方白道："三郎的话，大约是朝对门说的，免得林先生多问。也对，他进仓库，是我求林先生帮忙；三郎离开，我必须给他一个说法。"

徐方白信奉的处世方法，即君子之道。你敬我一分，我敬你三分。对方的路数不清楚，怎么办？依然用君子之道待之。这样，碰到小人，当然会吃亏。徐方白觉得，吃亏值得啊，维护了自己的君子之格，何苦与小人一般见识？因此，他会去向林某致以歉意。

# 第十五章

第二天傍晚,从译书院出来,徐方白去街上转了转。在一家卖日用杂货的小店旁边,看到一处狭窄的门面,门上贴着张白色的纸,上面写着"荐头店"三字。徐方白想找的,正是它,就推开虚掩的门,走了进去。那是只有一个开间大小的门店,原先大约是居民的堂屋,被租下来开店。没有任何装饰,墙壁陈旧,店主连刷点石灰都懒得做。两旁,贴墙放几张粗木长凳,上面坐着七八个女人,看那黑黝黝的脸,粗壮的身材,便知是刚刚从乡下出来,到城里谋生的。老板娘坐在柜台后面。柜台就是一张实木的桌子,像茶馆的条桌,桌脚瘦瘦长长,感觉经不住分量。三十多岁的老板娘,开口便是糯得不得了的苏州话,殷勤地站起身子,迎接客人,问是不是要找住家的帮佣。徐方白只想来探探路径,见老板娘如此客气,自然实话相告,说是家里人临近生产,先来店里问问,请个照顾坐月子的娘姨,什么价钱。

女子笑眯眯地说:"价钱绝对公道的,这条街上,我这个店开了很多年,名声好的,不拆烂糊,一定会让客人满意。我这里，苏北来的，宁波来的，生过孩子，出来帮佣的多，个个经验丰富，照顾月子，最为合适。就看你要哪里的娘姨？"

听老板娘讲出"拆烂糊"一词，晓得她是道地苏州人。同事中，有人在讨论书稿时，分析过这个听来怪怪的词。所谓"烂糊"，本来是苏州地域常吃的一道菜，肉丝与白菜一起煮得烂烂的，味道鲜美。引入上海话以后，不知为啥，竟引申出做事混乱、不讲规矩的意思。

徐方白知道，老板娘的意思，她介绍帮佣，是规规矩矩的，不会坑害主人家。不过，他脑子里一片空白，全然无数："坐月子的娘姨，还分不同地方？苏北与宁波的，有何区别、讲究呢？"

"先生一看是读书人，不晓得是自然的。要看你家女人的口味啦。"老板娘的苏州口音，糯得像是唱评弹的，高音圆润，低音婉转，煞是动听，"坐月子，吃是最要紧的，吃好了，奶水足，你的孩子就白白胖胖，圆圆滚滚。所以，她喜欢什么地方的菜，要喝哪种味道的汤，一点不能马虎！不同地方的娘姨，做出来差得远。单讲一个汤水，宁波人清清爽爽，鲜而偏咸，苏北阿姨嘛，多数喜欢浓汤，浓得来像加了牛奶，就看你家女人喜欢啥啦！"

真是善于做生意，出口便是一大套。徐方白听罢，恍然大悟，连请个女佣，也有如此多的门道。

老板娘不愿意错过生意，殷勤地问："要不要带个人回去，见见女主人，做一天试试？不满意的话，不要付钱的。"她说着，还抬起纤细的胳膊，莲花指一跷，指向墙壁旁长凳那儿："你看看，哪个面善，哪个中意，随便选。"于是，她的胳膊和手指，就变成了指挥棒,那里坐着的乡下女人,齐刷刷地转过头,看定了徐方白,似乎都在询问,你看得上我吗?她们都是出来谋生的,早一天做工,就多得一份钱,自然心情急迫。徐方白被盯得窘迫,脑瓜上往外冒汗,他还没有与九妹商量定呢,赶紧说着:"不慌不慌,下次再来!"随即狼狈地逃出了荐头店。

徐方白往家里走的时候,心中不由得埋怨三郎。你一走了之,就算不在乎我——挂虚名的妹夫,总得牵挂你怀孕的妹子吧?她不能安生做母亲,你心里愧不愧?

暮色将要收起,黑暗渐次降临的时刻,徐方白回到了熟悉的街上,两旁,各家窗口飘散着米饭的清香,其间,尚夹杂着炒蚕豆的芳香,这是徐方白最喜欢的江南菜。照理说,这个季节,蚕豆早落市了,莫非是哪个地方运过来的错季菜?上海商业兴盛,人多了,东西好卖,各地的菜农愿意大老远过来。闻着蚕豆的香味,徐方白有点馋,胃里顿时发出了空洞的声响。

走过一条小弄堂,已经望得见不远处的家门,徐方白加快了脚下的步伐。忽然,背后有人伸手攥紧了他的肩胛,一阵钻心的疼痛,瞬间,他手臂都麻了。那时候,徐方白脑中闪现的,是两年前的遭遇,也是在灰暗的暮色里,也是被如此毫不留情地抓住过,肩胛的剧痛非常相像——那是在京城,浏阳会馆对面的巷子口上,抓住他的,是双刀胡七。

不用回头,徐方白心里已经明白,突然冒出来的这位,与胡七爷连手指的劲道都相似,手法师出同门,只能是方才还惦记着、埋怨着的三郎了。

徐方白没回头,轻声叫唤道:"三郎,你抓强盗啊?力气太大，我吃不消！"

三郎顿时醒悟，胳膊的劲儿卸去，松开捏住徐方白肩胛的鹰爪般的五指。徐方白经脉一通，麻痹的肩膀和胳膊立刻自在起来。他转过身子，看着站在阴影里的汉子。三郎全身脏兮兮的，脸色比天空还灰暗，这一天，他不知躲哪里了，怕是连饭也没好好吃。徐方白刚才还在怨恨他，闯了祸，莫名失踪，害惨自己与九妹；这会儿，徐方白心肠软了，问道："到了家门口，为什么不进去？"

三郎回答："我看见那个广东人进了院子。我想，不能给你们添麻烦，所以等在此处，想见你一面。"

"你不露面，就没麻烦？"

"我关照过九妹，说是吵架了，我负气出走啊。"

徐方白沉吟着："你觉得，林某会与你过不去？"

"他老狐狸了，阴险得很。"三郎愤愤地说，"那天，我撞见他在九妹窗口偷窥，虽然给他面子，没有撕破脸皮骂，他心中已经记仇。此后，见着了，无论是在院子里，还是在码头上，他一副皮笑肉不笑的鬼样子。有时，瞥他一眼，他的双目，分明藏着恨不得一口吃了我的凶样！"

"看他日常平和客气的，想不到他如此记仇啊。"徐方白纳闷地说。

三郎道："乡下人都知道，咬人的狗，不叫唤的。"三郎鼻子里狠狠喷出一股气："他比咬人的狗厉害得多，自有一番深藏不露的阴气！我后悔了，那日，见他躲在九妹窗前偷窥，干脆嚷开了，打他一拳，倒也是痛快！"

153

徐方白摆摆手："前面的事，再说无益。你到底做了啥，要这么紧张地逃开？"

三郎特地过来，等候徐先生，自然是想在远走之前，把情况说明白。他简单叙述了前因后果。自从上海道台出手，按着租界洋人的要求，抓捕街头卖艺的山东弟兄，加上四处传说，上海道台与各国使团密商，打算签订"东南互保"条约，三郎和兄弟们认定，上海的官府，与袁世凯差不离，已经和洋鬼子穿一条裤子，与老百姓过不去。此时，又传来大运河漕运招工的消息。因为漕运效益日减，清廷有意关闭大运河的漕运，管理漕运的衙门可能裁撤，正在做收尾的活儿，招募最后一批船工。流落江南等处的兄弟们，打算借此北归，与进入京城的大队伍会合。北归之事，三郎本来还想等等，至少等九妹生育之后再离开上海，便与兄弟们约定，到秋冬之际，他再回到北方，共谋大计。临别之际，摆剃头摊的兄弟提出，希望三郎潜入英商码头，偷几件新式武器出来，交给随漕运北归的兄弟们，至少想搞清楚，那些杀人的凶器，厉害在何处。三郎乃义薄云天的性子，哪里会推辞，明知此事危险，依旧一口答应下来。

三郎对自己仓库的码头熟悉，观察过多次，从哪里下水，能够方便潜泳，了然于胸；何处冒头，可以躲开警卫视线，进入英商码头，那个位置，也是早就目测选定的。因此，那天夜里，前面都很顺利，神不知鬼不觉，三郎已经到了对方仓库的核心区域。那是一处大仓库，估计藏匿着最要紧的商品，白天，远远望去，仓库的门前总是有持枪的兵守卫着。之前，三郎反复设想进入仓库的办法。仓库的高处有通风用的方格子小窗口，窗子虽小，三郎估算，只要锯掉铁栅栏，缩缩身，可以钻进去。小窗户位置，离地足有两人来高，仓库的墙壁，粉刷得滑溜溜的，貌似难以攀爬，不过，对习惯高来高去的三郎，不会是难以逾越的障碍。他携带了帮助攀高的工具，麻绳与尖钩，可以轻松到达高处的小窗口，用钢锯锯开窗上的封杆，便能进入那处神秘的仓库。一切，都按照三郎设想的计划进行着。他盘在树上，轻松躲过夜间巡逻的守卫，那是几个用布裹着脑袋的兵丁，据说，如此装束的，都是印度人。印度是英国海外殖民地，英租界的警察常有印度人。这些巡夜者，应该是被英国人雇来守护仓库的。印度人嘟囔着无法听懂的言语，从三郎的脚下走过，他们走得很慢，就像在夜间的路上散步，自在散漫，大约夜间守卫只是形式，从来没有出现过大胆的闯入者。

　　三郎遇到的严峻考验，是在攀到了高处双手已经抓住方格窗子之后。他用麻绳箍紧窗栏，那麻绳本来系在腰部，箍牢了，身子有了依托，能腾开手来。三郎取出钢锯，准备锯开窗子上的几根铁条，使劲锯了两下，才发觉大事不妙。三郎的准备工作是充分的，随身携带的钢锯，是弟兄们提供的，精心挑选了上好的锯子，按经验，锯开铁条，哪怕是比拇指还粗的铁条，不在话下。三郎鹰爪般的五指，捏紧钢锯，用力锯着，夜的黑暗中，甚至看到了锯子摩擦铁栏杆冒出的火花，窗口的铁栅栏，竟然纹丝不动，坚如磐石，那铁条，只被锯出浅浅的纹路。三郎又使劲锯了几次，锯子开始烫手，依然无济于事。方格子窗户上的栅栏，仿佛坚不可摧，这样难啃的骨头，超出了三郎的经验和想象。洋鬼子的窗栅栏，是用什么制作的？上好的钢锯，一点也奈何它不

155

得。在山东时，与豪绅武装交手，缴获过他们的刀，比义和团的刀枪坚实。当时就听到说法，西洋人的锻造术先进，做出来的刀枪，比义和团手里的锋利硬朗。难道这窗子上的铁条，也是舶来货？三郎着急，手下的劲越来越大，却听得"咯嘣"一声，那钢锯竟然断裂，前半截掉进了仓库里面，只剩下连着把手的半段，还在三郎掌控之中。半截钢锯掉落下去，发出撞击地面的尖利声响，在夜的寂静里回荡。还好，那声响被包围在仓库之中。厚实的仓库墙壁，坚定地阻挡了声波，在外围散步的印度守卫，依然笃悠悠走着，根本没有被刺激到。

高处的三郎，处于绝望之中。从小窗户进入仓库的计划，已经没法实现。仓库的墙壁，是笨重的石块砌成，大门，包着厚厚的铁皮，唯一可能突破的薄弱环节，只有方格子的窗户。这里动不了，三郎就无计可施。

印度兵，继续绕着仓库，慢吞吞散步。他们心不在焉，夜间的疲倦，肩膀上又扛枪，压迫他们的脖子，脑袋低垂，让三郎得以安然躲在高处的夜幕中。不过，只要他们偶尔抬起头来，认真看看上方，终究会发现闯入的不速之客。三郎没有过多的犹豫时间，他唯有放弃进入仓库的打算，实施另外的方案。他从背上的包袱中，取出燃烧物，引燃后，塞进了铁栅栏的缝隙。燃烧物灌满了油，遇到仓库里的物品，能引起连续的燃烧。假如仓库里有炸药之类，引爆开来，就能把杀人的武器给破坏掉，这是三郎准备的第二套方案，总归不能白白闯入一回。

当守卫者发觉仓库里的烟雾，急忙鸣枪报警的时候，三郎已经撤退到江边。枪声惊天动地，房间里的兵丁蜂拥而出，那些印度人发现了江边的黑影,大声吆喝着,显然是命令闯入者投降。三郎未予理睬,在他们射击之前,跃入黑夜中的黄浦江,潜水逃离了混乱的现场。

三郎遗憾地骂道:"便宜了这帮洋鬼子,听说只烧掉不多的东西。可恨至极,要是有炸药被引爆,把仓库里面炸个稀巴烂,那才痛快!"

徐方白关心地询问:"第二日,衙役们到你们仓库盘查,你遇到麻烦了吗?"

三郎说:"我早换好干净衣衫,他们看得出啥?那些衙役,对洋鬼子的事,哪里会真的上心?就是公事公办地看看。坏就坏在那个账房先生!"三郎咬牙切齿地道。

"他出头挑你的刺?"徐方白急问。

"他阴阳怪气,心中毒着。"三郎眼里喷火,"他把衙役们引到一处角落,那里是仓库后面的死角,根本没人注意的地方。他指着地上一堆潮湿的布包,说那里本来是干燥的,布包湿透,应该是昨夜潜水者躲藏过的地方。"

徐方白心里暗暗叫苦。看样子,那位广东人真是与三郎铆上劲儿了。账房先生猜测三郎与此事有关,事前勘测过,专等衙役们前来,将他们的目光引向可疑之处。

三郎冷笑道:"账房先生不懂衙役们的心思,谁愿意自找麻烦?见他如此积极,就把皮球踢回给他,让他帮忙排查是不是有本仓库的嫌疑者,查清楚了,去道台衙门禀告,也算给了他一个冷钉子。"

徐方白松口气:"哦,他们没有下功夫真查?"

"自然不会,中国人,愿意做洋鬼子狗的,到底少!"三郎又冷笑了一声。

"那么,你为什么还是决定要走呢?"徐方白不解。尽管广东人想把祸水引到三郎身上,他毕竟拿不出证据。

"漏洞在别处啊。今天,按预先商定,我的兄弟们要炸道台那个狗官!"三郎对徐方白不再隐瞒,和盘托出,"如果我能够偷出洋人的炸弹,就好了,肯定把狗官炸到天上去。可惜,我没有得手,他们只好使用自己做的炸弹。事前,为了不被发现炸弹,他们的伪装,是将那个炸弹装在篮子里,见道台坐进轿子要走,一时性急,篮子带炸弹一起丢过去。炸弹没有爆炸,事情就麻烦起来。那只篮子,一看就是剃头摊上放毛巾的家什,衙役们平日里见过剃头摊,查起来自然躲不过。"

徐方白重重地"哦"了一声,终于听明白了来龙去脉,晓得了三郎为何非走不可。假如仅仅是潜入英商码头之事,没有逮住三郎的证据,还是能够含混过去的。现在,有人谋刺上海道台,不查个水落石出,衙门里难以罢休。那只装炸弹的篮子,将嫌疑者的范围大大缩小,如果摆剃头摊的兄弟被捕,与他们来往甚多的三郎,想摆脱干系,就非常之难。徐方白沉闷地说:"三郎,事已至此,我也没啥帮你的办法。你和兄弟们一起离开上海,三十六计走为上,先躲过眼面前的凶险为好。"

三郎为难地说:"只是对不住徐先生,妹子临产,全部担子压在徐先生身上。我去加入漕运帮之前,过来寻你,只想对徐先生保证——我三郎只要活着,一定会回来报恩!"

徐方白坦然说:"有啥报恩?你的话见外了。我既然与九妹成亲，虽无夫妻之实，必然尽丈夫本分。你只管放心离开，九妹的事，我全部担待。方才，我去街上荐头店摸了底，会寻个有经验的娘姨过来，照料陪伴九妹。"

三郎感动地道："徐先生考虑周详，我哪里会不放心？只是苦了你。"说着，从身上掏出几锭碎银子，塞了过来："找弟兄们凑的，只有这些，算我的一点心意，请个大脚娘姨，陪陪九妹。"

徐方白起初推辞，说三郎路上需要盘缠。三郎坚决不肯，徐方白转念一想，用这银子打个手镯或者脚环，给即将出生的孩子，算他舅舅的心意。待孩子到了懂事的年龄，可以借此告诉他曾经发生的故事。徐方白想到这里，不再推让，把银子放进了随身携带的布袋之中。

临别，向来豪气冲天的三郎竟有些悻悻然的无奈，夜黑之中，也看得出他心情颓丧："此别，不知何日再见。九妹全部托付给徐先生了。九妹面前，如何解释我的不辞而别，也全由先生去说。对那位广东人，就讲我与九妹吵架，不欢而散吧。能如此混过，万幸。只盼九妹和孩子平平安安。"

徐方白的眼圈有点发酸。生离死别的场景，已经不是头一回，谭先生从容赴死，也是眼面前的事情。不过，徐方白依旧撑不住，眼睛竟然开始潮湿，泪眼婆娑地看着三郎的离去。已是入夜时分，虽说到了夏季，天黑得晚，今日天色却阴着，所以十几米开外，早已模糊不清。徐方白的眼力不佳，更看不远。三郎那壮实的身子，在街上晃动着，迅速远去，眨眼工夫，全被黑暗所吞没。

## 第十六章

  明显九妹等得着急了，徐方白推门的声音刚落，屋里已经传来她的话语："徐先生，总算回来了！"大约是为了掩饰自个儿的焦虑，她又补上一句："饭凉了，我已经拿回灶屋，重新焐在锅子里，现在再去拿过来吧！"

  徐方白理解九妹的心情，三郎不知去向，自己回来得又晚，她独自居家，心中不踏实。徐方白说："我自己到灶屋拿饭吧！"九妹没听他的，顾自往厢房外走，徐方白不好意思伸手去拦，只得随她。看着她走进走出，挺着肚子忙碌，一会儿工夫，饭菜就搁到了方桌上面。与平常一样，一荤一素一汤，小排骨、炒青菜加番茄汤，对饥肠辘辘的徐方白，极具诱惑。译书院的工资，在上海算中等偏上，可以维持还不错的生活水准。徐方白暗想，三郎不闹出事来，他们三个一起度日，等待孩子的降生，也算天伦之乐了。唉，不提了，佛说，人生即苦，人间不顺心的时候多啊。

  吃饭的时候，两人都没啥话，安静地扒拉着碗中的米粒。九妹儿次抬头看看徐方白,想问什么,最后忍住,没有作声。徐方白心里清楚,她牵挂着三郎,希望徐方白带回来一点兄长的讯息。徐方白则盘算着,如何开口,讲得恰到好处。他不愿意提及方才的事,三郎已经到了家门口,却忌讳着没有进来。那样,九妹必然迷惑不解,猜不透三郎为啥如此紧张,就会晓得,三郎闹出的事儿,不像她原先想的那么简单。

等到碗里吃空了,九妹站起身,打算收拾桌面,徐方白才轻声唤住了她。徐方白拿过搁在一旁的粗布袋,从里面掏出几锭碎银子,慢慢搁到了桌面上。银子,在忽闪忽闪的煤油灯光下,反射出晶莹的光泽,不规则的切面,激荡起多个方向的光圈。

"这个,给你的。"徐方白淡淡地说。

九妹纳闷地瞧着银子,并未伸手去拿。他们之间,并无很多钱财往来。刚住进来时,说过的,买米买菜的钱,由他们兄妹负责。徐方白不乐意,但是,他不会与九妹纠缠,只是隔两日,与三郎争执着塞点钱过去。

徐方白想好了说法,方才开口:"今天回来晚,是三郎去译书院找我了,说了半个时辰的话。"

"啊?那他为啥不回家来?"九妹惊讶,未免生气,皱起了眉头。

"他要上漕运的船,与几位兄弟一起,说时间来不及了。再说,他不愿意与对门的人照面!"这些话,真真假假的意思都有,"三郎告诉我,码头仓库的活计,他已经辞了。"

这样的解释说服不了九妹,她依然生气:"漕运?那船我见得多了,慢吞吞在运河里爬,不是火烧眉毛的急事吧?回家吃个

161

饭再走,有啥不可以?"

徐方白不与她分辩,话多了,反而露馅。他指了指桌子上的碎银子:"这是三郎留给你的,说是给孩子打个银镯子,算他做舅舅的心意。"

九妹的脸色稍稍好看些:"他还记得自己要做舅舅了?一把年纪的人了,做事不思前想后。我知道他为了弟兄们,两肋插刀,敢做敢当,俺山东好汉的样子。不过,他也要体会点妹子的心情。闹出事来,俺不怕,该说说明白,交代清楚,让家里人心中踏实。顾自拔脚就走,我急不急?"

徐方白为三郎辩护道:"对面那位账房先生,在码头上与三郎不对劲,有些日子了,经常挑他刺。说他在仓库里东张西望,图谋不轨,所以三郎辞去码头的活,只是与仓库里说了一声,他不想和林先生打照面,还特意关照,说他是与你吵翻了,才离家出走。三郎煞费苦心,是不愿给我们添麻烦。"

九妹道:"我想不明白,他和账房先生有啥纠葛?不喜欢他的脾气?大路朝天,各走一方,有什么放不开的?"

徐方白哪里敢说出对门偷窥的肮脏,只得含糊:"他天性直来直去,林某肚子里小九九多些,两个人合不来吧。"为了让九妹放心,又说道:"他和兄弟们加入漕运,一路北归,互相有照应,也是好事情。"

徐方白的话在理,九妹的心情平复许多。她瞧瞧桌子上闪闪发亮的碎银子,没有伸手取。"我不太熟悉这里的市面。还是想麻烦徐先生,依三郎的意思,找家靠得住的金银铺,为孩子打只镯子?三郎离开了,给徐先生添的麻烦事越来越多,想想真是惭愧!"九妹心里难受,说着,眼圈一红,赶紧别过头去。

徐方白急忙说:"哪里,哪里,我们是一家子啦……"说出这个词,他舌头明显打了个格棱,急忙转圜:"七爷救过我的命,他托付的事,我无论如何要做好。你只管安安心心的……"

九妹也换了个话题:"不知道对门的先生,对三郎哪来的想法?见着我,还算客客气气。哦,刚才,他过来找你了。"

徐方白听到账房先生过来,想起他曾经对九妹的不轨,未免紧张:"他过来什么事?"

九妹说:"我听得他在门外咳嗽,问徐先生在家吗?因为你们都没在,我不便开门,就回答,你稍后才到。他也没有再说啥,随即走了。"

徐方白稍微放松,刚才悬起的心落了下来。"不去管他了,也不会有啥急事。大约是知道三郎辞工,来问个缘由。我自会与他说明白。"徐方白说着,心里已经拿定主意,早日寻个苏北的娘姨进门。九妹身边添个帮手,对面那位,即便心怀歹念,也会多了忌讳,自己在外面做事,心中安定。今天,他不想和九妹商量此事,改日再说吧。他把桌子上的碎银子收拾进布袋:"今年肖鼠,我找家好铺子,为孩子打一只刻上银鼠的镯子,你看如何?"

九妹感恩道:"徐先生心细,啥事都想得周到!全拜托你了。"

等九妹回后厢房休息,徐方白在架子上翻了一会儿,找出一本蓝色封皮的线装书,古色古香,有点年份的读本,就着煤油灯,细细读起来。还是胡家兄妹到来之前,徐方白逛四马路书店,淘来的旧书。徐方白是湖南读书人,早就听说衡阳王船山的

163

大名，可惜，一直无缘拜读他的大作。这位王夫之，曾是明末抗清士人中的一员，在清朝入主中原以后，拒绝与清廷合作，隐居衡山下的石船山一带，人称王船山。他著书为文，多以复兴汉文化为主旨，两三百年来，被清廷列入禁书，编修四库全书时，也予以剔除。要读到他的著述，实属不易。好在，他的学问，被同为湖南人的曾国藩赏识，曾氏发达后，力主重印王夫之的书籍，使世人得以领略他的思想。徐方白在四马路淘到的旧书，大约就是当年曾氏印书的遗珠。

近来，徐方白遭遇的变故甚多，谭嗣同遇害之后，人生的方向，或明或暗，像夜间航行在汹涌的大河之上，辨不清前后左右。他想起二百年前的王船山，湖南的先贤，决意拿出他的书来细读。那时节，清廷高压统治，覆盖全国，反抗者看不到一点希望，王船山的处境艰难，贫病交加，时有性命之虞，尚能埋头著述，内心的坚强，令徐方白高山仰止。读他用生命和热血写就的文字，对现时读书人的心境，或许大有裨益。

煤油灯的光圈不大，亮度不稳定，看书得凑近了灯光，有些儿费力。张元济先生劝告过，这样读书，太费眼睛。徐方白的眼力已经不济，只是求知心切，今夜顾不得了，一页一页，急迫地往下读。细读文章的精华，也在字里行间，努力体会未展现于字面上的意思，穿越相隔久远的时空，与先贤对话，在湖南前辈的书里，辛苦寻找今日困惑的谜底。

推动刊印王船山遗著的曾氏，久居高位，圆滑而明智，从徐方白读到的文字来看，是做了编辑删选的。谭嗣同也是湖南籍，他曾经告诉徐方白，船山先生最为激进的言论，认为汉文化博大精深，四书五经之外，经典无数，世家学子，也仅得皮毛，来自荒漠之地的统治者，如何掌控？这是从根子上否定清廷统治集团的合法性。这样的言论，在徐方白手中的书里，是读不到的。狡黠如曾氏，辑录时会悉数删去。先贤的智慧，隐藏在学术的深处。

徐方白如饥似渴，大约读了一个时辰。灯里的油，渐渐熬干了，只剩下底部浅浅的一层。徐方白的眼睛也熬得干涩模糊，撑不住了。他吹熄了灯，躺到床上去。眼睛疲劳，睁不开，屋子里黑乎乎的，连屋梁都看不清。徐方白闭上双目，脑子依旧兴奋着。谭先生景仰王夫之，却没有汲取他激进的态度，并不想走推翻清廷的路，而是与康梁联手，争取光绪的支持，想搞英国那样的君主立宪。可恨，慈禧砸碎了他们的美梦。谭先生家学渊源深厚，读的书，远比徐方白多，他对王船山的思想，有过全方位的研究。他自然清楚，王船山不仅仅是反对清廷入主的读书人，他学术的基本立场，已经开始否定秦汉以来的皇朝体系。谭先生他们希望走君主立宪的道路，应当是深思熟虑地权衡利弊，期待以最小的牺牲，换取民族的进步。不过，清廷贵族集团的凶残，远远超出了善良的读书人的想象。

如此这般，痛楚的思虑，让疲惫的大脑，不堪重负。徐方白想，难怪，同样博学而智慧的张元济，会得出"都靠不住"的结论。君主立宪走不通了，还留在上层的李鸿章他们，又没有魄力和勇气，去打碎慈禧他们的八旗势力，还是想在原来的框架里修修补补，因此，也没有希望，所以，智者如菊生兄，只能另走他路。

不过，什么路可以走得通？王夫之的书没有明谕。两百年之前，即使如王船山那般大智慧，亦不可能预料久远的棋局。徐方白在思维的混沌之中，在隔壁九妹轻微的鼾声里，逐渐进入了梦境。意识迷糊的刹那，徐方白突然想，九妹的鼾声，没有前一阵明显了。怀孕中的女子，每日的变化是很多的。她肚子里，新的生命在孕育，在一天天成熟起来。世间的万千景致，最具魅力的，莫过于此。

# 第十七章

清晨，天蒙蒙亮，市民们多数还在昏睡之中，街上吆喝开"倒马桶"的声音。那种吆喝，相当粗犷，末尾的拖音，拉得特别长，音调也升上去，把不绝的余音推向了高潮。这般特殊的旋律，具备足够刺激耳膜的能量，让人不由得产生条件反射，必须赶紧有所行动。

徐方白迅速起床，披上衣服，就往外走。按往常的规矩，推粪车的苏北汉子会走进庭院，把东西厢房的马桶收走。几只马桶整齐地摆在庭院的墙角，将它们提出院子，虽说不费力，终究是脏活，稍给点小钱，苏北汉子愿意效劳，倒干净后再将马桶送回原处。每日，林先生去码头的时间早，庭院大门，总是他预先打开。今儿徐方白也赶个早，倒不是为了抢着去开院门，昨夜睡下时就想过，九妹正是需要营养的时候，早饭不能每天吃泡饭咸菜。正宗的浙江榨菜和咸菜，味道是鲜的，吃不腻，营养终究局限。徐方白打算去街上买点豆浆和肉包，给九妹换换口味。

走到大门口，恰好撞见了从东面厢房出来的林先生。徐方白想起，他昨夜曾过来找自己，赶紧打声招呼："早啊，林先生！不好意思，昨日我回来晚了，听九妹说，你去西厢房寻过我，怕打搅你休息，就没有过来。"

广东人站定，瞧瞧徐方白手中提的竹篾篮子："稀罕！一大早的，徐先生亲自去买菜？"

徐方白尴尬地回答："买几样早点而已。"

账房先生的眼睛里闪出暧昧的神色："哦，懂了，懂了，娘子肚皮大了，做先生的讨好，应该，应该！"

徐方白越发不好意思，两颊都有些儿发红："哪里啊，我自己也想吃的。"

"其实嘛，这种粗活，让你的大舅子跑腿更好，他浑身蛮力嘛！"林某撇撇嘴道，"昨夜我过来，其实只想问问，他为何突然就辞工了。嫌工钱少？怎么不事先打声招呼！"

广东人的话，有点兴师问罪的味道，不光是冲三郎，捎带了徐方白。当初，是你们求我介绍安排到仓库，现在倒好，连句客气话也不说，拍拍屁股就走，像话吗？从这个道理上说，确实失礼，徐方白诚意道歉："真是对不住林先生。三郎不懂做人的道理，我也是在他辞工后，才从九妹处听说！"

"竟有此理！"林先生夸张地叫唤道，"你这个大舅子，自作主张啊，什么事情，急急忙忙，避灾逃难似的，要搞得如此慌张？"

话里藏话，其中含义，徐方白哪里不明白？本来就想对林先生解释一下，这会儿是个机会。徐方白摇摇头道："我也搞不懂啊，他们兄妹的事情。九妹说，三郎与她大吵一场，甩手就出门,还说这里没法住,辞工回老家去!"

广东人将信将疑,眨着小小的眼睛说:"兄妹吵架闹翻了?看他们平时蛮好的,有什么事要吵得天翻地覆?"

"这个么,我也不好深问。"徐方白沉吟着,他想过,不管林某信不信,自己要说出番道理,"家里面的吵,总归逃不开钱财二字,大约是九妹问三郎,带出来的钱还剩多少。"

兄弟姐妹争财,乃普天之下皆有的矛盾,若是夫妻,吵架还可推给脾气不和,信与不信,就悉听尊便了。

林先生见徐方白说得不慌不忙,抓不到漏洞,就试探地问:"胡三郎与妹子吵翻,因此辞工?我看他好像一夜未归,莫非不在这里住了?不见得到街上流浪?"这话说得斩钉截铁,让徐方白兀自吃惊。难道账房先生在窗子后面守了一夜,确认三郎没有回家?或者,这个精明人,方才到小屋窗前张望过?

徐方白知道林某对三郎百般猜疑,总以为三郎在码头仓库做事鬼祟,有什么勾当瞒着人,只得继续解释说:"他没有啥本事,离开码头还能干什么?另寻活路,也是靠苦力赚辛苦钱。听说,好像漕运帮招工,他去那里干活了。"徐方白觉得,这样的回答,可以堵住林某的追问,做漕运的工,一去不返,吃住都在上面,太合理了。

账房先生愣了愣,停顿了片刻,慢悠悠道:"做漕运去了啊?年纪轻轻,肯吃苦的。那就是跑远了。也罢,他走了,你们夫妇可以安静许多,太太平平过日子。"他转换了话题:"这会儿,我要赶着去码头做事。有几句重要的话,正想与徐先生好好商量。中午如何?请徐先生务必赏光,一起午餐?你们译书院附近，有一家粤菜馆，花式点心不错的，很想请徐先生去尝尝。"

徐方白觉得事出意外。除了那顿装样子的婚宴，林先生与自己少有在饭店吃请的往来，今日为何突然相约？"林先生太客气了！有事商量？何不等晚上回来再说？"徐方白试探地反问。

"哎呀呀，中午总要吃饭，我们一起吃点广东点心而已。"林先生眨眨眼，一脸暧昧，"晚上回到家，你总归忙着陪漂亮老婆，哪里插得上嘴？哪里有心思闲聊？"说着，摆摆手，也不管徐方白是不是同意："说定了啊，中午，我过来，到译书院招呼你一起去。那地方，我熟悉的。"话音未落，并不等徐方白表示态度，林某人已经扬长而去。

这天上午，徐方白惦记着中午之约，心神不定，猜不透林先生葫芦里藏着啥药。为了继续讨论三郎的事情？难道他逮住了三郎的什么把柄？思前想后，他无非是知道，三郎对仓库里的货感兴趣，或者在仓库外面发现潜水者的痕迹，总不能凭此指证，三郎就是英商码头潜入者？再说，怀疑三郎，还要客气地请吃午饭，这就更加不符合逻辑了。道台衙门的差役，发现丢炸弹的是剃头摊的主，进一步追查与剃头摊来往的人，要查到三郎，也不是一时半会儿的事，林某怎么可能马上得到消息？

临近中午，管大门的杂役声音洪亮地招呼徐先生，说是有访客。徐方白尚未来得及迎出去，林先生已经如入无人之境，大摇大摆晃进来，也不管屋子里还有其他同事在，朗声道："徐先生，你们的办公场所不错啊，比我们招商局码头阔气得多！"好像唯恐别人不知道自己身份，故意把招商局的名头亮出来。人是复杂的动物，在庭院里相处，觉得林某说话细声细气，怎么到了公众地盘,就有点张牙舞爪?

徐方白生怕影响到其他同事,也不招呼他入座,赶紧说:"我们小庙小地方,哪里比得上招商局!"说罢,担心他继续嚷叫,迅速领着林先生朝门外去:"这里附近有粤菜馆,我还不知道呢。今天去见识见识。这里是我的地盘,你是客,我要做东的。"

林先生争辩道:"什么话!我约的局,我找的饭店,这次轮不到你的!"

徐方白不争了,只管低头走路,带着他快快离开译书院,省得他继续咋呼,吵了还在埋头处理书稿的同事。自从李鸿章驻留上海,林某精神了,嗓门也大了,似乎变了个人。

果然,隔两条街,有家粤菜馆,门面装点得非常气派,徐方白对街面上的事,留心不多,原先竟没注意到这个所在。菜馆门口,蹲着两头青色的石狮,威风凛凛,狮子脖子上还系着红绸;两旁粗壮的门柱,刷了红彤彤的漆,煞是喜庆的模样。

林先生熟门熟路,掀开门帘,径直往菜馆深处走。伙计看到他,恭敬地鞠躬:"您来了!林大人好!"看得出,他是常客,受尊敬的贵客。林先生并未搭理伙计,指着两旁的装饰,得意地给徐方白介绍:"广东人做生意,场面不能输。你看看,与街上的本帮菜馆比比,完全两个档次。"

这家店,徐方白头一回进,放眼瞧去,柱子一式红彤彤的,满屋亮堂,正中的大圆柱,还盘着条金龙,龙头高高昂起,呈喷云吐雾状,神情高傲。看样子,广东人做生意,舍得花本钱。粤菜馆,比起灰头土脸的本帮菜馆,确实是另一番风景。店堂有点深,走了二十几步,才走到底,估计是将沿街的房子与后面的打通了。老板不是小本经营，有实力的。菜馆尾部，用木质大屏风与前面隔开，算是雅座了。林先生顾自坐下，随口招呼徐方白："我们坐这里，安静，好说话。"

刚刚落座，柜台上的老板就跟了过来，也是瘦瘦矮矮的个头。广东人，徐方白见过的，大多如此长相，比其他地方的男子，常常矮一个头。是因为炎热的气候，影响长个子？也有人说，他们吃得精细，又喜欢饮茶，肚子里的油水刮光了，因此见瘦。老板笑眯眯地对着账房先生鞠躬："林大人，您一直照顾小店生意，今天又带朋友光临，欢迎，欢迎！"说着，递上一本油腻腻的菜谱："请林大人点菜。"

林先生抬起胳膊，挡住了菜谱："不必看了，按昨天样子，好的菜和特制的点心，按我们两个人的量，配齐了上！我和这位徐大人，有要事商量，关照伙计，上菜后就退下，我不招呼，别过来唠叨！"那种神气活现的做派，让徐方白大开眼界。在这家饭店里，账房先生简直如皇亲国戚一般，说话神气活现、掷地有声，一句顶一万句，容不得别人还嘴。果然，老板唯唯诺诺，连声答应着，乖乖退下，去厨房里安排。

徐方白笑道："林先生贵客临门，老板是接住财神爷了！"

林某摆摆手："做生意的，图回头客啊，我来得多，他们客气而已！"

徐方白心里更加纳闷：这位广东人，不但请客，还硬是摆谱，与平日里的腔调大不一样。莫非管码头的钱袋子，吃饭请客，可以在账上开销？细细想来，又不对，原先，林某没这般高调，是李鸿章到上海之后，才明显变化。不过，他在自己身上，究竟想图点什么？这么郑重其事地请客，让人觉得他高深莫测。徐方白干脆不费心思去猜，既然来了，就好好享用广式菜肴，等待对方自行揭开谜底。

熬得浓浓的肉骨汤喝了，小菜点心也吃过几道，林先生不停地介绍粤菜的稀罕，劝徐方白放开来品尝，说是中午吃得多，也不怕消化不良。两个人没有要酒，下午各自都有事，用浓浓的乌龙茶代酒，去油解腻，也是蛮舒服。那粤系的招牌菜烧鹅，蛮多脂肪，广东人吃不胖，喜欢饮茶恐怕是一大奥秘。难怪林先生在家里时，也是紫砂茶壶不离手的。

约半个时辰之后，林先生终于转入正题。他眯起眼笑着："昨日中午，我也是在这里请朋友，请了两位，你知道是谁？"他分明在卖关子，想挑起徐方白的好奇，见徐方白没接腔，神色平淡，就自言自语接下去说："一个是道台衙门的刘师爷。那师爷，原来是跟盛大人的，就是办译书院的盛大人的师爷，你当然认识此人，最近不知为何，突然转到道台衙门；另一个嘛，就不寻常了。"他压低嗓门，故作神秘："是李中堂那里的人了，复姓的，欧阳师爷。"

徐方白并没有显示出惊讶的神色，只是默默地看了对方一眼，嘴角挂着微带讽刺的笑意。他从张元济口中，知道曾经见过的刘师爷，已经转到道台衙门。这么短时间，林某就与刘师爷挂钩，可以想见，林某人不是普通的账房先生。几次试探过口风，他既不承认，也不否认，是高明的打谜，无可奉告，今天自己捧出秘密来，估计总有目的。

账房先生见徐方白并无惊诧之情，就自找台阶："徐先生嘛，见过大世面的，我也是昨天饭局中晓得，徐先生原来是谭大人谭军机身边智囊啊，藏得深，藏得深！"

徐方白听他与刘师爷一起吃饭，估计就是刘师爷说的。张元济说，那位刘师爷，文案了得，脑瓜灵敏，一直受盛宣怀信任。道台府与洋人谈判"东南互保"，盛宣怀他们站在幕后，担心道台府官吏经验不够，所以派了老到的刘师爷过去帮忙。既然刘师爷说出徐方白来历，他也就不必绕弯子，欣然回答："什么智囊啊，高抬我了，在谭军机手下跑跑腿呗。"

"了不起！"林先生竖起大拇指，"谭军机，什么样的人物啊，皇上也信任的，顶天立地的英雄！"他端起茶杯，恭恭敬敬地道："以茶代酒，我们敬谭先生，以身殉国的英雄！"

徐方白自然与他共同举杯，对天遥祭。谭先生就义后，凡记得谭先生者，徐方白都格外客气。

林某顺势又说："还得感谢徐先生照料，那日我酒醉，吐了一地，脏死了，你不辞辛劳，帮我打扫。这里谢过！"他再次举杯示意，并抿了一口。

"哪里，林先生客气，一个院子住着，我麻烦林兄的地方也不少。"徐方白回答。他想，不会是为了这档子事，林先生请吃午餐吧？也只能听下去再说。

放下茶杯，林某认真地道："徐先生大才，只在译书院看看文章，雅是雅，屈才了，屈才了。有没有打算，另谋高就？"

徐方白隐约猜出了对方的意思，想给自己另找差事？奇了怪了，林某到底啥用意！徐方白淡淡地答："徐某没有奢望，只图个养家糊口吧。读书人，肩挑不起，手拎不得，更无有权有势的亲戚朋友，有份安定的事做就好。"

林先生认真地盯住徐方白，似乎要从他的脸上，看进他的内心："我虽然无权无势，做徐先生的朋友，还可以吧？我以为，当此国家风雨飘摇之际，朝廷摇摇欲坠，像徐先生这般大才，可以一展宏图，济世救国！"

徐方白赶紧阻止他："国家大事，不是我们可以唠叨的，林先生谨慎，隔墙有耳，当心祸从口出！"毕竟不是知根知底的朋友，徐方白唯恐对方下套，正色告诫。

林某端起茶杯，浅浅喝一口，笑道："徐先生谨慎，真人不露相，我懂我懂！不过嘛，这上海滩地界，不如京城那般严厉，五方杂处之地，随便说说，没事，没事。"说罢放下茶杯，吃一口凉皮卷。"我们广东人，世代处偏远荒野之地，闲散惯了。朝廷，自然是敬的；日子么，还是凭自个儿心情过。"说到这里，他压低嗓子，又是故作神秘的样子，"你知道么，李大人到了两广任上，也比往日放得开了。这次，太后下诏与各国宣战，他竟然敢回一句'此乃乱命，粤不奉诏'，这话从他老人家嘴里说出，真个是惊天动地了！"

李鸿章的态度，小报上披露过，说是李鸿章认定，与各国宣战，乃朝廷被义和团挟持的"乱命"，徐方白似信非信，不晓得李鸿章有没有胆量，公然抗旨。此刻，与两广衙门有关的林某，肯大胆说出来，想来确有其事。徐方白敷衍说："朝廷追究起来，不得了的大事，李大人如何敢抗命？"

林先生回答："朝廷追究？只怕是有心无力了。几位总督大人，自然是仔细盘算过。连山东巡抚袁世凯，那个手握新军的实

175

力派，也派亲信到了上海，专为求见李大人，与各位总督共商大计。"

徐方白心头一惊，这个袁世凯果然狡黠，见风使舵，善变得很啊，难怪前些日子，总督们特地向张元济询问，要多方了解袁世凯其人其事。

"你知道吗，"账房先生的头探过桌面，与徐方白的脑袋接近，徐方白感受到他鼻子里喷出的气息，带着海鲜的腥气，大约是这两天多吃了海货，"几位总督大人，连后手都商量过。假如朝廷与各国交手惨败，天下大乱，苍生难安，总得收拾局面，所以搞那个'东南互保'，至少可保南方太平。到那个混乱时节，也许，别无良策，只能推李大人出山……"

"推李大人出山？此话如何说？"徐方白不解地反问。

"像别个国家那样啊，没朝廷了，上面还得有人镇着。几位总督思量着，普天之下，也只有李大人压得住哪，想推他辛苦一番，做做总统呐……"最后几个字，林先生说得如蚊子叫一般轻声，徐方白却听清了，不由浑身一震。

在光绪支持下，康有为梁启超的百日折腾，仅仅想微变祖宗之法，哪里敢提什么皇室废除、另立总统？不过是在清廷的庙堂上修修补补，已经让慈禧和保守派不容，谭先生他们几个，还被残忍地砍了几十刀。现在，几位总督天大的胆子，连推李鸿章出来做总统都敢私下里商议，这天下，真要大变？两百年前，湖南先贤王夫之的设想，改变秦汉以来的帝制，真个儿走到了面前？徐方白内心震惊不已。

徐方白瞧瞧面前的广东人，对方圆睁小小的双目，正仔细观察自己的反应，不由突然产生戒心。这位以账房先生职业为掩护，实际手眼通天者的心思，实在不好捉摸。上策，还是小心应对。徐方白一脸严肃，正经地回答："林先生，你这话不能乱说，按大清律，这是要夷九族的！"

原先，林某的上半身前倾，几乎探过了半张桌子，见徐方白如此一本正经，他缩回脑袋，在椅子上重新安顿好屁股，悻悻然道："晓得徐先生追随谭军机，一腔热血，为国为民，姑且扯几句。徐先生不见得会去衙门告发吧？"

被他如此调侃，徐方白倒有几分尴尬。不过，想到广东人对三郎的手段，还引着衙役去看潜水者躲藏的地方，蓄意要衙役细查，徐方白释然，淡淡地应道："告发之类，小人勾当，徐某看不起。只是提醒林兄，如此大事，不能在饭桌上高谈阔论，作为随意闲扯的话题。"

林某倒也坦然："我哪里是闲扯啊。晓得徐先生是顶天立地之人，特意披肝沥胆。"随后，广东人不再吞吞吐吐，把今日请徐方白午餐的用意，一五一十悉数说了出来。

林先生承认，他从广东来到上海，确实负有使命，为两广联络各方，像是搞了个驻上海的联络处。他在招商局码头做事，表面上是在盛宣怀手下效力，实际受湖广总督府的指挥。既要与两江湖广总督派在上海的人员接洽，还得经常联系上海道台府的官员。最近，因为李大人驻留上海，事情就多了。昨日中午，他在这家粤菜馆设午宴，请道台府的刘师爷与李大人的欧阳师爷餐叙，谈及不少重要事务。其间，欧阳师爷叹苦，说每日里只能睡三四小时，公文多得来不及处理。李中堂北上，广东须留下管事

177

的摊子，随身官员明显不足，又逢国家多事之际，仅仅与京城朝廷的来往公事，就让欧阳师爷应接不暇啊。刘师爷好意，劝欧阳师爷就地物色帮手，也是帮李大人网罗人才。欧阳师爷道，上海是陌生的，他在本地没有熟悉的关系，不敢轻易找人干活，李中堂那里通天机密多，万一泄露，担待不起。刘师爷眼珠一转，说出一个人选。欧阳师爷听了大喜，拍手叫好。刘师爷介绍，此人原是谭军机手下智囊，见多识广，才干超群，且对谭军机忠心不二，深得信任。欧阳师爷立刻拜托刘师爷，要请此人过来一见。刘帅爷说，此人在盛宣怀的译书院是重要角色，是张元济的左膀右臂，因此，还得先与张翰林游说。坐在一旁的林先生，这下听明白了，刘师爷推荐之人，竟然是和自己住一个庭院的邻居，不由恍然大悟：徐方白并非书呆子，是有来历的人物。兴奋之余，想抢这份好事，当即拍了胸口，说是包在他的身上，他去劝徐方白投效李大人处。

林先生推心置腹道："我早就猜测，徐先生气宇轩昂，乃非同小可的人物，听刘师爷一推荐，顿时知道不得了。刘师爷自视甚高，在他眼里，我辈不过是跑腿的龙套。他夸徐先生博学多才，见识超群，又在朝廷谭军机手下历练过，真是前途无限的人才。长期蜗居译书院一角，确实委屈了。兄弟不才，与徐先生同租一院，也是缘分了。"

徐方白笑笑："刘师爷错爱，我哪里有甚能耐！流落上海滩，靠张翰林不弃，给个饭碗，只求安稳温饱，足矣。"

林先生耐心劝道："历来的读书人，寒窗苦读几十年，悬梁刺股，图个啥？还不是一朝飞黄腾达，出人头地，成为帝王师吗？诸葛孔明算得清高，照样被刘皇叔劝出山来，方才青史留名。眼下，徐先生正有好机会，李大人如果能登临大宝，你去帮他做事，依你才干，必然获得重用，那就是'六宫粉黛无颜色'了！"

徐方白听到这里，差点"噗哧"笑出声来。亏得林某还记住这句诗，只是用错地方，好像自己是被选去做妃子似的。徐方白忍住笑，正色道："谭军机遇害，我已经心灰意冷了。一介布衣，安居本地。国家大事，自有朝廷大员们操心。"

"不应该啊，徐先生还是英姿勃发的年龄，何出此言？"林某殷勤劝解，"我还指望着，徐先生一旦被重用，也可以顺带提拔我一些。"林先生笑眯眯地说着，小小的双眼睁圆了，放出些许光来。看得出，他如此费劲做中介，不仅仅为了讨好徐方白，自己也是有算计的。

徐方白想明白，自个儿与林某终究不是一路人。林某把所有的考量归结为生意，投钱出力，不能白做；找对了靠山，全身心投入，希冀获得丰厚的回报。徐方白想，即使李鸿章真被总督们推出来，坐上总统宝座，就算如他们所愿，一切顺风顺水，也与徐方白知晓的总统制不一样，甚至风马牛不相及，不过是另一种改朝换代。清廷败了，名为总统的朝廷又开始了，国家还是旧样子，老百姓依然民不聊生。李鸿章张之洞他们，比起清廷愚蠢的保守官僚，脑子清醒些而已，靠他们挽救风雨飘摇的中华，痴人说梦了，犹如用几帖治伤风咳嗽的药，去治疗病入膏肓的重病。

徐方白不由想起了张元济的话。张元济不愿意继续追随盛宣怀李鸿章他们，无非源于一个认知："他们都靠不住！"徐方白何

179

苦以一身才华，飞蛾扑火？徐方白想到这里，决意不接受这个机会，但他不愿意与账房先生当面闹僵，耍了个小聪明："林兄美意，我不胜感激。不过，我到上海，落难之际，是张元济张翰林施以援手，使我没有流落街头。滴水之恩，当涌泉相报。如果张翰林不点头，我无法做其他考虑。"

此话说得大义凛然，无懈可击。林先生无言再劝，只得无奈点头："徐先生重情重义，真个是大儒，佩服佩服！那就等报告张翰林后再说？"

徐方白心里主意已定，李鸿章那里的浑水，自己绝对不想蹚。与张元济是可以说贴心话的。只要张元济表示，徐方白必须在译书院，不能动，那么，一切太平。张元济的态度，在李鸿章他们那里，蛮有分量的。

徐方白瞧着广东人悻悻然的模样，竟产生一种微妙的快感。原先，徐方白还在担心，林某说不定拿三郎的事做文章，让徐方白和九妹难以安居。现在，无妨了。今日林某说出那些惊天动地的秘密，那种被清廷视为造反的图谋，他自然会对徐方白生出忌惮。他不敢再做对自己不利的事吧？

害人之心不可有，防人之心不可无。这是祖训。徐方白突然悟到了此话的真谛。

徐方白笑笑，举起茶杯，对账房先生道："林先生赐饭，一桌美味佳肴，对我诸多关照，徐某不胜感激，以茶代酒，敬林兄了！"

两只茶杯轻轻一碰，发出清脆的声响。饭桌之上，谈笑风生，满堂春色，实际上，各藏心事，各怀算计，亦是常事。

# 第十八章

午餐后，徐方白回到译书院，尚未进门，远远望见张元济正坐着人力车，从街那头过来，他就停下脚步拦住了他，想在大门外说几句话。办公室人多耳杂，说起来不方便。徐方白毫无隐瞒，把方才午餐时的情况，统统说给了张元济听，自然也介绍了邻居林先生的来历，说林某是李鸿章方面在上海的联络人。唯一隐去的，是三郎发现林某偷窥的龌龊勾当，那种偷鸡摸狗的事，说出来没啥好听，不想污了张翰林的耳朵。

张元济经历的风雨多，与李鸿章、盛宣怀这类大人物早有交往，晓得政界的种种复杂。他听到几位总督竟有如此盘算，万一清廷撑不住，推举"李总统"出山，来稳住大局，亦只是淡淡一笑，并无十分惊讶的神情。听罢，他问徐方白："看样子，刘师爷和欧阳师爷，还是识人的，真心想要重用方白兄！"

徐方白苦笑道："我不愿意啊。你说的那句话，我记得牢。你说他们都靠不住，我品味甚久，发现是至理，一语中的！我追随谭先生，是景仰他一心挽大厦于将倾，士为知己者死，戊戌那年,已怀着死而无憾之心。至于朝中其他人等,诸位总督大员,在此乱局之中,各打如意算盘,如何令人信赖?'东南互保'之约,对洋人有低三下四之嫌,我理解实为不得已之策,毕竟可让百姓少受战火之苦,比慈禧的贸然宣战强。不过,大臣们与朝廷,利益纵横交错,根子上不是为黎民谋。他们最后如何走下去,谁搞得清楚?我是不愿意踏上这样的船,一旦涉足,退回来就难了。一入侯门深似海,我普通读书人而已,不求高官厚禄,只求对得起天地良心。"

徐方白平素话语不多,是沉默寡言的习性,此刻说出一大套话来,让张元济颇为惊讶。他的双目,在镜片后闪出温煦的光,赞许地望着徐方白:"你决心不要抓住这机会?想清楚了吗?这个,也许可以让你后半生腾飞!"

徐方白坚定地摇头:"菊生兄是榜样。你宁可不要稳定丰厚的薪酬,而情愿为自己的抱负,为天下的穷孩子们编教材,去从事前途未卜的出版事务!"

张元济听了这番志同道合的话,开心地道:"你决心已定,事情简单,你就去回复那位林先生,我张元济坚决不同意你离开译书院。倘若有旁人问起,我也是如此答复。"

张元济的回答,让徐方白悬着的心踏实起来。也就是说,即使刘师爷欧阳师爷他们来与张元济交涉,张元济自然会帮助徐方白周旋。张翰林的面子大,李鸿章盛宣怀也敬他几分,师爷们自然无奈。

下午,徐方白坐在案头看稿,心情竟然轻松许多,上午茫无头绪的紧张,自行散去了。犹如大雾横江,一阵旋风拔江而起,雾霭被吹得七零八落，清澈的江水，显露在蓝天旭日之下。山重水复疑无路，柳暗花明又一村。人生的沟沟坎坎实在多，愁眉苦脸伤身，沉着应对，自有明朗的时候。徐方白不由想起先贤们的故事。比如说苏东坡吧，一生颠沛流离，几乎常年在被贬被流放的路上，一直被贬到了荒无人烟的不毛之地，他依然没有灰心丧气，没有向命运低头，不断写出铿锵有力的诗词，坚韧地为底层的百姓做事。普通读书人，未必有辛弃疾金戈铁马、纵横驰骋的气概，内心的自强自立，是必需的。

多日以来，把徐方白搅得头脑发昏的世事，丝丝缕缕地抽出头绪，渐渐盘桓清楚。

清廷发昏，冒失与列强宣战，其后局面如何收拾，李鸿章他们虽然有谋略安排，仅是权宜之计而已，并非让中华摆脱灾难的可靠计划，且随他们去吧。三郎和弟兄们，正义凛然，勇气可嘉，不过，国家与民族遭逢大灾难，凭牛犊之勇，冒险一搏，难成正果。张元济蔡元培，当代智者，他们的事业，对未来不无重要，启迪民智，以利长远，均为功德无量。徐方白难以追随，一是觉得远水难救近火，二是想到自己尚可以有其他担当。

离开京师，南逃之前，七爷曾殷殷告诫，拔剑滴血，是王五胡七的宿命，徐方白另有责任在身，应把谭先生他们的英烈故事，昭告于天下。到上海之后，忙于生活琐事，徐方白始终未进入此等角色。现在想来，除了自身的懒，还在于未想清楚此事意义何在。为谭先生的壮烈记传，当然值得，不过，世人那么快将菜市口诸烈士遗忘，世态炎凉，情义淡薄，曾经令徐方白无比失望，灰心丧气，也使他失去了写作的冲动。写一本谭嗣同英烈传,对于当今的世道,究竟有什么好处,徐方白并无信心。直到此刻,直到看腻了人世间种种表演,徐方白才慢慢品味出来。已经过去了的人间故事,即便曾经惊天动地,即便你写得如何热血沸腾,世上麻木的神经也难以因此而跃动。文字的力量,想要直达阅读者的内心,必须与当下的万象合拍了,方可显示出强盛的魅力。比方说,古人的《诗经》,绝对经典了,让奄奄一息者去读"窈窕淑女,君子好逑"怕也是品不出多少滋味。

看稿时间长了,徐方白眼睛发酸,还是当年科考前彻夜读书,留下的病根。看多了文稿,这种难受就会冒出来。徐方白去找过一位中医,那位老先生建议,不妨用菊花泡水,经常清洗双目。徐方白懒,没有试过。现在想想,这事儿拖不得。自己要做的事情,太依赖眼睛了。这会儿,徐方白心中豁然开朗,觉得找到了自己后半生的方向。张元济的目标,是编辑书稿,特别是出版教育书籍,启迪民智。徐方白也是朝启迪民智的路上走,与张元济的从容不迫相异,他只想奋力呐喊几声,冲破戊戌变法失败后的世道沉闷。

写文章,写出振聋发聩的文字,正是徐方白选择的方向。他相信自己在写作方面的天赋。当年,谭嗣同也常常夸赞徐方白的文笔。此时,他想撰写的,不仅仅是回忆谭先生的过往,记叙他如何英勇献身,徐方白酝酿的文章,是让谭嗣同的精神,如何照亮今日中国的迷茫。假如谭先生还活着,他对当下的万千世态,会发出怎样的声音?

书写英烈传记,留下谭先生他们的身影,固然重要,徐方白义不容辞;眼面前,更加急迫的,是将社会上未曾全然麻痹的神经唤醒，积聚起力量，打破腐败的清廷，挽救摇摇欲坠的中华民族之塔。

徐方白心底暗暗兴奋起来，一腔热血，于周身奔腾。在谭嗣同被害之后，他与这样的冲动，分明久违了。林某人说，读书人数十年辛苦，都是为了有一日成为帝王师，那真是把读书人全看扁了。为民族摆脱灾难，为百姓有好日子过，才是多数读书人的共识。找到了前行的路标，可以出发了。逆水行舟，奋楫者先。

这天晚上，待九妹收拾好餐具，回房去休息，徐方白摊开了纸张。毛笔已经干结许久，用清水耐心泡开；磨墨的功夫，自幼习练，不会荒废，一会儿工夫，浓淡适宜的墨汁已经备好待用，长方形的墨池里，绽放着黑色的菊花。

他略一思索，在纸张的右侧，从上到下，用楷书，写出了文章的标题，"庚子年，遥祭谭嗣同先生"。写完标题，他毫不犹疑，署上了作者的名字，是下午沉思之中，想好的笔名，"过河卒"。端端正正三个字儿，写在文章标题的左下侧。既然上阵了，他只能勇往直前，不想给自己留下退路。

他考虑过文章的布局。由"遥祭"始，继而，用"再议""重说""新论"等字眼贯穿，一气写上十来篇，都是从谭嗣同的视角，观察与回答今日的诸多问题。核心观点，论述清廷统治的末日景象，慈禧的独断专行，已经无法维持中华的生命。今日的神州大地，绝大多数中国人，连起码的生存都难以保证。是时候了，结束八旗的腐朽统治，乃是解救中国的唯一途径！

这样的文字，是不是可能见诸报端？徐方白心中其实无底。上海的报纸，《申报》《苏报》，在维新变法期间，以大胆直言著称，时过境迁，今日若要发表文章，公开宣称清廷末日已到，估计还是捏一把汗。不行，就去香港或者海外找报纸发表吧。兴中会在香港办了报纸，至于日本，在那里的中国留学生多，据说办了反对清廷统治的报刊。徐方白考虑，先把文章写扎实，发表的途径，再行盘算了。

此刻，面对写下标题的纸页，仔细运筹全文布局的时候，徐方白再一次想起了湖南的先贤王夫之。抗清失败之后，先生避居于偏远的湖南衡阳，孤独地著述之际，其心情，是苦涩，还是坚忍？是绝望，还是暗藏了热烈的希望？

衡山脚下的石船山，不过是高二三百米的小山墩，因一块船形的巨石而得名。青年时代，徐方白慕名而去游历。这个偏僻的地方，由于王夫之在此隐居和著述，扬名天下，王夫之也被称为王船山。他生命的最后几年，山风孤灯，品尝的是人世间的寂寞和寒冷，唯有心底执着的信仰，陪伴他熬干了身上的精气。他的著作，留下了被苦难锤炼过的智慧，包括对秦汉以降社会制度弊端的尖锐批判。

徐方白不再迟疑，提起毛笔，端正地写下了第一段文字："今日，遥祭戊戌年牺牲的谭嗣同先生，同时遥祭谭先生敬重的先贤王夫之，并非因为他们都是湖南的读书人，而是由于他们具备相同的理念。为了民族的生存，他们愿意奉献自己的一切。他们是湖南读书人的骄傲，也是中华所有读书人的灵魂！"

# 第十九章

精气神，酝酿已久，一旦开笔，洋洋洒洒，奔腾而下。当夜，徐方白就写完了第一篇文章。停笔之时，虽然疲惫不堪，神经依然兴奋着，他躺下了，还睡不着。徐方白仰天望着屋顶，心里盘算，还是需要多读点王夫之的书。用词造句，时而犹豫，常常有所疑惑，不知写得到位与否，源于读书不够，了解王夫之的思想太浅了，仿佛在数百里洞庭湖之上轻轻划过，涟漪不起。与这位湖南先贤的隔空对话，刚刚开始。谭嗣同先生的音容笑貌，始终闪烁在徐方白眼前，他熟悉他的一言一行，一举一动。世上出现什么问题，谭先生的态度如何，徐方白大体清楚。对于王夫之，徐方白是高山仰止、景行行止的心情，崇敬有余，知之不多。毕竟隔了两三百年，明末与清代晚期，社会文化天差地别，连世道人心，亦不一样。多读些他的书，或许可以弥补心中的不踏实。学到用时方知不足，这话说得精确。记得小时候，跟私塾先生学诗，恰好长沙难得下雪，那位老先生摇头晃脑，随口念出两句打油诗："黑猫一身白，白猫一身肿。"念罢，还得意地说，这不入流的打油诗，写好也是不易，既需要市井气，又不能流俗，没读过万首唐诗宋词，也是作不好的。

这天下午，徐方白特意早些离开译书院，对同事说，要去四马路转转，淘点旧书来看。

好久没来此地，四马路显然热闹了许多。新的饭馆开出来，门口摆着贺喜的花篮。徐方白瞧瞧，又是粤菜馆，隔老远，也嗅得到叉烧包的香气。上海人喜欢广东点心，渐渐成为时尚。林先生说得对，广东人做生意，讲究喜庆排场。门外走道，两排花篮，老价钱了，地上铺厚厚一层鞭炮的碎纸，红彤彤的，犹如大户人家办婚礼的红地毯，应该是开业当口，震天动地鸣放过许久，老板喜欢这彩头，舍不得打扫干净。徐方白最关注的书局，也开出了新的门店。这个生意，朴素多了，新店的门板靠在两旁，贴了些书籍的介绍文字。今儿天气好，午后的斜阳未落，在屋脊上挂着，照得满街暖洋洋的，有的行人穿起了短袖。还有一家书局，搬出了长条桌，把生意从店堂扩展至街上。长条桌上，搁几份新鲜的报纸和杂志，十来本散发着油墨香味的新书，引人注目，向徐方白诱惑地搔首弄姿。

走进书局，在书架旁看了几个来回，徐方白没有发现王夫之的书，扫兴地离开，回到门口长条桌前，目光一扫，却被一份新出版的小报抓住了眼球。这些日子，小报的出版，犹如雨后春笋，出来得快，结束也似风扫落叶，眨眼工夫，无影无踪。最短命的小报，只出版一期，就寿终正寝。这份新冒头的报纸，天头是四个醒目的字"申江内幕"。报名无所谓，要吸引读者目光，"内幕"之类，乃常用的手段。让徐方白惊恐的，是报名下方的一行标题："行刺道台者，在漕运粮船上被击毙！"那份小报，摊在长方形的木桌正中，被其他书报遮挡了多数版面，报名和那行醒目的标题，却丝毫没有被掩住，清晰地呈现在面前，字体特别大，显得惊心动魄。这份"内幕"的编辑者，大约正是要靠此条消息，来吸引别人掏钱购买。徐方白心里一急，想抽出报纸细读内容，守在长桌旁边的店主，却挡住了他的手，干巴巴地说了一句："此报卖得快，本店只剩一份了，先生要看，就买下吧。"那意思很明白，没有钱的话，别厚着脸皮白看。报纸上的新闻，值钱的不多，你读过了，兴许就不肯掏钱。书店主人的生意经，清清楚楚摆在脸上。徐方白急于阅读报纸，无意责怪店主的无礼，当即掏出几个铜板，递给店主，随后，把那份"内幕"取到了手中。一张薄薄的纸，此时，变得沉甸甸的，压迫着全身的神经，徐方白再瞧一眼标题，急切地往下读起来。那个吓人的标题下面，堆积着令他无比惶恐的文字。

"本报记者消息：从道台府刘师爷处，记者独家获得准确情报。前几天，向上海道台投掷炸弹、意图谋刺余联沅道台的刺客，已经伏法。根据绝密的线报，道台府获悉，试图谋害道台的凶手，为义和团流窜到上海的零星人员。他们对本地逮捕驱逐义和团成员不满，并且试图阻拦上海道台与各国使团的友好洽商，遂制造炸弹，凶狠地投向道台的轿子。道台临危镇定，并无慌乱逃避。天佑道台，土制炸弹没有爆炸。道台府立即展开调查。根据犯案者遗留在现场的物品，分析出他们的身份，乃以剃头摊为掩护的义和团流窜人员。道台府迅速追捕这些罪犯。不料，罪犯自知身份暴露，已经逃离本埠。正当道台府难以破案之时，有一位勇敢的市民，秘密报告，这干人员，已经接受大运河漕运衙门的招募，混入漕运船工，意图顺运河北逃，与北方义和团会合。道台府闻报，立即组织得力干员，前往追捕。昨夜，月黑风高之时，在苏州地界，追上罪犯隐匿其中的漕运粮船。上船查明身份的当口，两名罪犯拒捕。此二人武艺高强，一名使铁棍，一名使大刀。使刀者尤为凶猛，身高力大，接连砍伤多名兵丁。幸亏围捕的兵丁英勇，无一退缩，蜂拥而上，最后将使铁棒的拒捕者擒获。那名使刀者亦被击成重伤，仓皇后退之际，被船栏所绊，掉入运河，随即沉下黑漆漆的河底。之前，该犯身上已经多处受伤，未打捞起尸首，估计喂鱼了。那名被擒获的使铁棒的罪犯，在押解道台府的路上，竟然咬舌自尽，亦是罪不容恕之恶人。至此，道台府宣布，此案告破。"

徐方白站在书店的长桌旁边，反复读着这段破案的新闻。他的目光渐渐呆滞起来，视线有些模糊，在那些字句间反复巡回，似要读出新的结果。白纸黑字，没有回旋余地，结论清清楚楚，刺杀上海道台的诸犯，已经伏法。在独家新闻的旁边，是根据参与追捕的兵丁口述，记者描绘出的罪犯影像。一名使铁棒的，是精瘦的汉子；另一名使刀者，高大强壮，裸露的胳膊上，左右臂膀，文着醒目的龙头龙身。前不久，在庭院欣赏三郎习武，两条胳膊抡得风生水起，臂膀上的文龙，也在晨光里翻飞起舞。徐方白排除不了报纸上冰冷的事实，那位使大刀的拒捕者，手臂上文龙的大汉，其特征全都指向一个人，胡三郎！前几天，在自家庭院附近的街上，刚刚向徐方白告别的山东汉子！

徐方白一直站立不动，显然引起了书店主人的不满，这样的滞留,会挡住其他客人的视线。店主抬起下颔,不客气地问:"先生,您还想买别的书吗?"

徐方白摇摇头,没有回答询问,也没有责怪他的唐突,转身走开。此刻,他脑子里只盘旋着一个问题:是道台府刘师爷提供的独家消息?那个密报刺客去向的线人,究竟是哪个?是谁,会如此恶意地把三郎他们出卖?那个性格爽朗、嫉恶如仇的山东好汉,曾经在徐方白家的庭院里,使出令人眼花缭乱武术本事的三郎,竟然会消失在运河黑漆漆的波浪之中?

挂在屋脊上的太阳,落下去了。城市的街道,有建筑阻挡阳光,比之乡村田野,暗起来快。天色黑下来,街上刮起了风,四周顿时失去了暖力。徐方白穿得单薄,不由打了个寒战。他想,出了这样的大祸事,三郎没了,如何去对九妹言说?又如何向京城的七爷交代!

傍晚时分,徐方白才回到了虹口。他缓慢地走着,并没有急于赶回家里的意愿。平时,他稍微回得晚些,想到九妹煻着热饭等待,就会加快了步子。今日,他最害怕的,正是面对九妹了。他没法说出关于三郎的噩耗。他走过那天遇见三郎的路口,他在一棵树下停了脚步。回想起那天的情景,他目送三郎远去,山东汉子壮实的身影,渐渐被黑暗吞噬。那难道是一种命运的暗示?可怕的暗示!他渴望,那汉子从阴影中闪出身子,用刚劲有力的五指,把自己的肩胛捏住,捏得钻心地疼痛。

无边无际的夜色,像雾霾一般,从四面八方的屋脊上漫过,灌满了所有的街道和弄堂,一切都在夜雾的笼罩压迫之下,连呼吸也变得吃力。家家户户的烟囱,顽强地与雾霾对抗,冒出晚餐的香气。那般平淡的居家之乐，三个人围坐在方桌前的温暖，也许吃着不说话，偶尔是三郎问个事，徐方白简单地回答几句，九妹只是无声地倾听，那样的情景，此时想起来，是难以描述的美好。所有家居的平平淡淡，变得异常珍贵，却遥不可及。生命是强大的，九妹的老公，走了很多时间，他遗留在九妹身上的精华，正在孕育新的充满活力的生命；生命又好像十分脆弱，一切存在，犹如朝露般短暂，三郎，那样强悍倨傲的男子，高飞高走，来去无影的战士，突然就消失于无声的黑暗里，连九妹老公那样的遗存，都没有一丁点留下。

　　徐方白体验到无比的伤感和痛楚。这种撕咬着全身的痛楚，还混杂着无法述说的罪恶感觉。"内幕"上简短的消息报道，让徐方白猜测，那个隐秘的线人，那条置三郎于死地的密报，祸事最初的源头，莫非是他徐方白？他徐方白是知道三郎去漕运打工的，他竟然没把这个事关生死的秘密守住，泄露了出去。徐方白祈求着冥冥之中的力量，他过去不曾祈求过的伟力，即使在逃离慈禧屠刀下的京城，徐方白命在旦夕的险境之中，他也没有如此祈求过。徐方白希望那条泄密的渠道，并未与自己连通。那是另一种徐方白未知的途径，比方是三郎的朋友们不小心泄露了行踪。那样，虽然同样让徐方白难受，不过，心里兴许稍稍好受些，至少，他不是同谋，不会永远自责，背负着难以卸去的沉重的罪恶。

　　徐方白推开庭院的大门，木门吱呀低唤着，滑向一旁。前两日，给大门上过油，开门时少了惊心动魄的声响。这是徐方白的细致，他觉得九妹需要安静，别老是被噪声吵得心惊肉跳。

徐方白瞧一眼东厢房，窗子黑乎乎的，账房先生还在外面忙，最近见到他的时间很少。昨日早晨，在庭院里遇到林先生，他问徐方白，去李大人那里做事，有没有拿定主意？徐方白干脆地回答了，张元济先生一百个不同意，自己也没办法。这个软钉子，让林某无计可施，脸色不太自然。大约，他原先是给欧阳师爷拍过胸脯的，现在进退两难了。林先生脸色有些难堪，疙疙瘩瘩地说："那边还等着音信哪。我请道台府的刘师爷，再与张翰林圆说圆说吧。"当时，徐方白没有反驳，他知道，张元济答应了帮助解脱，就不会向刘师爷松口。张元济的身份和资历，摆在那里，他说不，盛宣怀也会尊重的。

徐方白心里骂过一万次了。假如，是林某做的密报，那他就是十恶不赦的坏人。那天，徐方白为了闪避账房先生的追问，随口说三郎走了，参加漕运离开上海。原以为这样就省事许多，把三郎辞去码头活计的原因，轻松带过。难道，说者无意，听者有心，林某竟然密报给官府，导致三郎他们遭遇灭顶之灾？林某恶毒到这个程度，超出了徐方白的想象。账房先生平日里为人温和，笑眯眯的时候多，为什么要做伤天害理的事？有一种可能，他偷窥九妹窗子，被三郎撞破，恼羞成怒，蓄意报复？那也太毒辣了！蛇蝎心肠啊！三郎并未与他撕破脸皮，放他过去了，他如何这般狠毒？

徐方白郁闷地朝西厢房走去，布鞋踩在庭院坚硬的泥地上，发出沉闷的声响。九妹应该听到了，西厢房的门，轻轻响了一下，应该是拉开了门闩。已经没有不回家的理由，徐方白硬着头皮，继续前行。手里拎着的布袋，放着那张"申江内幕"的小

193

报，布袋比起平时，沉重了许多。徐方白不知道如何开口，说出惊骇的噩耗。他唯有暂时躲避摊牌。无论是为了九妹的身子，还是为了这个临时家庭的存在，徐方白今夜不能说出三郎的遇难。拖一阵吧，至少拖到九妹生育之后。徐方白心里做了决定。

也许，徐方白要找个机会，如果能撞见刘师爷，就旁敲侧击地询问，那个密报的线人，是哪个方向的？真是林某密报，按常理，官兵会到这个庭院来搜查，毕竟胡三郎原先居住于此。此刻，庭院里很安静，三郎住的那间堆杂物的房子，房门安静地关着，不像遭遇过搜查。难道是错怪了账房先生？

徐方白扭头，再次回看了寂静的东厢房。不，不能如此简单推理。即使林某密报，他断然不会说出三郎曾在此地居住，他回避此点，当然不是为了保护徐方白，而是避免自己的干系。一个危险分子，长期居住在此，还是潜入英商码头的疑犯，此人进入码头，又经过林某介绍，事情顿时会变得无比复杂，林某从告密者变成了胁从者。账房先生何等狡黠，他哪里肯给自己下这个套？

徐方白来不及继续思索。西厢房的门，又轻轻响了一声，九妹显然是等急了，虽然不好意思迎出门来，却打开了半扇门。她大约是在房间里向外凝望，感到奇怪，为啥徐先生迟迟不进门。徐方白没法再磨蹭，终于硬着头皮走进了西厢房。

# 第二十章

终于熬过了沉闷的夏季。上海的夏日，没有海上台风来袭的时候，比起徐方白自幼居住的长沙，热得毫不逊色。长沙也热，南岭山脉的阻挡，让热气散不开，沉淀在长沙一带。上海附近没有挡风的山脉，却同样热得可以榨出身上的油。街上，每个人都热得想扒掉所有的衣衫布料，让皮肤裸露在空气里，以便散发热腾腾的气息。男子自由些，打赤膊的汉子不少，底层干粗活的，不懂斯文之说；即使懂，为了生活，体面可以忘记。底层的女子，比汉子们难了，纵然浑身臭汗，上身或多或少要有遮挡的布片。像徐方白这样的读书人，还是怕斯文扫地，公开的场合，断然不会光着膀子。以前，只是自己住，热得受不了，躲进自己的厢房，徐方白也会享受一下光身子的快活。现在显然不行。家里有怀孕的九妹，徐方白处处留心，厢房的窗户和木门，也不是统统打开的。请来了帮佣的苏北大脚娘姨，让九妹少做点家务。娘姨勤快，总是在两间厢房间走来走去，这边扫扫，那边擦擦，徐方白更得注意穿着齐整。娘姨不懂敲门的礼数，腿一抬就进屋，有点儿烦人,提醒过,还是忘记。不过,想到九妹可以少干活,轻松许多,徐方白也就释然。

徐方白抵御酷热的办法,只剩下芭蕉扇了。一把脸盆大小的芭蕉扇,整日不离手。九妹细心,在芭蕉扇的外围,用淡蓝色的细布,密密地缝了个圈。九妹喜欢蓝色,徐方白早就发现了。徐方白将前后厢房间的布帘,也换成了天蓝色,屋子多了神清气爽的感觉。毛拉拉的芭蕉扇,被淡蓝色的细布圈起,顿时干净利索多了,徐方白坐在桌前看书,扇起风来,也不会漏气。家中的女主人,勤劳或者懒惰,藏在如此这般的细节里。

到了夏秋之交,市民们都盼着凉爽点。傍晚,乘凉的街坊,在大门口啃西瓜,也不敢打赤膊了。并非讲起了文明,而是记得老话:秋风寒湿重。那寒气借助街上穿堂风的力道,钻进骨头缝里,凉丝丝,容易生病,据说,除了感冒伤风的常见病,还得小心染上风湿症的危险。

庚子年的夏秋之交,依旧热得够呛。希望海上来一场痛快的台风,好让市民们舒服些。上海这地方,遇到台风来袭,气势惊人,在湖南很少看到那样的风。狂风过处,街上的大树,竟然被吹得七歪八扭;没有倒下的树,全靠根部扎得深,无数条粗细不一的根牵扯着,才勉强维持了平衡,歪斜地站立着。那狂暴的风力,能够驱散城市上空的蒸笼罩,还大家一片清凉。偏偏那年的台风,羞答答不过来。好不容易起了点小风,树叶晃动了没几下,又呆滞地停下,兴许那台风擦着上海的边缘,滑到了别处,去清凉其他地方的人。

北面传来的消息,增加了夏日的煎熬。列强的军队,以天津港口为依托，向京城进犯。河北等处的清军，这个大营，那个大营，听上去威风八面，没打几下，抗击不住洋枪洋炮的威力，纷纷溃败；八旗子弟，荣华富贵享受了二三百年，哪里还有当年入关时的霸气。歌舞升平久了，上层奢华，女子们千娇百媚，男子们则被卸去了身上的铠甲。清廷黔驴技穷，想利用义和团的神功，来阻挡列强，抵抗那些洋枪大炮，更是不可思议的昏聩。华北平原上，成长中的庄稼，被列强军队的马蹄践踏；庄稼地里里外外，流淌着中国百姓的鲜血，倒下的身躯，有手里攥紧刀棍的义和团，更多的，是无辜的平民。

徐方白在无比的愤怒之中，继续奋笔疾书。读书人表达心境的唯一途径，正是在纸上宣泄。靠着芭蕉扇的帮忙，在夏季的炎热之中，他完成了计划中的文章，十篇文稿，漂亮的毛笔字行楷，叠得整整齐齐，放在方桌的一角。吃饭之前，九妹把那些毛边纸理齐，小心翼翼地捧到柜子上。她认识简单的文字，是三郎教她的。家里只有三郎一人读了几年私塾。三郎疼妹子，自己教过她，九妹也就勉强认得二三百个字。徐方白写下的那些意思深奥的文章，用谭嗣同、王夫之他们的眼光，来看待今日中国，九妹哪里读得懂。徐方白晓得九妹好奇，简单对她说过大意。九妹知道，那是骂当下官府黑暗的文章，希望社会变好，让老百姓少受苦难，于是对徐先生多了尊敬，也格外珍惜那些写着毛笔字的纸页。

徐方白想，在此民族危难之际，自己能够做的，就是直抒胸怀。"王师北定中原日，家祭无忘告乃翁。"读书人至死不渝的传统，写在陆游的名篇里。十篇写毕，徐方白寻思，得认真权衡，为自己的文章找个出处了。

庚子年之春,同事们闲谈过,上海诸多的报纸,哪一家最值得看?七嘴八舌,议论纷纷。张元济到底见识超群,当时,他讲了一番话,让徐方白佩服得五体投地。张元济说,上海出版的报纸,雨后春笋般,不算少,可惜,多数不是认真做新闻的,只是商业的眼光和目的,连采访新闻的记者,都不舍得多养两位,一般靠道听途说,写蛊惑人心的文字卖钱,所以不会有忠实的读者,寿命自然长不了。例外的有几家。西文的,要看《字林西报》,世界各地的新闻多,是让读者把眼界打开的,至于它的时政观点,大体是站在租界洋人的立场上,你同意不同意,无妨,权作了解西方人思维的窗口。中文的报纸,《申报》一定要读,它信息量大,各类文章兼备。《申报》的问题,是戊戌变法失败之后,报纸的主持人害怕了,退缩得厉害,言论观点,与朝廷掌权的保守派站到了一起,再无当初鼓吹维新变法的胆量。由此来看,原先影响不大的《苏报》,则需要重视。《苏报》维护了支持社会变革的立场,在谭嗣同等变法诸君子遇害之后,也敢发表悼念文字,这两年,与朝廷保守派观点不一致的文章,在这份报纸上陆续可以见到,难能可贵。张元济最后说,他认识最近接掌《苏报》的陈范君,陈先生原先也是科举出身,中过举人,甚有才华,在官场上做过不大不小的官,思想比较开明,辞官来做报纸,雄心勃勃,自有一番抱负。这份报纸,值得读,值得重视。

徐方白特意找了几份《苏报》来看。《苏报》的"言说"栏目,很对胃口,其风格、宗旨,贴合眼下自己所写的文章。徐方白记起来了,在京城搞维新变法的时候,听说过上海的《苏报》，这是在租界里办的报纸，其主张中国变革的言论，比较大胆直率。那时候，在京师读不到《苏报》，现在才得以一睹芳颜。确实不容易了，戊戌之后，舆论一边倒，小小的《苏报》，没有完全变脸，如张元济所说，是有点骨气的。徐方白想，新近接办《苏报》的陈范，据张元济说，是湖南衡山人，与王船山隐居地蛮近，同乡啊，不妨去《苏报》拜访一回，见见新任的陈馆主，探探路，看他是否可以接纳自己大胆的文字。

在需要寻找倚靠时，同乡、同学，都是会自动蹦出来的字眼。"同声相求"，一个"同"字，包含了许多想象。

找到《苏报》馆所在地，并不难，徐方白经常逛的四马路，靠西那段的街面，聚集着众多的热闹场所，茶楼戏院书局乃至妓所，都比较密集。转身，往外滩方向走走，街面渐渐没那么红火，喧哗减少，市民生活的气息则渐渐浓郁。那一段与四周其他街道，被市民们称为棋盘街。那儿的道路，纵横交错，密集地将街区切割为方块形状，犹如象棋的棋盘，棋盘街由此得名。《苏报》馆，就在棋盘街的一处居民区。普通的民宅，深黑色的墙面，门楣上，写着醒目的"苏报"二字。大门敞开，进去，就是宽敞的大房间，原先应该是居住者的客堂，现在放几张写字桌，俨然像报社编辑部的样子。报馆进出的人多，陌生的访客也不稀奇，徐方白贸然出现，只有门旁写字桌后的年轻人看见，他抬起脑袋，客客气气问道："这位先生找谁？"

徐方白笑笑："请问，贵馆陈馆主可在？"

"先生是陈馆主朋友？"年轻人又问。

徐方白又笑笑道："麻烦通报一声，湖南同乡徐方白求见。"

湖南人同乡意识很强。当年,在北京浏阳会馆,只要是湖南籍的同乡到访,不会被拒之门外。

果然,片刻之后,年轻人转回来,说声"陈馆主有请"便引着徐方白朝里屋走去。

里屋有一扇窗,朝着天井方向,房间还算亮堂,长方形桌子后面,端正地坐一位中年书生,比徐方白约莫大了十岁,浓眉大眼,天庭饱满。他已然站起身子,一口纯正的湖南话:"欢迎徐先生到访,请坐请坐。"

屋子不大,写字桌前方,有一张陈旧的藤椅,其他并无安坐之处。徐方白拱手道:"冒昧打扰,久闻陈馆主大名,特来一晤。见谅见谅。"说着就在藤椅上坐下来。

陈范听他也是正宗的湖南口音,顿感亲切地问:"徐先生是湖南哪里人?"

徐方白道:"湖南长沙。"

陈范赞道:"大地方!我是衡山,偏僻些。"

徐方白答:"衡山,五岳名山,湖南的胜地!我们隔得不远,两百来里而已。"

陈范开心地道:"在上海的老乡不多,今日见到徐先生,儒雅之士啊,幸会!"他的笑容是真诚的,并无社交场上敷衍的味道,随即又直率地说:"请问,徐先生到访鄙馆,有何指教?"

徐方白见他直来直去,开门见山,倒也省了许多客套,便从随身布袋里,取出自己写的文章。他将《庚子年,遥祭谭嗣同先生》一文,恭敬地捧到了陈范面前:"短文一篇,特请陈馆主过目。"他只带了一篇文章,毕竟初次拜访,未知对方心境,不能太冒失了。

陈范在报馆主事，习惯了文人交往的路数，以文会友而已。示意徐方白稍等，自己当即读起文章来。他阅读的速度快，一目十行的样子。读了一遍，放下，略一沉思，又重新拿起翻阅过的纸张，再读一回。第二遍读完，方才抬头，试探地问："徐先生与谭军机是……"

徐方白不隐瞒，坦然道："曾在谭军机手下行走办事。"

陈范轻轻敲击桌面："所以啊，写得情深意切，大义凛然。好文章，徐先生大才！"

徐方白见对方赞赏自己的文章，不由高兴地道："读过贵报'言说'专栏，心气相近，所以特来请陈馆主指教。"

"徐先生不见得只写了此一篇？"陈范思索着，眉间有深深的纹路，老到地问。

"已经写好十篇，此为第一篇。"徐方白老实回答，"如果能入陈馆主法眼，其他诸篇，再行奉上。"

"我读大作的时候，从行文的气势，已经感觉到后面必有续篇。"陈范沉吟着说。他把那沓毛边纸放到桌子上，轻轻抚平纸张，吐了一口气，缓缓地说："徐先生看得起鄙报，是陈某的荣幸。不过，陈某虽然喜欢徐先生大作，却也有不得已的难处。"

徐方白淡淡一笑，来之前，早有思想准备，文章的发表不会一帆风顺。"陈馆主不必为难，直说即可。"

"假如仅仅一篇，无论如何，我都可以把它发表出来。现在，徐先生费心思写了十篇之多，合起来必有雷霆万钧之力。只发一篇，可惜了，十篇全发嘛，就要从长计议，小报怕是无力承担。"

陈范黯然说。

徐方白理解，所谓无力承担，自然不是篇幅的问题，因为即使接受发表，亦不会将十篇文字安排在同一天的报纸上。他问道："连续多篇，陈馆主担忧，会给贵报招来麻烦？"他略一停顿，补充说："我知道文章矛头正对朝廷保守官僚，语气也写得有点激烈，他们看了着恼可以想见。不过，贵报既然在租界出版，上海衙门直接管不着吧？"

陈范摇摇头："徐先生有所不知。租界中管事的，是工部局，这个不假，不过，朝廷的耳目无处不在。徐先生在谭军机手下多年，见识宽广，可以想见，如果把这帮官僚得罪狠了，他们有各种手段，来收拾我们这份小小的报纸。所以，你只写一篇，我一定安排发表了，有人不痛快，随他去骂吧；连续发十篇，那就是大事了，发到两三篇，就会找上门来。那时候，发也难，停也难，所以说，小报怕是承受不起。"

徐方白听他说得推心置腹，不由频频点头："陈馆主的难处，我懂了，绝对不想让贵报因我的文章而遭罪。"

陈范又道："我不是胆小之人，既然敢接办报纸，是想做一番事出来。不过，我刚刚接手，报纸诸事，包括主笔人手，未安排妥当，因此不敢大意。假如徐先生的文章能够缓一两年发表，那就全部交给陈某来做，不但可以连续发表，还能结集成书！"

徐方白想了想，国家危亡至此，等一两年，等不起的。重病者，奄奄一息之人，劝他耐心等待新药，等它一年两载，听来未免滑稽。徐方白不禁微微摇头，喃喃道："不为难陈馆主了！"写十篇文字，意在唤醒沉睡的国民，拖延一两年发表，就过了时日。他拱手谢道:"陈馆主快人快语,思谋周详,《苏报》的未来,必然光明。我这几篇小文章,不敢烦馆主操心了,我另想法子。"说着,徐方白收拾起桌子上的那沓毛边纸,整齐地放进随身的布袋,打算告辞了。

陈范见徐方白要走,说了句"徐先生稍等片刻",随即,抽出一张便条纸,匆匆写了几行字,站起身来。"徐先生,我送送你。"他不顾徐方白的执意推辞,坚持把徐方白送出了《苏报》馆。他站到湖南同乡身边时,个子显得稍稍高些,中年的体态出来了,发福,比起三十出头的徐方白,腰围明显大了一圈。

陈范非常客气,一直送到街口,才停住了脚步。"徐先生,我今天怕是让你失望了。"他语气真诚,充满了歉意。还不到正午,初秋上午的太阳,已经有点炙人,热辣辣地晒在他头发稀疏的前额,额上沁出晶亮的汗珠,他神色带点儿憔悴,接手一家报馆,千头万绪,难的。

徐方白有些同情这位老乡,赶紧说:"陈馆主的难处,我深深理解。无妨,我再与别的报纸商量。"

"恕我直言,"陈范说,"徐先生的文章,犀利直率,恐怕别处也会为难。"

徐方白点点头:"我懂,眼下的世道,做啥都难,姑且试试而已。"

陈范掏出方才写的便条纸,递到徐方白面前:"我们是同乡,我就冒失建议。徐先生知道,康有为他们在海外活动甚多,还有不少爱国学生,在海外办了批判朝廷的报纸,这是我一位挚友的地址,何妨寄给他们看看?徐先生一腔热血写就的文字,他们一定喜欢的。"

徐方白这时猜到对方执意送别的用心。上面这番建议，陈范等出门方说，是不希望被报社里其他人听到。徐方白为陈范的诚挚感动，也佩服他的细心，恭恭敬敬接过了那张便条，一迭连声地答："谢谢，谢谢！"他们初次相见，陈范的真情厚谊，令徐方白着实意外。文章发表与否，还在其次，交了个值得信赖的朋友，也是收获。除同乡之谊，或许就是心气相通，惺惺相惜了。

陈范叹口气："为中华新生，你我兄弟同心。可惜，我能力有限！"

徐方白赞道："陈馆主雄心勃勃，《苏报》一定前程无限！"

陈范又说："徐先生文笔，有横扫千军之势，恐怕会有人找先生麻烦。你用了笔名'过河卒'，极好。假如信得过陈某，今后的书信往来，联络处署鄙报陈某转交，我一定效劳。这样，可以让徐先生免受小人打扰。"

没想到，陈范如此仗义，且想得这样周到，徐方白感动得无话可说，只能连连致谢。

两位湖南读书人，彼此珍惜，再三拱手，互道保重，在人来人往的棋盘街，依依不舍地告别。

# 第二十一章

徐方白急于发表文章，表达自己对当下社会的认知，因为局势的严峻，让每一个有良知的中国人，都在备受煎熬。

从夏天到秋天，李鸿章一直驻留上海，去不了京城，也退不回两广。为了减少叨扰，多数时间，他称病不出。年纪毕竟大了，李鸿章七十多岁了，生病很正常。

他的地位有些尴尬。清廷任命他为全权代表，与各国议和。不过，慈禧已经下诏向各国宣战，议和代表，是否还能代表清政府的意志，在上海的各国使节明显是怀疑的。清廷派出的议和代表，尚未到达谈判现场，后面的主子，已经宣布开打，那种架势，对出面谈判的使节而言，确实难堪。

李鸿章去不了京城，在上海的外交活动，也只能停留在礼节性的层面。比如，到租界里去拜访一下各国代表。德国新任公使，在夏天到达了上海。租界里传说，李鸿章去拜访德国公使的时候，德国人一度商议，将他扣留为人质。后来，觉得没必要因此引起外交事端，遂作罢。德国人心中清楚，李鸿章名头上贵为一品大员，在清廷土爷们眼里，也就是可以使唤的听差，把他扣起来，乃至砍了他的脑袋，慈禧他们并不会真的感觉痛楚，顶多不痛不痒抗议几句。抓这样的听差作为人质，没啥价值，且近似开玩笑。这时节，《字林西报》又发表新闻，说德国皇帝征得列国同意，任命元帅瓦德西担任各国联军的总司令，瓦德西乘坐军舰，将在上海登陆，并统率联军打到京城。局势变得更加严酷。这一回，李鸿章学乖了，他听从手下建议，联军总司令到达上海的时候，连拜访瓦德西的表面文章也节省了。军人脾气大，说翻脸就翻脸，真要对李鸿章来硬的，七八十岁的老头儿，吃不了那苦，更丢不起那面子。多年来，李鸿章在欧洲美洲穿梭外交，顶戴花翎拖辫子的形象，常被当地报章嘲笑，不过，在外交场合，还是被礼遇的，如果被瓦德西搞得下不了台，就毁了一世英名。

　　作为无权无势的读书人，徐方白看着局势的恶化，除了摇头叹气，还能做点啥？他明白，连李鸿章、盛宣怀他们，也只是在暗地里摇头叹气，屏息观察，无所作为。传说，上海道台余联沅还在努力，要与各国使节落实"东南互保"的各项条约，最好是正式签约。文本往来，条文细节，反复协调好了，各方已经没有疑义。蹊跷处，列强的使节，说是依据各国政府指示，他们不会在书面文件上签字，只达成口头上的约定。看样子，各国政府的盘算，不与南方的总督们开战，实为避免腹背受敌的权宜之计，而一心打进京城，教训宣战的慈禧政权，才是要害。说到底，各国政府，并没有把南方的总督们当回事，只不过用谈判使他们保持中立，以便列强联军顺利北进，减少后顾之忧。不肯签字，暴露了内心的诡秘，口头的承诺，会有多少约束力？明天翻脸不认账，又到哪个地方去说理？南方的各位总督，实在是心中无底，有苦难言，冒着被朝廷治罪的风险，努力与列强谈判，却被晾在不上不下的半空。与虎谋皮，虎皮难以到手，搭上性命的概率倒是极大。

在此情形下，徐方白急于发表自己的文章，用他所熟知的谭嗣同的思维，分析当前的混乱局势。作为读书人，国难当头，别无选择，唯有以此报效自己的民族。两百多年前，王夫之隐居石船山，用生命最后的微光，著述立言，想来也是这般信念。

他决定接受陈范的建议，把十篇文章，仔细包裹了，寄给陈范的海外朋友，如果能在留学生们办的杂志上发表，内地报纸转载，读者还是能够看到大概意思。比如，徐方白知晓康有为梁启超他们的新言论，知晓孙中山和兴中会的新思想，也是这样的迂回路径。百转千回，曲径通幽，这类古老的语汇，在徐方白心中，有了新解。

徐方白个人得失无所谓，戊戌的时候，差点丢了命，那些日子，他内心的念头，也是想随谭嗣同而去，是胡七爷阻止了他。眼下，徐方白的牵挂多了，九妹临产，三郎消失，徐方白唯有希望家里太太平平，保护母子的平安。

# 第二十二章

　　这天晚上,徐方白回到家里的时候,空中已经有蒙蒙细雨,密密麻麻地在天地间飘洒。秋天了,雨水带来凉意,夜里睡觉会舒服一些。文章寄出了,心里一轻松,可以泰然睡个舒服觉。

　　他走进庭院,见东厢房黑着,依然没有光亮。近来,林某经常不回来,据说,李鸿章官邸事多,他住那里,随时听候调遣。徐方白觉得,那也许是林某逃避的借口。徐方白一直没有见到道台府的刘师爷,没法打听密报线人的事,心中却放不下疑问。夏末的一夜,徐方白曾经去过林某的东厢房,把那份报纸拿给账房先生看,直截了当追问关于三郎的去向,林某有没有密报道台府。因为三郎去漕运的事,徐方白只告诉了林某一人,别人不会知道。

　　账房先生老于世故,哪里会跟着徐方白的话题走。他振振有词,将徐方白狠狠教训一通。他说,徐方白不能凭猜想乱说,随意诬陷别人,不是读书人的道理。他林某虽然痛恨无法无天的义和团,不过,告密泄愤,历来不是君子所为,他林某岂会如此下作?他嘲讽道,胡三郎是不是义和团,我林某不知道,你徐先生清楚吗？他甚至用威胁的口吻告诫徐方白，假如胡三郎确实是被官兵击杀的罪犯，那就死不足惜，徐方白还想追查何人告密，那就有协从的嫌疑了。

俗语谓，先下手为强；俗语又说，恶人先告状。没这般能耐，想恶亦难。徐方白向来不善争吵，被林某一顿教训，好像自己成为理亏之人，气得面红耳赤，悻悻然离开东厢房。那之后，两人见面很少搭话。再后来，林某多数时日住在李鸿章的官邸。徐方白想，或许是账房先生心虚，避而不见。可恨的是，徐方白迂腐，逮不住老狐狸的尾巴，奈何他不得。

徐方白进屋的时候，见九妹正在摆放菜碗和餐具。他顾自走到床的一侧，避开九妹的目光，脱下被雨润湿的外衣，换上干净的衣衫，才坐到了方桌前面。

"怎么都是你自己做？"徐方白问。没看到苏北娘姨的身影，徐方白觉得奇怪。

九妹没有转身，也没应声，她正往酒杯里斟酒，很小心地倾倒着，似乎怕酒溢出来。徐方白有些纳闷，今天为啥喝酒呢？方桌上有两只酒杯，难道是啥重要的节庆日，连怀孕的九妹也要喝一点？徐方白认真想了想，很平常的秋天的日子，中秋节还远着。再说，就算中秋，九妹也不该饮酒啊？秋风秋雨愁煞人，她想拿酒让徐方白解愁祛湿？

九妹依旧没答话，这是稀罕的。她向来礼数周到，只要徐方白到家，问候一声，是少不了的。她斟好两杯酒，才缓缓坐了下来。她身子日益沉重，做事情费劲。

徐方白又问了一句："苏北娘姨呢？"

九妹冷淡地答:"她家里有人来,请假去看看。"她的神色带点阴郁,没有往常那么轻松。平时,徐方白回家,九妹不会过于亲热,但总是关心备至,逢着雨天,就会问一句:"淋湿了吗?"今天却啥也没说,徐方白去换淋湿的衣服,她像是没有看到。徐方白猜想,苏北娘姨不在,九妹做事累了,便笑眯眯地端起酒杯,用鼻子嗅嗅:"嗯,香的。"

九妹沉下脸道:"放下酒杯,先吃了饭,再说。"

几乎从来没有如此生硬的对话。徐方白一愣,想起在荐头店,老板娘说过,怀孕的女子,常会发无名火。前几个月,在九妹身上,徐方白没有感受到这种滋味,今日破天荒,头一遭了。徐方白没有说话,宽容地一笑,放下酒杯,端起盛着白米饭的碗。桌子上,除了惯常的一荤一素一汤,多了一盘麻辣牛肉,不像是家里做的,记得街上的铺子,有这道熟菜,徐方白路过时,闻香咽过口水。九妹今儿上过街?她怀孕,不吃麻辣,那就是特意为徐方白加的菜?湖南人,口味重些。徐方白感激地瞧了对面一眼。九妹还是绷着脸,像在生闷气。徐方白摸不透她的心思,只能埋头开吃。今儿事多,确实饿了,麻辣牛肉特别开胃佐饭,几大口下去,一碗饭迅速见底。九妹坐在对面,吃得很慢,显然胃口不佳,吃了小半碗,就放了下来。

九妹还是没说话。两人脸对脸,僵持着,模样儿尴尬。徐方白转过头去,看到了自己的床。床上,早上还铺着黄澄澄的草席,中间颜色深一点,是夏日的汗迹,现在撤了,换上了薄薄的棉褥。刚转入秋季,九妹就给徐方白换床褥,显然是担心寒气袭人。读书人身子单薄。以前,在湖南老家,母亲照料徐方白,也是如此细心。徐方白心里一热,正想说几句感激的话语,心中突然"咯噔"一声,觉察到自己的疏忽,不由暗暗叫苦。他心中忐忑起来,事情不妙啊。

徐方白控制不住内心焦急,不管不顾地站起身,走到柜子前,掀开了柜子的上盖。这里,原先是放床褥的。薄褥子拿走了,厚褥子还在。徐方白呆呆地看着,他寻找的东西已经消失。

九妹在身后冷冷地道:"不要找了,东西在这里!"

徐方白回过头来,见九妹拿出一份报纸,丢在了方桌上面。报纸折叠成长方形,正好占据了桌子空着的边缘。

徐方白担心的事情发生了。他不希望九妹知道三郎的噩耗,把那份"申江内幕"藏了起来,小心地藏在两床床褥的夹缝中。那只放床褥的柜子,历来是徐方白自己打理。始料未及,现在家里有了女主人,九妹关心徐方白的身体,主动更换床褥,发现了柜子里的秘密。徐方白重新坐回方桌旁。他还有一点侥幸心理。他知道,九妹识字不多,不可能读懂报纸上的消息,顶多是断断续续猜测内容。徐方白看看桌子上的报纸,那个折叠的形状,还是徐方白放进去的原样。九妹不可能未打开过,她仔细读过吗?她读不明白吧?徐方白心里百转千回,如何大事化小,如何应付九妹的盘问。此刻,他清楚了,回家以来,九妹情绪的反常,原来是因为这份报纸。

九妹的话,打碎了徐方白的侥幸。她冷冷地说:"下午,我去街上,找了替人写信的先生,我请他给我读这份报纸。我不明白,这么可怕的事情,你为什么一直瞒住我?"

徐方白醒悟过来。识字不多,难不住聪明的九妹。她从那份

"内幕"的文字和插图，猜测与三郎相关。到街上走一圈，街上摆摊的先生，替人写信读信，读报同样可以，花些小钱即可。现在，没有轻松圆谎的余地，九妹全部知晓了报纸的信息。徐方白支支吾吾："我想，还没有证实，你怀孕之中……"

"你……"九妹双目突然喷出怒火，吓得徐方白缩回了话语。九妹愤愤地说，"你收留我们，对我们好，我知恩。我想不通的是，你到底还有多少事情瞒住我？三郎去漕运的事，你知我知，没有告诉旁人，怎么会密报到官府？"

徐方白哑口无言。他曾经如此责问林某，此刻，轮到九妹责问他。推理相似：天知地知你知我知，谁可能泄露？徐方白不由张口结舌。他解释不清。他可以说出对面厢房的嫌疑，为自己解脱。但是，他不敢如此直说。九妹的脾气他清楚。女子侠肝义胆，嫉恶如仇，若是听到林某可能出卖三郎，究其原因，林某还曾经做过偷窥九妹的无耻勾当，被三郎发现，因而结仇，她一怒之下，拔剑出刀，在此庭院中血溅三尺，完全是可能的场景。

徐方白魂不守舍的模样，加深了九妹的嫌疑："你说呀，三郎尊敬信任你这大哥，你有何理由，去加害于他！"

"我不会，我没有道理这样……"徐方白本来不善说谎，此时，又没法端出对林某的怀疑，真个六神无主，不知如何说得明白。

他这种慌不择言的样子，对九妹而言，犹如火上浇油。九妹突然从袖子里甩出飞箭，"啪"地拍在桌子上："你今日必须说清楚！徐先生，我胡九妹眼睛里不揉沙子！我向来敬重你的为人，现在让我太失望！伤天害理之事，若是你所为，休怪我翻脸无情!"

两支闪着寒光的飞箭,被拍到了徐方白的眼前。九妹将飞箭藏于袖管,应该是今日的提前准备。徐方白身子一个寒战。他知道九妹使飞箭的厉害。三郎说过,这是父亲传给九妹的防身绝招。谁敢让九妹动了怒气,十步之内,那飞箭可以刺穿对方的喉咙。徐方白并不相信九妹真会动手。不过,在徐方白面前温顺惯的女子,一旦火冒三丈,那气势,确实让人胆战心惊。

徐方白被两支飞箭吓得脸色刷白,他目光呆滞,跌坐在凳子上,一时竟什么话也说不出来。

"你倒是说出个理由啊!"九妹的声音嘶哑。孕期,血液的运行本来没平时顺畅,大气伤身,此时,她显然有点虚脱,呼吸急促,接不上气的样子。徐方白看着心里难受,却又不知如何劝说。他使劲摇头:"害三郎,没有道理,我绝对不会!"九妹几乎要哭出声来:"我也不愿相信!背后害人,你徐先生哪里会做?你要给我一个说法,密报官府的,知道三郎踪迹的,还有谁!"

九妹逼得紧,徐方白更加有口难言。账房先生可以胡扯,说三郎的朋友们泄密,也是可能的,徐方白不肯信口雌黄,指东道西,只有垂头丧气,一言不发,任九妹责骂。

两人僵持了半个多时辰。九妹见徐方白始终无法自辩清白,断定他心中有鬼,心情崩溃到了极点。她本来希望徐方白强有力地反驳,打消自己的怀疑。徐方白却连稍稍站得住的理由也没说出,九妹的怀疑被证实了,她不得不相信,徐方白的嫌疑,洗不干净。

九妹脸色阴沉,冰冷地说:"你还没回来的时候,我反复想过，想不出你害三郎的道理。除非……"她停顿了一会儿，才艰难地说下去："除非，你认为，让三郎消失了，我和我的孩子，会安心地一直在此住下去……"

九妹直白的话，一针见血，惊呆了徐方白。他暗问自己，我的内心，有过这样卑劣的念头吗？他不得不感叹女子的冰雪聪明，洞察力非凡，具备难以置信的直感。徐方白承认，在看到"内幕"的一刹那，在为三郎伤痛的同时，他内心深处，确实掠过这样的念头：三郎去了，九妹和未出世的孩子，别无去处，只能依赖自己了。三郎的噩耗，可让徐方白完全得到九妹，那念头显得龌龊，立刻被徐方白的理智压了下去。人啊人，一念佛心，一念魔道！不过，徐方白又想，那不过是听到三郎遇害后的念头啊，九妹的推测，把时间推前，认为可能是推动徐方白告密的力量，这就陷徐方白于可怕的深渊。

徐方白紧张地辩解："我希望你们永远在这里安居，但是，我绝对不会因此去害三郎……"

九妹绝望至极，她不想再没完没了地争辩。她突然安静下来，把方桌上两杯酒放到了一起。两杯绍兴老酒，酒色深黄，被九妹移动时一晃，颜色深得有点浑浊。

九妹把两支飞箭放到了酒杯的旁边，冷峻地道："你回来之前，我想了千遍万遍。你对我们有恩，我知恩；你若害了三郎，就是不共戴天之仇。我九妹，做事直截了当，从不黏黏糊糊，有恩当谢，大仇必报！飞箭乃我父亲所传，传箭之时，立誓明志，此箭若出，谁死谁活，便是天意！"

徐方白望着寒光四射的飞箭，身上一个激灵，耐心劝道："你有身孕，不能动了胎气。给我一些时日，我会查明，给你说法！"

晶亮的泪珠，从九妹眼眶里溢出，她强忍着，没让眼泪滚落，继续冷冷地道："你何须用此挟持我！我九妹在大事面前，绝对不会儿女情长。三郎一死，加害他者，就是我九妹必杀之敌。还要给你时日？难道我可以与仇家在一个屋檐下相安无事？"

徐方白无言。侠女之刚烈，原先只是在书中看过，今日得以亲眼看见。他无奈地道："如此说，一个屋檐下安顿不了？你可以继续在此安心居住，我另外找地方栖身吧。"

九妹冷笑："飞箭既出，你还想无事一般，安然走出这屋子？"

徐方白一阵哆嗦。平时温柔体贴入微的女子，这会儿变得这般绝情，出乎他的意料。由此，他更加明白，不能说出对账房先生的猜疑。按九妹性格，知道了对厢房可能是仇家，报仇不会隔夜，哪怕林某躲在李鸿章驻地，她也会立刻前去寻仇，拼个你死我活。九妹孤身一人，且有身孕，不能任她前去冒险。

见徐方白无言以对，九妹继续说："你有恩于我们，我没法直接动手。让苍天决定生死！这两盅酒，一盅下了毒，你选一盅，留下一盅，就是我的！"

徐方白大惊失色："我死不足惜！在京城逃亡之前，我已经决意随谭军机而去，是七爷救我一命。你怎么能作如此想？你身上还有未出世的孩子啊！"

滚滚泪珠，终于没法控制，从九妹两颊滑落下来。她并未拭泪，面无表情地说道："生死各有天命。苍天在上，自会明鉴。你无需多说，选一盅酒吧。以这种方式决断你我，报恩报仇，都在这两盅酒里面了！"

徐方白脸色惨然，徐徐道："非如此不可？"

九妹咬紧牙关，毫无松动的意思："在此之前，我已经立过毒誓。你若无法自证清白，证明并非你加害三郎，就由这酒来裁决，你我命运，任凭苍天做主，两盅酒不能剩下半滴！"

见她如此断然，徐方白已无路可走。他咬了咬自己的舌头，咬出一阵尖锐的疼痛，他痛苦地答道："好吧，一切依你！"徐方白说着，伸出右手，探到方桌下面，摸索片刻，从桌肚里抽出一只小小的布袋，轻轻一抖，里面传出金属碰击的脆响。徐方白将布袋放到桌子上面，说道："这是我存下的一些银两，估摸着，够你和孩子过个年吧。只剩这点了，以后，要靠你自己设法。"徐方白说罢，放下布袋，缓缓起身，双手伸向桌面，一手捏住一只酒盅，"这两盅酒，全部归我了，是祸是福，都由我承担。你信我，说话算话，我不在此地喝酒，我走得远远的，到空荡荡的街上去喝。我倒在没人认识的地方，那就不会影响到你了！"

他凄凉地说完，最后望了九妹一眼。第一回，徐方白如此狠狠地大胆地看着她，似乎要把她满满地装进内心，目光中全是不舍。末了，他咬紧牙关，十指捏牢两只酒盅，慢慢转过身子，颓然朝门外走去。

突然间，九妹安放在桌子上面的双手，不知如何一抖，"嗖"的一声，两道银光，从桌面上腾空而起，笔直地向徐方白飞去，随之而来的，是清脆的撞击声，徐方白手中捏着的两只酒盅，应声碎裂开来。原来是九妹射出两支飞箭，不偏不倚，分别击中了那两只酒盅，力量恰好，紫砂做的酒盅，全然破碎，却没有丝毫伤到徐方白。三郎说过，九妹的飞箭，是祖传绝技，连三郎也忌惮几分。酒盅里面的老酒，不管是加了毒药的还是本色的绍兴名酒，通通一滴不剩，亦是应了九妹的毒誓。

刚烈的女子，此时伏在桌子上，无法掩抑深刻的痛苦，伤心地哭起来，哭得稀里哗啦："七爷说过，徐先生正人君子，我不相信，你会堕落到向官府告密。你倒是说说清楚啊，为何一问三不知？三郎走了，没法报仇，你让我如何告诉父母在天之灵？"

徐方白心疼地瞧着九妹，她深层的痛楚，在哭声中宣泄，徐方白理解九妹今日的绝情。她何尝愿意用毒酒来判断生死，她没有其他方法，能够走出绝望的境地。兄长被害，她如何在梦里去向父母言说？

九妹不停地抽泣，徐方白从来没见她如此失态，真想伸出手去，轻轻抚摸她的乌发，安慰她，平复她入骨的伤痛。徐方白的手，停在半空，又慢慢缩了回去，他不敢造次，只是嗫嚅着："现在，我还搞不清楚告密者。我对天发誓，一定查明真相，到底是谁向官府密报，害了三郎。"

听着徐方白坚定的话语，九妹的哭泣有些平缓，但是，她不愿抬起头来，依旧伏在桌面上，唯恐徐方白看到她满脸泪水的狼狈。"徐先生，你是正人君子，你要说到做到，尽快查清楚，我才能安心在此地住下去。"九妹喉咙嘶哑，斩钉截铁地叮咛着。

徐方白心想，你若知道嫌疑者就住在对面，你还安心得了吗？他自然不敢将此话说出口，只是含糊地一迭连声应承着。此刻，他唯一的念头，是希望女子尽快平静下来，不要因为无边的伤痛，危及肚里孩子的安泰。

绝情和深情，熬成了一锅稀粥，哪里还能分得清清爽爽！

# 第二十三章

对南方大员们的制裁，姗姗地来了。没有制裁李鸿章。八国联军攻入京城，慈禧带着一班随员，狼狈逃亡西部，十万火急地催促李鸿章，要他履行全权代表的职责，赶紧与各国议和。用人之际，制裁李鸿章是不可能的。张之洞等，与李鸿章坐一条船上，况且是地方实力派，也动不得。清廷处于风雨飘摇之中，装傻为上策。为多少挽回面子，柿子找软的捏，上海道台余联沅，是比较合适的对象，象征性打击一下，为慈禧出口气，总不能让下面全然看笑话。朝廷宣战，南方却与洋人勾连，这种事情，在以前是要夷九族的。不敢张牙舞爪地报复，哼几声，打个喷嚏，显示一点余威。

小小的上海道台，竟然敢做起外交总管的事务，堂而皇之，出面与各国使节谈判，余联沅太狂妄了吧！不过，也不能直接用这理由打板子啊。余联沅明明是按各位总督意志行事，打狗须看主人面，公开清算"东南互保"之事，让余联沅后面的大佬们下不了台。因此，无须说任何理由，简单即复杂，干脆把余联沅的上海道台撤了，滚去偏远之地吧。背后的意思，种种曲折，你们各位当差的，大家肚子里去盘算就可。

余联沅丢了美差，却让徐方白得了便宜。他一直想找机会与刘师爷亲近，想打听清楚告密者的底细。那刘师爷本来是为盛宣怀当差。余联沅受命与各国使节谈判，事务繁多，盛宣怀就派出经验丰富的师爷，让他给余道台出谋划策，所以刘某摇身一变，成为上海道台府的师爷。徐方白去了道台府两回，想约刘师爷吃饭，刘师爷总说没空。不知是真忙，还是因为徐方白没应允赴欧阳师爷处任职，薄了刘师爷面子，刘某心里不乐意。现在，余道台将要离开上海，转往福建，据说刘师爷会跟着去，徐方白以送行的名义宴请，刘师爷不会再推辞了吧？

常去道台府的同事说过，这刘师爷有些儿不正经，到上海道台府后，仗着自己的背景硬，骄横跋扈，不守规矩，曾经溜去四马路过夜，被余道台知道，狠狠训斥。碍着他是盛宣怀派过来的人，才没有重罚。恐怕此等劣迹已然传开，这回余道台调任，盛宣怀那里也就没催他回去。刘某人心中怨愤，觉得丢了面子，当师爷这么多年，苦劳功劳，不算少，就为了去四马路风流一遭，就落得如此狼狈的下场，想想也冤啊。在落魄的心境下，徐方白上前套近乎，他就不会端架子了。

为了查明三郎被害真相，徐方白顾不得历来的忌讳，决定投刘师爷所好。下午，他去四马路跑了一趟。四马路西段，是最为繁华的地块。夜里，不必说了，灯红酒绿，与著名的秦淮河有得一比，只是少了船声桨影。即使在白日里，闻名而来的游客，也络绎不绝。租界的工部局，裁决四马路的皮肉生意合法，自然是为漂洋过海的淘金者着想。在这块土地上发横财，钱包鼓了，又不愿做清教徒，得为他们配备声色犬马的及时享乐。有了工部局核准的外衣，这种生意就疯长起来。长三堂子那样名声在外的地方，徐方白不敢靠近，万一被认识的人撞见，自己的名节就坏了。他兜兜转转，最后，在一条弄堂深处，找到家独立的小茶楼。作为茶楼的门面，干净得可疑，那般寂静，毫无喝茶者的喧哗，一看就并非正经喝茶的去处，更没有端着紫砂壶的茶客进出。徐方白心中明白，这是打着茶楼的旗号，做其他生意勾当的。为啥工部局核准了，还要悄悄做呢？看样子，是为了适应特别的客人。比方说，像刘师爷这般有头有脸的，公然在卖肉场所进出，到底不好看，貌似茶楼的样子，遮掩一番，很是必要。徐方白听说过，做这行的，有的还会装点成说书的场所，是吸引读书人来玩，里面弄两个附庸风雅的女子，会弹琴吟诗，与唐宋诗人描绘过的、供文人在湖上逍遥行乐的船家，差不多的，做一样的生意——高山流水有知音，门一关，还是赤裸裸的卖身场所。徐方白站在那茶楼门口，犹豫一阵，心一横，大着胆子跑进去。

底楼，两张茶桌，一道柜台。茶桌与柜台，铺着色彩鲜艳的桌布，那味道，自然不像清闲品茶的所在。柜台后，一位风姿招展的女子，缓缓起身迎客，嫣然一笑，万种风情，却是什么话也没问。那神态，是多年修炼到家的，明显是等进来的客家先开口。潜台词：我这里要啥有啥，先生想要什么？

徐方白知道对方即是所谓的"老鸨"，管理妓院的老板娘。于是，他也装出老练的模样，从随身布袋里掏出一枚银元，拍在柜台之上，朗声道："我预定一桌花酒，要楼上安静的房间，入夜，约了一位官大人来聚，场所务必安静，没人打搅。"

女子微微一笑，那笑容，残忍地暴露了她的年龄，额头眼角的鱼尾纹，突破了脂粉的遮掩，密密地显露出来，应是经历过多少年风尘滚滚的角色。"我晓得的，官爷都喜欢安静，喜欢干净。此处既然名为茶楼，绝对没有闲杂人等进出，你们只管放心享乐。我嘛，自然会挑两位懂风情的年轻女子，说说笑笑，给老爷们助兴。"她瞧瞧柜台上的银元，嘻嘻道，"这个，一枚银元啊，八成只是老爷的定金吧？"

徐方白听出女子的意思，嫌钱给得少，就硬着头皮道："这是定金，晚上再行结算。不过，无须两位女子，只要一位即可。"

女子诡秘一笑，甜蜜蜜地道："我这里的姑娘都是上乘的，只是年纪小，稚嫩得很，脸蛋儿一掐一包水的。你们两位老爷，如狼似虎的岁数，一个小姑娘，如何应付得过来？"

徐方白哪里听到过如此放荡的言语，又不好把气恼露在脸上，神情颇为尴尬："我不要女人陪的，来一位姑娘可以了，让官老爷高兴就是。"

那老鸨见徐方白窘迫，知道他并不是常来常往的客人，以为他脸皮薄，想寻欢，又不敢直说，脸上笑得开了花似的，越发想寻开心，怪声怪气地道："小女子懂了，先生口味清淡的，不会找个让你腻味的。再说，再说，假使先生不喜欢毛手毛脚的小姑娘，我自有主张，我特别懂读书人的文雅，保证让先生喜欢，乐不思蜀。"说着，竟然放肆地伸出一根兰花指，兀自捅到了徐方白的肩膀上,眼角挑起,嫣然一笑,充满了挑逗的意思。

徐方白真的恼了,沉下脸道:"我说明白了的,只要一位姑娘!"说着,还用手在肩膀上掸了一下,意思是讨厌老鸨的挑逗。

老鸨毕竟是久经江湖,见徐方白脸有愠色,知道这位客人不吃撩,也就不敢再放肆,毕竟做成生意是第一位的,她赶紧赔着笑道:"是的啰,但凭你吩咐,小女子不敢自作主张。我保证,全部按爷的吩咐,一定好好伺候二位老爷!"

徐方白被她的言语作弄得浑身难受,又无法完全翻脸,夜里还要借这块地方演戏,只能忍了。懒得再看老鸨怪异的笑脸,转身离去,逃也似的,溜出了那幢可疑的茶楼。

有了这番精心安排,到了道台府,徐方白悄悄向刘师爷透底,晚上去四马路吃花酒。师爷果然动心,双眼顿时放出炯炯的光来:"怎么好意思呢,让徐先生如此破费?"

徐方白道:"听说刘师爷要去福建高就,我送行而已。"

刘师爷叹口气:"哪里是高就?哎,福建哪有上海好,倒霉呗……"话到嘴边,缩了回去,老狐狸了。"这个嘛,"刘师爷压低嗓子,"余道台是禁止属下去四马路的。"

徐方白安慰他:"我们译书院与道台府常来常往。我请刘师爷晚餐一叙,再正常不过。"他也压低了嗓子:"去四马路,你知我知,而已,而已。"

刘师爷这才放心,咯咯地笑了。

徐方白做了充分的准备,一定要撬开刘师爷的嘴,哪怕他是铁嘴铜牙。他想不出合适的礼物,就把张元济送自己的楷书册页带上。晚上，两人进得茶楼的包间，茶水果盘酒盅早摆在那里。刚坐下，徐方白就拿出张元济的册页，恭敬地奉上。果然，不出所料，刘师爷眼光一扫，顿时大喜："徐先生太客气，如此厚赠，刘某无功受礼，惭愧惭愧！"他嘴上客气，实际并不推让，双手捧住那本册页，啧啧赞道："张翰林曾给我的折扇题过诗，早就珍藏起来。你这本册页嘛，张翰林花工夫书写的，就更稀罕了！"

徐方白给他戴了高帽子："刘师爷一语千钧啊。你向李大人的欧阳师爷推荐徐某，虽然菊生兄不同意，我一直感恩在心的。"

刘师爷叹道："可惜了，徐先生大才子，若到李大人身边，前程不可限量。"

徐方白哈哈一笑："刘师爷错爱。我有啥本事？比起刘师爷的满腹经纶，差远了。"

两人正客套，下午预定花酒时的老鸨，那个柜台上的女子，探头进来，哆哆地问："两位老爷，菜和姑娘安排妥了。"

那刘师爷听得"姑娘"一词，眼睛亮起来，手脚都有点按捺不住，身子在座椅上摇摇晃晃。徐方白心中有底，对老鸨说："菜先上来，姑娘嘛，等我与官爷说完要紧话，我自会招呼。"

银子是徐方白掏的，老鸨自然听他的话。下午与徐方白有过言辞较量，老鸨知道这位先生难缠，不是见惯了的那种轻骨头，稍稍一撩，便晕头转向，只得照徐方白吩咐，乖乖退出了房间。刘师爷有些儿纳闷："徐先生，今夜，我们图个喝酒快活，还有啥要紧的话说？"

徐方白有意吊他胃口，端起酒盅劝道："刘师爷莫急，好酒慢慢品。来，先喝两杯。夜还长着呢，今儿一定让师爷尽兴！"

客随主便，刘师爷没法可想，只能强按住浑身的痒痒，先与徐方白喝酒，嘴上七拉八扯，胡乱应付。

徐方白正是想要这种效果。利用刘师爷的迫不及待，套出他嘴里的话。钓鱼收线，不快不慢，才恰到好处。

刘师爷心里急切，喝了两盅酒，醉翁之意不在酒，觉得清汤寡味，便说："徐先生，你有什么要紧的话想说？"

徐方白慢悠悠道："余道台要离开上海，他谈的大事情，进行得怎么样了？"

"你问与租界洋人谈的事情？"

徐方白点头应道："那个是大事。上海太平不太平，靠它了。"

"事情倒是谈定当，不过，余道台吃亏了，"刘师爷用手指指屋顶，"那里不乐意，拿道台出气，所以要去福建……"

徐方白继续问："李大人无碍？"

刘师爷再指指天花板，那屋顶糊着粉色的墙纸，墙纸上还有西洋女子的影像，显然是舶来品，这是一般茶楼酒店见不到的装饰，体现出这屋子婀娜多姿的诱惑。"朝廷要靠着李大人啊，有火也不能冲着他啊。眼下，能够与洋人周旋的，偌大个朝廷，也就指望他了。"

徐方白同情地叹口气："道台官运不顺，害得刘师爷也要跑到福建去！"他假意一脸神秘，又问："我那邻居林先生说过，李大人被几位总督推出来，或可代行大宝。此事如何呢？"

刘师爷大惊失色："这话，他敢对你说？"

徐方白笑笑："我们多年朋友，知根知底，啥话都讲。"

刘师爷瞧瞧紧闭的房门："别的话无妨，此事千万别再提起，要这个的！"他脸色惨然，用手掌在脖子上做个砍头的姿势。

徐方白趁势说："我以为林先生立了大功的，可以飞黄腾达。"

"他就跑跑腿，什么大功啊？"刘师爷不以为然。

"那个刺杀余道台的案子，不是他密报的线索，才在漕运船上抓住凶手？"

刘师爷瞪大眼睛，惊愕地问："他也对你说了？"

徐方白笑道："这事是他立功，没甚风险啊，自然敢说。"

刘师爷满脸气鼓鼓："他一再关照，绝对不能捅出去，他自己倒是随意乱说！"

刘师爷此语一出，徐方白不再怀疑，告密之徒，终于水落石出！徐方白心中一松，牙齿不由得暗自咬紧。这个拨算盘珠的鬼！脸上笑嘻嘻，心里凶狠着！

刘师爷见徐方白不再问其他，催促道："你的要紧话，就是问这些破事？"

"我嘛，也是随便问问。那林先生经常不回来，我以为他立功高升，去做大官了。"徐方白故作酸溜溜地道。

"他能做啥大官？他肚子里没多少墨水。"刘师爷哂笑道，"李大人看中的人才，是徐先生一般，饱读四书五经者！"

"我嘛，就一书呆子，在译书院做事正好。这辈子，没啥特别的指望了。"徐方白正经地说。

刘师爷像是为了安慰徐方白，透露了一点小秘密："其实，林先生再蹦跶，天资欠缺，没甚指望。李大人要代表朝廷议和，不能一直在上海待着,得去京城啊。林先生自然想跟着去。欧阳师爷告诉我,圈出的随行名单里,没有林某。这一来,尴尬了,李大人进京,居高临下,上海不需要特别放个人联络,你说,林先生干啥呢?大概只有回广东吃干饭了。他亏不亏!"

徐方白听到这里,倒是暗自高兴。林某南归最好,他如此心狠手辣,继续住一处,徐方白夜里会做噩梦,如何安静入睡!

徐方白今日目的已经达到,站起身子道:"刘师爷枯坐着,太乏味,我去招呼一下,让这里的姑娘来陪酒,今天刘师爷在这里一定尽兴。那位老鸨说过,她的姑娘都嫩得出水,找个出众的,好生陪刘师爷玩玩!我就先行告辞,后面的花事,我一概不知,全然不晓。"他故意说得诡秘,让刘师爷放心享乐。

刘师爷假意留他道:"徐先生何苦走啊。你我兄弟一场,今日一起醉入花丛,岂不是绝妙的事情?"

徐方白道:"我家里的快要临产,得回去照顾照顾。刘师爷放心,这里需要打点处,我自然全部到位!"

徐方白下得楼来,见老鸨端坐在柜台后,显然还在盼着有新的客人,便吩咐她,可以让姑娘上楼伺候官爷。随即掏出银两,把账目全部结清,说自己还有别的事,先走一步。

老鸨见银子到手,又笑得脸上开了花,不过,她对徐方白提前离去,似乎不舍。"你老爷不留下来开心开心?"说着,竟露出竭力讨好的神色,"先生清秀儒雅,真个是难得一见的读书人,小女子今日有幸结识,还想为先生多尽心服务。"说着,见徐方白执意要走,竟然还轻薄地伸出手来,在嘴唇上一按,随即做了个飞吻状:"小女子也懂西方人礼节,拜拜,这个,先生总不会讨厌吧？下次一定记得过来，我保证让先生开心不已！"

徐方白哪里经过这般阵势，被老鸨搞得哭笑不得，自己的脸竟然红起来，什么话也不想说了，赶紧开溜。

跑出这座所谓的茶楼，徐方白觉得额头满是汗珠，急忙用手甩了一把。随即，不由黯然伤神。为了探明小人的无耻，自个儿也不得不做了一回小人。这种生意，人间常有吗？

## 第二十四章

从那天用飞箭逼问之后,九妹的神情缓和下来。可以想见,与徐方白相处多时,对徐方白的为人,九妹有基本的估量。她没法相信,徐先生会向官府告密,出卖三郎。只是按她直来直去的性子,没有一番"图穷匕首见"的较量,去除不了自己的疑惑,如何能让她心中踏实?怎么与害了兄长的嫌疑者,生活在同一个屋檐下?

江湖之上,决定不了的难题,只好诉诸刀剑的决斗,并且相信,输赢自有天数。不过,事后,九妹未免有些后悔,徐方白只是文弱书生而已,自己用飞箭和毒酒相逼,好像过分了,欺负他了。因而,此后的数日,她见了徐方白,未免有点悻悻然,不愿直视对方的眼睛。在生活方面,九妹一如既往地细心照顾,是徐方白日益感受着的。在去那间所谓的茶楼之后,徐方白依然没有说出与刘师爷的交谈,确定出卖三郎者,是对门的林某。徐方白再三盘算过,九妹纵然是眼里不存沙子的侠女,不过,眼下她身子重,想为三郎报仇,也难以行动。等生育之后,她身体恢复了，再说不迟。即使林某回南方去了，如何复仇，不妨到时候再从长计议。宁可暂时不洗清身上的嫌疑，也要让九妹安然渡过生育难关，是徐方白最要紧的考量。

为了消除双方的尴尬，饭桌之上，徐方白尽力找点其他的话题来说。比方说，给九妹讲讲新的地理知识，那大地竟然不是驮在大乌龟的背上，而是悬在空中的圆球。九妹哪里相信这等奇谈怪论，她疑惑地反问："若是我们都站在圆球之上，不早就摔下去了？"不过，徐方白读书多，九妹自惭形秽，也不敢多加争辩，硬着头皮听听而已。

那一日，正吃着晚饭，九妹趁大脚娘姨走开的当口，开口问徐方白："一个人认识多少字，可以看报写信？"徐方白想了想回答说："认得八百多字，马马虎虎过得去了。"九妹认真考虑了一会儿，说她原来认识两百来字，还需要认六百多字。九妹直截了当提出，要徐方白每天教她五个字，数月之后，她不就可以读报写信？她抬头看着徐方白，眼睛里满是期待。

徐方白不由刮目相看，英姿飒爽的九妹竟然还存了好学之心，当即答应下来。九妹略带羞涩地谢了，还解释一句，以后孩子要念书的，她读不来书报，会让孩子看轻了。

如此，时间过得飞快。初冬，寒风开始刺骨的日子，九妹生下一个男娃，胖墩墩的，足有八斤多。屋子里生起红艳艳的炭火，暖洋洋的。苏北娘姨把娃抱进了西厢房，娃被棉被裹得紧紧的，只露出肉肉的小脸。徐方白想抱，又怕抱不来，摔着孩子，只得让娘姨抱紧，他用手指轻轻触碰娃的额头，想逗孩子笑。没料到，那娃放声大哭，哭声震动了屋梁，好有劲道的男娃！徐方白在男娃的脸蛋上,看到了七爷的影子,也看到了三郎的轮廓。真是百看不厌。

徐方白思量,得赶紧给娃起个名字。那天中午,听娘姨去灶屋忙活,九妹已经哄孩子入睡,徐方白拿着刚打造好的银镯子,走进了后厢房。九妹身子骨硬朗,身体恢复得快,靠在床头,手里还拿一个棉布兜,细细地缝着。棉布是红色的,正中,被九妹用蓝色的线,缝了一只可爱的老鼠。徐方白瞧瞧手中的银镯子,觉得银匠打造出来的小鼠,还不及九妹手缝的形象可爱。这女子,真个是心灵手巧。

徐方白把银手镯递过去,看看九妹身旁的胖娃,睡得好香,圆圆鼓鼓的小脸蛋红润丰满,煞是迷人,他恨不得在那脸蛋上狠狠亲一口。徐方白不敢放肆,他在九妹面前,一直是矜持的。

九妹打量一会儿银镯子,满意地点头,随手把镯子放在娃的耳朵旁:"谢了,这镯子很精致的,徐先生费心。"

徐方白本想说,是他大舅的心意,话到嘴边,缩了回去。只要提起三郎,九妹一直是伤感的。徐方白转口道:"娃生下多日了,你看,给他起个大名吧。"

九妹垂下眼帘,沉默着,没有搭话。徐方白不知她如何想法,试探地问:"要不要让我想出几个好名字,叫得响,意思也吉祥的,写出来,你慢慢选?"生育前的日子,九妹学了两三百字,加上早先认识的,也认得四五百字了。

九妹依旧垂着眼帘,没有开腔。徐方白等了一会儿,猜不出她到底啥心思,就不想再僵持:"你累了吧,产后,多休息为好。娃的大名,以后再商量。"说着,他转过身子,想回前厢房去。

"徐先生，我思量，先有个小名即可。"这时候，九妹方才开口，唤住了他。

徐方白点点头："小名，肯定要的，我们叫起来亲切。不过，大名也省不了，日后读书总要用。"

九妹淡然一笑，笑得很勉强："将来的事，不着急，日后再说。"

徐方白不敢勉强："也好，先起个小名。你想想，叫啥合适，主要是你叫起来喜欢。"

"乡下人，孩子的小名，都是土的。"九妹瞧瞧熟睡中的娃，疼爱至极的神色，"名儿越土，娃越是好养。今年生肖鼠，叫鼠娃行吗？"

徐方白略一沉吟，指着娃脸蛋旁的银镯道："叫银娃如何？"

九妹点点头，笑道："很好，听着蛮舒服。就先叫银娃吧。"

徐方白没有解释，为何不采用"鼠娃"的小名。今年庚子年，国家接二连三的灾祸至今不见个头。徐方白多少有些儿忌讳，觉得这个鼠年怪怪的，盼着早点过去。

徐方白退出后厢房，回到前面，坐定了，喝几口茶。昨日，《苏报》的陈馆主捎信到译书院，说是今日午后，请他过去一趟。所以，徐方白请了假，没到译书院上班，打算一会儿朝棋盘街方向去。徐方白想，关于娃的大名，为什么九妹犹豫着没态度呢？他喝着茶，静心一想，恍然大悟了。女子心思缜密，起个正名，就是连姓带名的大事。九妹难呢，这娃随哪个姓？随她丈夫，叫出去，徐方白脸上挂不住；让孩子姓徐呢，九妹又觉得对不住丈夫，所以只能把事情推给将来。很多难解之事，唯有托付给枯燥的时间，还有无愁无虑的风了。

到了《苏报》馆，倒是有好消息等着。陈范把徐方白引进里屋，关上门，笑眯眯地拿出一张信纸，交给了他。徐方白一看，信纸天头，印着"中国同乡会信笺"的字样，是陈范留学日本的朋友的回函。徐方白一口气读到底。此信，对徐方白的十篇文章，大为赞赏，说将由他们的报纸连续发表，并且提议，如果徐先生同意，他们会把此十篇文章，汇印成册，部分运回国内发行，以便更多中国人能够读到。

陈馆主坐在桌子对面，笑呵呵瞧着徐方白："如何？我的建议不错吧？先在海外报纸发表出来，再成书出版，读者就多了，自然不会浪费徐先生多少日子的辛苦！"

徐方白谢道："陈馆主见识高，徐某由衷佩服！"

陈范又问："关于委托出书的条件，徐先生有没有具体的要求，不妨向他们明说。"

徐方白明白，陈范说的问题，就是关于润笔的多少。他笑笑："徐某写这些文字，一是为了不忘记谭先生诸先驱，二是想为民族的苦难喊几声，其他一概无所谓。只要让中国人能够看到，怎么做，全由他们做主，送些书给我就好，其他方面，我没有任何条件。"

徐方白说得如此大度，陈范甚为折服，不由轻轻鼓掌，赞道："徐先生真不愧是谭军机欣赏的仁者！"他随即告诉徐方白，最近物色到一位非常优秀的年轻人，大名章太炎，已经谈妥，即将出任《苏报》的主笔。陈范声称，章太炎会为《苏报》积极撰稿，《苏报》面貌将焕然一新，他想约徐方白与章主笔见面，共商大计。

能与心气相投者见面，徐方白自然一口答应。离开《苏报》馆的时候，陈范再次送到门外。陈范叹道："读书人，容易顾影自怜，觉得自个儿怀才不遇，没有撞见三顾茅庐的刘玄德。肯如徐兄一般，踏实做点事情出来者，还是不多！"

徐方白被他说得不好意思："陈馆主过奖，实在惭愧，惭愧！你勇于承担《苏报》这份重任，才是实实在在做了大事！"

两人紧紧握手相别，眼睛里都闪着光，知音难得的兴奋，充溢着他俩的心胸。

李鸿章是庚子年深秋离开上海，往京城去，正式履行与各国联军议和的使命。他的官船离开黄浦江之后，上海的各种报纸，追踪他的行迹，充斥着关于和谈的传闻，大部分是对中国不利的消息。战场上的态势，决定了谈判桌上的地位。各国联军，要价越来越高。李鸿章老谋深算，在谈判桌上勉力维护本国尊严；无奈各国军队推进顺利，越发骄横跋扈，李鸿章手中砝码不多，无力回天。据说，谈判之中，这位老头儿也是吃尽了苦头，想要讨价还价，却总是吃瘪，因为清朝军队一触即溃，被洋人冷嘲热讽，气得李鸿章无话可说。

李鸿章离开后，没多少日子，账房先生回来，收拾自己的家当，两挂马车等在大门外，另有随从为他搬箱子行李，亦是气派一场。在官场上不得志，到街坊邻居面前，还是得虚张声势。见到徐方白，林某大言不惭，说他离乡日久，想广东了，北方的水土不服，因此与欧阳师爷他们说好，不随大队去京城，回广东赋闲了。徐方白没有揭穿他的谎言，反倒是祝贺他荣归故里。这样蛇蝎心肠的邻居，趁早走吧，离得越远越好。

林某南下了，九妹没法找他拼命，徐方白的顾虑少些，可以把三郎被其暗害的真相，坦率地说出来。不过，那时候，九妹刚刚生下娃，身体还虚弱，徐方白不愿意她受刺激，就继续隐忍着。又过了两月，庚子年终于熬过，新一年春节之中，九妹再一次询问三郎遇害的事情，真相是否查清？徐方白才将秘密和盘托出。讲述了那日他如何设局，让道台府刘师爷中计，前前后后的过程，全部告诉了九妹。九妹呆坐许久，两行清泪，从双目中徐徐滚落。看得出，她在强行压抑内心的痛楚。假如不是银娃正在一旁熟睡，也许她会放声痛哭出来。

徐方白坐在九妹对面，陪着她难受，没法劝慰，一起度过了漫长的半个多时辰。九妹终于嘤嘤抽泣起来，她在这个信任的男子面前，不再坚持展示刚强的一面，放任自己的软弱，被泪水冲洗。徐方白拿条手巾，忍住自个儿内心的伤痛，默默地递到九妹手里。九妹接过手巾，轻轻擦拭脸颊，抽泣着说道："徐先生，你真糊涂啊，一直自己担着。那天，我用毒酒逼你说出真相，你还是不说，若不是我突然不忍，用飞箭打落酒盅，万一你喝下毒酒，你让九妹如何活在这世上？"

九妹的内心告白，真情无限，让徐方白听了越发难受。他忍住了眼泪，说道："你在孕中，我不能让你去拼命……再说，我知道自个儿也有大错，我无意中透露了三郎去向，我亦是罪不可恕。"

九妹显然不愿意徐方白如此自责，她咬咬牙关道："这新春佳节，我们不说了。恶人自有恶报，三郎不会白白死去。复仇之事，自有胡家妹子担着。徐先生放宽心，你忙你的，还有许多大事情要做。"

徐方白的文章，已经在留学生办的报纸上发表，即将合集出书，这些，九妹都知晓，从心底为之高兴。徐方白夜间开始写新的文章，九妹也会给他泡好热茶，亲手端到前厢房。徐方白点点头道："过去的错，没法追回，我能够再写点文章，做点事，心中也好受一些。"

年前，《苏报》陈馆主，设了辞岁酒，请徐方白和章太炎聚餐。首次相见，谈得投机。章太炎对徐方白的文章，大为赞赏。徐方白觉得，这位年轻人颇有见识，指点天下大势，率性直白。他想，陈范找这么一位年轻的主笔，对头了。于是，他欣然接受章太炎的建议，开始为《苏报》的专栏撰写文章。按那日与章太炎的商量，这组文章，是从解析文化入手。核心主题是，汉唐以来的壮阔文化，如何日见衰败？这个题目，既可以涉及清廷腐败的要害，批判其统治带给民族的灾难，又比较隐晦，不至于让官府立刻暴跳如雷。同时，把批判的锋芒，延伸到秦汉以来的制度，意思会更加深入。

春节还剩个尾巴的时候，初五早上，迎财神的鞭炮响过没多久，一地的鞭炮碎纸，张元济踩着红色的纸屑，竟然出现在徐方白的庭院门口。徐方白大惊，一边迎着他进屋，一边抱歉不断："菊生兄，你来看我，如何敢当！想着你春节事多，也没敢上门拜年，惭愧，惭愧！"

张元济乐呵呵坐定，说道："看看你的银娃啊，大喜之事！"节前，张元济问过，孩子叫啥名字？徐方白说，只起了个小名，谁想，张元济就记住了。

徐方白赶紧招呼九妹，把银娃抱出来，让张翰林瞧瞧。张元济接过银娃，抱起来端详片刻，赞道："天庭饱满，耳垂丰润，鼻梁坚实，大福之相！"不等徐方白和九妹致谢，张元济掏出早就备好的红包，塞到了孩子的蜡烛包里。徐方白猝不及防，想要推让，张元济伸出手阻止了他："方白兄，给孩子的一点喜气，你就不要客气了。"徐方白无话可说，只能再三地感谢着。

九妹和孩子退回后厢房，苏北娘姨端上热茶，两位老朋友品着苏州芝麻糖，轻松地闲聊。张元济说，他入股商务印书馆的事，早就确定了。但是，南洋公学那里，不肯松口，他也不好意思硬生生断了关系，只能答应下来，在译书院再做个一年，有合适人选，尽快交班。张元济来看徐方白，也是向他交个底，期望徐方白更多地担起责任。

想着还能与张元济共事，徐方白心中笃定许多。至于一年以后的事，就不去多想。天下乱纷纷的，谁人能想那么多呢？

# 第二十五章

新春开始,气候稍有转暖。九妹开始了孕后的锻炼。林某离开后,房东尚未找到新的房客,庭院里,只有他们住着,做啥事都方便。每日清晨,九妹给银娃喂奶之后,就把孩子交娘姨哄着,自己在院子里,展开了身手。徐方白看着她的一招一式,轻松腾跃,知道她的身子已经全然恢复,暗自喝彩。不过,回想起去年,在同一个地方,欣赏三郎刚劲有力的身影,斯人已去,却又未免黯然神伤。

那日早上,徐方白洗漱之后,站在厢房门口,悄悄打量九妹的飒爽英姿。女子全身运功,手臂长腿接连横空飞舞,并未察觉一旁的目光。徐方白看得发呆,只听"嗖"的一声,两支飞箭不知从哪里腾空而起,迅疾地划破了空气,直奔一棵大树而去。那棵树,长在东厢房的窗前,冬日里,早就光秃了枝条,瘦骨伶仃地直立在那儿,两支飞箭,一前一后,不偏不倚,正好左右卡住上部的树杈,犹如卡住了人的喉结。徐方白顿时明白,九妹并未丝毫淡忘杀兄之仇,可怜的秃树,此刻竟然成为林某的替身,承受了两支飞箭的袭击。假如林某看到此情景,定然吓得魂飞魄散。

银娃快满半岁的时候,九妹说要给他断奶。苏北娘姨心疼娃娃,说此时断奶,早了些,至少吃到周岁吧。九妹的态度很坚决。她说,在老家,半岁断奶,常有的事,用米汤养大,孩子一样结实。还说,老人们讲,三郎和九妹,都是半岁左右就断奶,因为他们的母亲,要出门干活。这些家务事,徐方白不懂,九妹决定了,他也就没有异议,于是,买了些上好的大米回家,关照娘姨熬浓浓的米汤,保证银娃的营养。

徐方白心中是存了疙瘩的。他觉得,九妹有心事,很重的心事。有一回,她哄着银娃睡觉,哄了好一会儿,银娃依然大睁着双眼,眼珠骨碌碌地转,盯住母亲的脸,就是不肯合眼睡。九妹急了,伸手敲孩子屁股,嘴里嚷嚷:"不听话!今后,若见不着妈了,看你怎么过日子!"银娃被她敲了屁股,顿时"哇"地哭出声来。九妹眼圈一红,赶紧抱紧了孩子,使劲亲着娃的脸蛋,亲了许久。

徐方白猜想,九妹放不下为三郎复仇的念头。不过,林某去了遥远的广东,想要复仇,也寻不到路子啊?

那天下午,正忙着在译书院做事,徐方白意外地收到一封信件。信发自湖北武昌,却没有写信者的落款。正在纳闷,待眼光扫向信的内容,徐方白险些惊叫起来。他怕惊动了同事,压抑住兴奋之情,一股脑儿读完了全信。

信的内容,只是短短几行:"徐先生:我落河之后,被另一艘船上的弟兄搭救。在乡下养伤多月,眼下已经无碍。害我弟兄之恶人，也已经打探明白，日后必报此仇。弟兄们商量，目前无处安身，听说武昌军营正在招募新兵，就一起来到此地投靠，为今后谋一种出路。请告诉我妹，安心在你处生养孩子，后会有期。徐先生大恩，日后再报。"

确实是三郎笔迹。一笔一画，方正有序，徐方白曾经看到他写字，笔力雄健，尤其是那一捺，真如弯刀一般强悍。那时他便感叹过，练武之人，书法自成一格，想来是被私塾先生严格训练过。徐方白庆幸，苍天护佑，三郎竟然还活在人间！三郎没有留下回信地址，当然是担心上海情况有变，信函落入他人之手。没有回函处，虽说一时联络不上，至少，此信可以让九妹安下心来，不再胡思乱想。徐方白暗自赞叹三郎他们的本事，逃难之中，还有办法打听告密者是何人。转念一想，三郎曾说，在道台府衙役中有朋友，也就不奇怪了。像三郎这样的汉子，投奔武汉新军，怕是最好的选择，未来可期。

读完信函，徐方白心中的快乐，难以言说。他等不到下班，对同事说，家中有急事，立刻拔脚直奔家里而去。

此后，相当长的岁月里，徐方白一直会深深地自责，后悔于自己的疏忽。他预感，九妹早晚要为三郎复仇。但是，他相信九妹斩舍不了母子之情，眼下，银娃尚在襁褓之中，她如何肯断然离去？他也深深悔恨，低估了女子的智商和勇气，以为去广东的数千里之遥，山高路远，会抑制九妹的冲动。

回想起来，九妹一直不声不响地做着准备。每日催促徐方白教她认字，表面上说，为了将来帮助银娃学习，实际上，暗藏了登上征途的念想。识字多了，九妹坐车坐船，千里行程，心中更有底气。徐方白也终于明白了何谓齐鲁豪气。山东历来多好汉侠士，像九妹这样的女子，平日里看上去温顺多情，一旦决定要做的大事，不管千难万险，势必舍身一搏。她硬着心肠为银娃断奶，也是预计中的一步。

徐方白回到庭院，那里竟然也有一封信等候着他。娘姨说，女主人午饭前就出门了，关照娘姨哄银娃睡觉，同时给先生留下一封信。

信的内容，极其简单：

徐先生：

我去报仇！（赫然画了两支飞箭）银娃托付于你。报仇成功，我方能安居于此！广东，有七爷的师弟，开着武馆。勿念！大仇不报，难以告慰父母！

九妹

徐方白呆呆地捧着信纸，一时动弹不得。他看看窗外正在下落的太阳，郁闷地吐出一口长气。九妹应当早就去码头上打听过船期，此刻，或许已经是在前往广东的船上。海浪滔滔，一碧万顷。

徐方白突然想起，前些日子，教九妹认字，她特地问过两个词，"武馆"和"告慰"怎么写？看样子，那时候，她心中已经有了信的底稿。徐方白确实疏忽了。

记得他们初到上海，三郎曾经说过，七爷打发他们兄妹南下，做了周密的安排，两个联络地址在上海，第三个备用地址，是广东的师弟。现在看来,九妹是奔那里去了。她能不能在七爷师弟的帮助之下,顺利完成复仇计划?徐方白唯有在心中为她祈祷。九妹留下的告别短信,蕴含着对徐方白的安慰:假如成功实现为三郎复仇的计划,她会安心继续在此地生活,也就是回到徐方白和银娃的身边。徐方白手里捏着九妹的短信,桌子上,搁着三郎从武昌寄来的信件。他无奈地叹气,三郎的信,早一天到达,事情就可能改观,至少,九妹要寻到兄长后,再计划复仇吧?命运弄人,差之毫厘,失之千里。

徐方白突然想起,昨夜,他正在写文章,油灯忽闪着,暗了下来,应该是灯油快干了。徐方白起身,打算去拿灯油,却见九妹从后厢房走了过来,嫣然一笑,细心地给煤油灯续油,续完油,又是嫣然一笑,笑得极美,轻声道:"先生安静写字吧。"才缓缓离去。当时,徐方白只感动于九妹的细致,此刻,回味起来,那嫣然一笑,是九妹的告别之情。细细品味,九妹对他的称呼,一直是"徐先生",唯独这一回,说的是"先生"。

徐方白走到厢房门口,双眼望着门外的天空,视线通往遥远的天际,眼眶里渐渐湿润。

徐方白对苏北娘姨说,银娃他妈,急事回家乡探亲,从今日起,照料银娃的一切事情,都由娘姨承担。工钱嘛,自然是加上去。说到钱,徐方白庆幸自己的坚决。九妹身边藏了几枚银元,多次说要拿出来贴补家用,被徐方白一口拒绝。此时九妹远走南方,身边的几枚银元,多少能够救急。

这天夜深,后厢房的银娃,时而啼哭。母亲突然离开,孩子哪里习惯?徐方白心疼,过去看了两回,见娘姨耐心地哄着,才稍稍放心。

徐方白在前厢房坐定,徐徐运气磨墨,同时想着与章太炎商定的文章。唯有沉浸于文章之中,他的心,方能安静下来。

徐方白渴望,这几天,九妹能够进入他的梦境,回到他和银娃的身边。

隔壁厢房,银娃突然又哭了几声,哭声响亮。娃太小,他还不懂生活的巨变。他只是不习惯,最亲近的人,离开了身边。

夜里起风,关紧的木门,在风的鼓动下,微微抖动,呜呜地响。

徐方白看看紧闭的门。一种幻觉,在门框里晃荡:九妹推门进来,笑吟吟地凝望着自己……

这不是梦境,是一点念想,深深埋进心底的念想。

前面的路还长。这份念想,是支撑徐方白的力量。

# 代后记：荷戟独彷徨
## ——评《两间》

李 壮

《收获》杂志的编辑老师来约稿，说孙颙老师有一部新长篇，讲戊戌变法失败到辛亥革命之前这段黑暗岁月，一个知识分子找不到前路的哈姆雷特式的苦闷，问我是否感兴趣读读，写一篇评论。说的便是这部《两间》。这看起来确实是一个比较有展开空间的题材——事实证明，至少从选题立意上来讲，编辑老师的这个形容确也与《两间》这部作品对应得上。当然，我并不是说哈姆雷特式的苦闷就一定能转化成好作品。哈姆雷特常有而莎士比亚不常有，写作的人本来总都是敏感的，而世间的事本来又总是拧巴的，哪个作家还不曾发现过几个哈姆雷特了？甚至哪个作家自己还不是半个哈姆雷特了？我相信任何时代任何人的那些不可胜数的所谓"找不到前路的苦闷"，大多总归是真诚甚至也可认为是深刻的，但能不能实现有效的、有价值的思想落地和审美转化，则又是另一件事——对这"另一件事"，从我这些年来的阅读判断来说，其实是从来不敢抱太大信心。《两间》看起来又似乎有些不同，因为小说里这位"哈姆雷特"的内心和命运，同时是关乎着大历史的。哈姆雷特的内心很私密，而中国近现代以来的大历史则很公共。那些人、那些事、那些波澜起伏和转折意外，我们早早都在中学的历史课本上学到了。因此在《两间》中，最私密的纠结和最公共的痛苦之间、永远看不到答案的（非线性时间的）疑问和后人已经看到了答案的（传统线性时间的）疑问之间，存在着许多相互对话、相互映衬的可能——事实上这部小说也的确在一定程度上实现并展示了这种对话可能。这确实是有趣的，也是该由文学来兑现可能性的地方。

　　所以不妨先交代一下大致的故事：书生徐方白原是谭嗣同身边的智囊，戊戌变法失败后，徐方白心情坠至谷底、人身陷于险境，幸得谭嗣同身边的侠客七爷搭救，才得以逃出京城、至上海寄身谋生。在上海，新的文明气息和历史前景，既像黄浦江的江潮一样有力地涌动，又像黄浦江的江雾一样令人一时间还看不分明。在彷徨与游移之中，一对显然是江湖儿女身份的山东兄妹，忽然携带着七爷的信物，前来投奔徐方白。如何安顿这对兄妹？这对兄妹的身上究竟背负着何种秘密？徐方白这位一腔才华却彷徨阴郁的、颇有些现代知识分子意味的文人，又将如何与这两位仿佛从古典传奇中走出来的侠客相处，他们之间将会生出怎样的情感与故事？徐方白与侠客兄妹，在这鱼龙混杂的上海滩、在这时序错乱的大清王朝末年，又将如何寻找自己该走的道路？……这些，就是小说主体部分要讲述的故事。

　　简言之，在《两间》这部小说中，时局混乱，而重见光明的契机还并未到来；人正落魄，但落魄之人又还未放弃自己对时代担负的职责，并且也还正被实实在在地需要、被实实在在地感激、被实实在在地辜负。就小说主人公（也是主视点人物）徐方白的角度来说，这是一个被从历史餐桌上当作垃圾被扫落到地板的人，在历史的垃圾时间里，努力（但也似乎无望）地试图证明自己其实并非垃圾的故事。它低沉，但还未绝望；它幽暗，但还怀想着光明。

是的，这是一个必须要用"但"字才能概括的故事，我们的主人公，也是一个靠"但"字才能活下去、走下去的人。说到底，这个"但"，就是错位，就是彷徨，就是"两间"。"寂寞新文苑，平安旧战场，两间余一卒，荷戟独彷徨。"这是鲁迅先生的诗。诗的题目，叫《题〈彷徨〉》。

## 文人与侠

既然名字就是叫作"两间"，那么这部小说值得分析的元素和角度，也大可以用"对子"的方式铺展开。我想，第一组"对子"，当然就该放在最基本的人物形象层面，那就是"文人与侠"。

先来说"侠"。在《两间》的人物结构框架里，来自山东的三郎和九妹这对兄妹，实际上是提供了主线的矛盾冲突、情节线索，或者说，是为这个故事注入了相对具有说服力的叙事动力。要知道，小说的主人公和主视角，乃是文人徐方白。而徐方白是一个几乎丧失了动力、也丧失了现代理性意义上的清晰行动方向的人：他并不是没有过方向，只不过这个方向从小说一开篇就被宣判了"死刑"——戊戌变法失败了，他一心追求的目标不可能实现了，他一心敬仰的谭嗣同先生也惨死在朝廷保守势力的屠刀下。覆巢之下，一颗完卵瑟瑟发抖，要紧的是赶紧逃命，至于方向，恐怕一时间已经想不起也顾不上了。因此徐方白是一个低着头四处游荡的形象，或者干脆说，他几乎一度已经像一条水桶里快要窒息的鲫鱼。那么三郎和九妹，却恰恰是像两条鲇鱼，被意外地凭空扔进了徐方白的生活之桶里——是的，我所说的就是那种"鲇鱼效应"，这对侠客兄妹搅乱了徐方白低落的死水般的生活，重新激发了徐方白的行动力（以及这些行动的系统性、"可理喻"性），也推动这个看起来还没开讲就要停滞的故事重新往前行走。

  这就是说，侠客兄妹带来的是"动"的色彩。这种"动"首先直观地体现在二人的身体样貌和身体状态上。徐方白初见这对兄妹时的情形如下："徐方白走到庭院里，月色之下，隔老远，就看到了门外的客人。高高大大的汉子，铁塔似的杵在门框那儿，身后，月光勾出了另一个修长的身影。"徐方白一眼便认出了习武之人的身姿。毫无疑问，这身体是健康和美的。而在具体的身体运作状态中，浓浓的动感和能量感更是毫无遮掩："三郎练得起劲，脱去外衣，只穿了短褂，手臂上文着醒目的长龙，随着三郎的一招一式，龙头龙身龙尾，都栩栩如生地游动起来。"在后文中，我们还将会看到，九妹这位女子，也是同样身怀绝技，堪称"静若处子动若脱兔"——即便是在怀有身孕的情况下。这还只是形象中的动感。而在更高的情节维度上看，兄妹二人从山东南下上海，无疑有更大也更加明确的行动层面上的"动"：一方面，固然是避难，袁世凯正在山东镇压义和团，兄妹二人乃是义和团的成员，来上海本是逃生；另一方面，看似被动的避难也是十分主动的找寻，二人要找寻同样流落逃难至此的义和团同路弟兄们，而且还要伺机寻找洋人的枪炮据点，继续与洋人对抗掐架。正是这些行动层面的动能——它们的隐藏与暴露、压抑与释放等等——不断推动着小说故事的起承转合，也一并牵动着徐方白原本趋于静止、能量耗尽的人生，他的人生再次变得波澜变动起来。

于是再来说"文人"徐方白。相比于侠客兄妹硬朗而清晰的行动力和动态感，徐方白的形象——乃至于整个人生状态——就明显显得沉思默想且虚弱茫然了许多。这倒的确是显得颇有些"哈姆雷特风情"了。这并非是我主观性的脑补，作者从小说一开始徐方白登场亮相的时候，就明确地（当然也就意味着故意地、有意识地）把这种形象与状态风格敲定下来了：

徐方白站在胡同的角落，一棵大树的阴影恰到好处地遮住了他细长的身影。身子那般瘦弱，套在宽松的长衫里，松垮的衣衫被风戏弄着，时而鼓起，时而下垂，那风再猛些的话，感觉他会被轻易地裹挟走。他向来偏瘦，这段时间，吃饭也有一顿没一顿，心情处于极端紧张之中，更加弱不禁风。

他吃力地睁大眼睛，风沙之中，视线变得非常模糊……他努力想看清的，是斜对面的一处门洞，那是"浏阳会馆"

的大门，湖南同乡会的会所。门匾的下方站着条汉子，粗粗壮壮，模样却看不分明，到底是熟悉的同乡，还是凶狠的清廷捕快？徐方白分辨不出，就踌躇着，是否要现身走过去。他往前跨了半步，眯缝着双眼，努力望去，依旧看不准。

瘦弱疲软自是不消说的。格外有趣的还有视力问题：他看不清。在一种追捕和逃命的语境里，这可实在是要人命的短板。更深一层来讲，视力问题以及视力问题背后总体性的身体能量危机问题，其实也正是一种所谓"疾病的隐喻"：肉体看不清世界、找不到路，思想和灵魂也是一样。不要忘记作者是如何一早便交代了徐方白视力问题的由来："科考前的那几年，他在长沙老家苦学，每日挑灯夜读，虽然仅仅得了个秀才的功名，已经付出极大的代价，视力明显减弱，稍稍远处的东西，瞧着影影绰绰，只看得清三四成。"你看，徐方白是科考出身，从底色上说，他其实是旧时代思想的遗老。但遗老一说其实又不准确：一方面是徐方白就年纪而言实在不够老，另一方面是徐方白就成就而言也实在不够高——在旧思想的评价体系内，他不是状元，甚至都不是进士，仅仅是个秀才而已。一套即将作古的思想话语曾参与了对他的塑造，伤害了他，却什么实际性的利益（哪怕仅仅是光荣）都不曾给他。这是一种巨大的尴尬：他曾经去走一条看似正常和经典的路，但没有走通，他和那条路之间相互都没有接纳。当然，也幸亏没有接纳，徐方白因此走上了变法的道路。小说没有提及太多他思想转变的过程及动机，也甚少正面描写他在维新变法的事业中究竟扮演了怎样的角色、发挥了多大的作用（从相关人等对他的态度、对当年任务的一些隐约提及，以及许多回忆细节里徐方白对谭嗣同的熟悉度而言，这种作用应该并不小，却也不能算很核心），但可以确定的一点是，徐方白对那条道路是确信的，这个视力不好的人在那时真的相信自己看清了人生，也看清了世界。正因如此，在小说的主体故事里，变法失败后的徐方白又看不清了。他不知道还有什么是可信的，还有什么路是应该走的。许多选项摆在他面前：从事翻译校对引进先进思想、参与教育启蒙事业、靠近现代报业传媒撰文写书，甚至干脆就是去做官……这里面，有的路他拒绝了，有的路他试着去走了几步（一种很典型的"且先走着吧"的心态），但我们知道，没有哪一条路是他真正认准了的。在小说结束之后、徐方白的生命结束之前，一定还有许多许多的"走走看"和"不走了"的摇摆轮回在等待着他。

与侠客兄妹二人的风风火火相比，徐方白的人生状态就是"看不清""走不动"，他的人生轨迹就是从犹疑到明确再到更大更凌乱的犹疑，最终陷于各种路径的纷扰喧嚣之中，迟迟找不到自己的路。这是一种巨大的分别，然而两种截然不同的生命形象状态，在碰撞中又产生了张力：一种形式上的共振（文人与侠生活在同一个屋檐下，并结成了临时性的命运共同体），让徐方白被迫——但也热情满满地——在现实生活的小逻辑（而非社会历史的大逻辑）层面行动了起来。徐方白开始盘算和安排：为三郎联系工作、向兄妹二人介绍时事世事、伺候九妹生产，甚至要把那些纯粹表演性（欺骗性）的婚礼等仪式操办妥帖……文人的哈姆雷特式不断耽溺的行动指针，终于在侠客的在场影响下，被重新拨动着走了起来。

一个要停,一个要动,"两间"对峙的张力,促动了小说的情节发展。如今故事的确是向前推动了,行动和因果都被重启了,然而,这一切并不意味着一种本质性的合流。最终,文人还是文人,侠也依然是侠,话语和心态的隔离始终存在:对于世界和历史的判断,徐方白与三郎及九妹之间,存在着本质性的差异。侠客们是不读书的,他们遵从的是直接但也过于简单的快意恩仇逻辑:他们信任自己的伙伴,为此做事可以不计后果;他们仇恨洋人,便一股脑儿地把有关洋人的一切斥为邪恶、化为对立——"师夷长技以制夷"的道理对他们是讲不通的,现代外交逻辑乃至现代文明的概念,也是他们没有能力理解和接受的。看似充满古典光辉的侠客风范背后,乃是现代性意义上的头脑蒙昧,《两间》其实依然隐藏着启蒙叙事的叹息或变音。这是一种伦理价值与审美价值、历史判断与人性判断之间的巨大悖论:侠客爽朗的行动激情背后,是无知和鲁莽(用一个更重的词,甚至可以是"愚昧");反倒是又虚弱又颓唐的文人徐方白,拥有更独立、也更贴近现代理性价值的精神人格。

在此意义上,风风火火与茫然颓废,其实是历史风云导致的应激状态下,生命激情的两种不同呈现向度——它们一体两面,同时对抗摩擦。我前面说过,三郎和九妹这对兄妹,提供了《两间》这部小说主线上的矛盾冲突、情节线索、叙事动力。而我在此又要补上后半句:尽管如此,终究还是那个看起来让人着急、不怎么讨人喜欢的徐方白,才能给小说提供更深层、更具历史纵深的思想省思和情绪底色。侠客的行动牵引着《两间》骨架血肉，文人的踌躇则注入了《两间》的气息和魂。

**使命与爱**

不同人物之间精神形象和生命状态的碰撞、交响、相互映衬，织就了小说的气息底色、话题层级。但一部小说实实在在的结构样态，仍需有内容性的线索作为支撑。《两间》中，以最有力的方式发挥着这种故事结构支撑性作用的，至少有两个关键词：一个是"使命"，一个是"爱"。

——或许可以用更加通俗、"网感"一点的表述来转译一下，"使命"对应的是事业线，而"爱"对应的是感情线。毫无疑问，这两条线都是从徐方白的角度来展开的。对于徐方白来说，这里又出现了另一种"两间余一卒"式的处境：使命是模糊的，他不知道自己能做什么；爱则是明确的，但他同样不知道自己能做什么。

先说使命问题。乍一看，徐方白在历史使命、自我价值实现这件事情上，似乎并不怎么模糊。至少从他的出场亮相来看，作为戊戌变法的参与者、一个被追捕而随时可能丢掉性命的人，徐方白的身上似乎笼罩着一层革新者，甚至革命者式的光环。但饶有意味的是，徐方白在戊戌变法中的行为和志向，在《两间》这部小说中始终没有获得实写，它们仅仅是人物小传中的一段"前史"。"可惜流年，忧愁风雨，树犹如此"，时事翻云覆雨，曾经的少年心气已是遗迹，所信之物已破灭，所随之人已作古，徐方白在小说里放眼未来，看到的竟只是一片雾一样的空白。这是历史低潮期所导致的人生低潮期,信什么、做什么,即便曾经是明朗的,但此刻又不得不重新模糊起来。如今我们知道,在近现代中国的痛苦转型过程中,一切的使命总无非会落脚到"启蒙"与"革命"上来。但这乃是后知之明。徐方白看不到这些——即便是辛亥革命,在小说中也只是以最终三郎来信说明已寄身武昌来暗示,而在那些真实的大潮涌动以前,徐方白的革新或革命的使命愿望,也只能暂时悬置起来。这种"悬置的岁月",在大多数历史题材小说中,或许只不过是被一笔带过,或者作为伏笔出现,人在其中像一只蛹一样蛰伏,只等着春风一到,就破茧成蝶。《两间》偏偏不这么写。蛹是故事的全部:那沉默,那静止,那力与希望的尘封,尽管总是容易被忽略,却终究是真实和重要的人生。而蛹是看不见世界也看不见自身的,它的形态本身甚至就是一种极度具体的"模糊"。因此看起来徐方白所做的事情并不少,在不同的故事版块里,他先后是在逃生、求生、谋生、护生(保护三郎、九妹和银娃)、发声(撰写文章,为曾经的使命信念再次鼓与呼),但这些看似目标明确的情节,彼此却都是如单元格一样并列成立的——每一个小目标都是"走一步算一步",徐方白不清楚、也不在乎自己在总体的逻辑链条上究竟该做些什么、能做些什么。线性的人生逻辑依然不见其形,这与清朝末年那种线性历史进步的搁置状态形成了同构。尤其值得注意的是,徐方白在小说后段,其实还像真正的革命者一样进行了卧底式的解密侦查实践:为了探知三郎被害的真相,徐方白精心安排筹划,最终设局套出了林先生的背景秘密。在我们惯常所见的文学乃至影视叙事中,这种秘密的探知,往往会服务于一个更加宏大、明确且具有总体性的目标,例如一场战役的成功、一次刺杀的推进、一次集体行动的展开。但在《两间》里,这种解密只为了给出一个孤立的、过于私人化的答复:徐方白要向九妹证明,三郎并不是自己出卖的,他徐方白没有对不起这一对兄妹;仇家另有其人。

这是何其微小、何其孤立的目标,甚至这个目标都谈不上所谓的"被实现"——事实证明,三郎其实并没有身亡,而徐方白将秘密告知九妹的时候,仇人林先生早已经离开上海,这场复仇有没有结果,已经逃出了小说故事能覆盖的边界,甚至都已经未必是徐方白余生里所能得知的了。它湮没在更加彻底的模糊甚至无意义里面。然而,真的是无意义的吗?从宏大叙事的角度来看,这些事情的意义,在徐方白这样随性而游兵散勇式的实践状态下,的确是模糊的、存疑的。可是,对于徐方白个人来说,这种真相的揭示,的确具有实实在在的意义,而这种意义几乎也是他唯一能把握、唯一还值得在乎的事情了:他不能辜负七爷的托付,不能辜负三郎和九妹的信任。他可以自认无能、自认失去了动力和目标,但他不可以不自证清白,不可以让自己的情感和人格蒙尘。

这是在使命变得模糊之后,仅存的、纯粹个体化的救赎可能性:徐方白的情感至少还是真诚和明确的。对于七爷,他的情感是感激——如果没有七爷的一再搭救,徐方白大概率已经与谭嗣同等人一起殒命在血腥的京城里了。对于三郎,徐方白充满了敬佩与欣赏,在三郎一再以身犯险乃至音讯全无的时刻,徐方白脑中总是一再地想起这位身带古风的山东汉子的侠气与豪爽,那其实也正是徐方白身上所缺少因而在迷茫时刻恰恰能构成吸引的东西。最有意味的其实是徐方白对九妹的情感。在小说里，徐方白与九妹这一对仅仅在名义上成立的"夫妻"，其实打开了一方特别值得玩味的阐释空间：如此不同，但又各有光环的两个人，如果真的长期相处乃至亲密生活在一起，他们之间的主题词会是"互补"还是"互掐"？如果说徐方白的确对九妹产生了从广义过渡到了狭义的"爱"，那么这种渴望究竟是问心无愧的（发自真心）还是不道德的（乘人之危）？身边人善意或猥琐的揶揄、九妹一次次的细微感动和尴尬脸红，无疑都暗示着这种情感变化的切实存在。而在三郎遇害这一冲突性的情节上，徐方白那稍显恐怖的潜意识，甚至直接经由九妹之口被说出，也以徐方白内心痛苦省思的方式被暗示了成立的可能性：或许，徐方白在心底是希望三郎消失的，那样九妹就只能长久地留在徐方白的身边，假夫妻也就成了真夫妻。

当然，徐方白并没有"黑化"。但爱的溢出，以及这种溢出背后现实关系上的"不可能"（九妹正怀着亡夫留下的骨血，并且看起来并没有爱上徐方白），依然会让他无从措手，完全不知道该怎么办。当冲突和怀疑到来的时候，他甚至只能选择"死亡"这一最后的、彻底瓦解性的"明确"：九妹怀疑是徐方白出卖了三郎，却无法把徐方白对她的恩与仇区分对待，只能端出两盅酒，在其中一盅下毒，谁死谁活由天裁定；徐方白则干脆把两盅酒全部端走，准备一人饮下，五五开的纠结由此将变成百分百的死亡。终究还是九妹出手打掉了徐方白手里的酒盅——死亡不能证明什么，也不会解决什么，在这一点上，看似无知的九妹倒是比徐方白拎得更清楚。但一种感情的困境就此已经彰显无遗：这是一种无望的、不可接近的、因而充满了自我厌弃的明确情感。徐方白无法面对它，更无法处理它。

小说最终也放弃了对这种爱的处理：九妹最终还是走了，徐方白甚至从来不曾表白过自己的心意。这是高明的处理方式。如果假夫妻到底变成了真爱人，那种充满了——甚至支撑了——整部小说的茫然感和无力感就会被取消，那种困兽般的境遇也将被解脱。并且最要命的是，我们其实都知道，这种儿女情长、一时团圆式的解脱，并不是真正的解脱。倒不如就让茫然的人继续茫然下去：谁这时没有房屋，就不必建筑；谁这时孤独，就永远孤独。这是历史与人生的"秋日"。

**主战场与擦边人**

某种程度上，这种情感的强烈度和明确感，构成了徐方白人生总体不确定性背后的局部确定性，也构成了历史图景巨大的不可把握感背后，个体日常生活领域里局部性的"可把握"。这对于人物来说是最后一根救命稻草，对小说叙事来说也是一种困境之下的依凭。当然，徐方白爱了——这种爱首先是广义随后才是狭义的——却无法建立一种双向性的爱的关系。这是一种"荷戟独彷徨"式的处境。而从更大的维度上看，徐方白与大时代、大历史之间，同样存在着这种被阻绝、被遗落、近乎无法嵌入的处境关系。这是一种更为根本化的"荷戟独彷徨"：历史的主战场就在那里，但徐方白只能远观，只能侧窥，他没有能力和机会

（或许在根本上已经是没有勇气和信念）参与其中——他是大历史的擦边人。

同样以"擦边"方式介入大历史的，还有《两间》这部小说的叙述本身。我们看到，一些著名的、为我们熟悉或为文史爱好者所感兴趣的史实，一再地直接出现在小说的故事里：大的如戊戌变法、义和团运动、东南互保、八国联军侵华，小的如商务印书馆的成立等等，都是小说情节以及其中人物命运的有机参与构成部分。同样出现在小说中的，还有诸如李鸿章、盛宣怀、张元济这类真实的也大名鼎鼎的历史人物，甚至大刀王五、通臂猿胡七这样的民间传说化人物。但小说对这些事件和人物的书写，也多是采用了间接性的、"侧窥"式的方式。

应当指出，并不是只有正面强攻的方式才是有效的。《两间》所采取的这种"侧窥"方式，似乎带来了许多更加隐秘、也更加有弹性的阅读趣味：历史以某种"彩蛋"般看似随机的方式现身，这是小说里人物命运的真实处境，也带来了读者阅读的真实乐趣。虚构的人物擦上了真实历史的"边"——《两间》的故事文本当然是有限的，但这种临界式的接触，又牵引出近乎无限的历史文本。对历史感兴趣的读者，对这部小说的阅读体验或许会与纯粹的文学故事读者有所不同。若仅就文学故事本身而言，某些隐藏着的解答或者宽慰，也足可以借助历史的线索获得暗示——例如小说的最后，三郎遥遥地传来信件，他没有死，而是躲避到了更远的地方，那个地方叫武昌，那里有一支新军正在招募人手。辛亥革命的枪声从并不遥远的未来传来了——尽管它已在小说的最后一页之外，但那枪声依然是清晰的，它预言着小说中所有人物或显或隐的可能性。在审美的意义上，《两间》里的那种彷徨感，足以独立，足以获得绝对性的美学合法性和意义自足性；但这毕竟是一部历史题材的小说，我们还是期待能通过这些擦边、这些对大历史浩荡洪流的明提或暗示，最终让这个故事接通于更宽阔的历史文本世界。

在此也不妨提几点商榷性的感受。一方面是，大历史与小生活之间的榫合对接，在《两间》中似乎还可以做得更加圆融顺畅一些。我个人的一种阅读感受是，与三郎九妹相处时的徐方白，与介入（或者擦边）宏大话语时的徐方白，似乎显得有点割裂。仅仅靠徐方白在家里写启蒙性文章，而九妹在一边沏茶点灯之类的细节，似乎还是不足够实现这种榫合的。我们不能让徐方白进了屋子就全然被私人记忆和情感恩怨占领，出了门换上正装，忽然就心无旁骛地跟大话语、大历史打起了交道。更真实也更痛苦的心境乃至语境转化，看起来仍然很必需。痛苦的人往往分裂，但这种分裂应当是共时性，而非历时性、交替性的。这其实是对小说书写人物命运和精神处境时的深度，提出了更高的要求。另一方面是，对大历史的"彩蛋式"展示固然充满趣味，却也势必影响到诸多历史事件之间的逻辑关联性。对应到小说具体故事，就是历史容易变成万花筒、走马灯，它们掠过了而不是塑造了人物的人生，有点像景观化的并置展览。在《两间》的叙事时间范围内里，花样迭出的历史事件和历史人物一直在轮番冲击人物的生活，但并没有哪一个人物、哪一桩事件，能够真正形成对人物命运的带动或整合。因此尽管在形态上，《两间》向我们呈现了历史演进的长河性动态轨迹，但故事的内核本身仍然更像是一组静态的切片：在小说的开头，徐方白等待着历史动力的归来；到小说的结尾，徐方白等待着三郎或九妹的归来，顺带也继续等待着历史动力的归来。人物经历了很多，但好像并没有成长，或者说，所谓的成长是似是而非、大可存疑的。说到底，是情绪或内心状态的总体性，而不是行动的总体性，在支撑着这部小说。对于一部长篇小说来讲，这样的做法未必不能出彩，但终究仍是存在风险。当然，《两间》所提供的某些亮点、某些趣味，或许可以对冲这种风险。同时我们也可以想象，如果真的选择了那种清晰明确、一往无前、"波澜壮阔历史画卷"式的写法，《两间》大概也很容易流于那种空洞的浩大、正确的平庸，它也许也就难以提供更多可资谈论的话题，甚至都难以引出这些还可探讨的商榷。总之，哈姆雷特是不好写的，历史彷徨期里那些彷徨中的、孤独的现代知识分子个体，更是不好写的。但他们的困境又充满了美学的张力和阐释想象的空间，因此我们注定会一遍一遍地去书写这些其实并不好书写的故事。这也是另外的一种"两间"式的摇摆吧。好在，我们仍在努力地展开自己的创造实践和想象激情。这正是文学在今天仍然值得被致意的理由之一吧。

【李壮，青年评论家、青年诗人。1989年12月出生于山东青岛，现居北京，供职于中国作家协会创作研究部。有文学评论及诗歌发表于《中国现代文学研究丛刊》《人民文学》《诗刊》等刊物。曾获唐弢青年文学研究奖、《诗刊》"陈子昂诗歌奖"、《南方文坛》年度优秀论文奖、雪峰文论奖、华语青年作家奖、丁玲文学奖等。著有诗集《熔岩》《李壮坐在桥塔上》《午夜站台》、评论集《凝视集》《亡魂的深情》。】

图书在版编目（CIP）数据

两间 / 孙颙著. -- 上海 : 上海文艺出版社, 2025.
ISBN 978-7-5321-9306-6
Ⅰ. I247.5
中国国家版本馆CIP数据核字第2025J2E249号

**本书为2025年度上海文化发展基金会重大文艺创作项目**

责任编辑：李　霞
封面设计：观止堂_未氓

书　　名：两　间
作　　者：孙　颙
出　　版：上海世纪出版集团　上海文艺出版社
地　　址：上海市闵行区号景路159弄A座2楼 201101
发　　行：上海文艺出版社发行中心
　　　　　上海市闵行区号景路159弄A座2楼206室 201101 www.ewen.co
印　　刷：苏州市越洋印刷有限公司
开　　本：1194×889 1/32
印　　张：8.5
插　　页：3
字　　数：183,000
印　　次：2025年8月第1版 2025年8月第1次印刷
Ｉ Ｓ Ｂ Ｎ：978-7-5321-9306-6/I.7300
定　　价：59.00元
告　读　者：如发现本书有质量问题请与印刷厂质量科联系　T:0512-68180628